D1731072

Sabine Zaplin
Engelsalm

Sabine Zaplin

Engelsalm

Roman

C. H. Beck

© Verlag C. H. Beck oHG, München 2004
Druck und Bindung: Kösel, Kempten
Gesetzt aus der Janson Text im Verlag C. H. Beck
Gedruckt auf säurefreiem, alterungsbeständigem Papier
(hergestellt aus chlorfrei gebleichtem Zellstoff)
Printed in Germany
ISBN 3 406 51709 9

www.beck.de

Inhalt

Dieser Roman wurde gefördert mit einem Stipendium der Landeshauptstadt München.
Gewidmet meinen Kindern, Amos und Yael.

Die toten Kinder

«Der kommt wieder raus», sagte Lilli.

Die anderen blieben stumm, und Ehf sowieso, Ehf, die sich nie die Mühe machte zu reden, dafür hatte sie Lilli, seit jenem Spätnachmittag am Bahnhofskiosk, als Lilli sie angeschnauzt hatte: «Was glotzt du so blöd?»

Ein Spätnachmittag wie immer in der Gartenstadt Edering, zwanzig Minuten westlich der Landeshauptstadt, und auch dieser war so gewesen, bis eben noch. Sie waren in die Apotheke gestürzt und hatten die Gesundheitshefte zerrissen und zerknüllt, bis die alte Apothekerin ihnen endlich die Traubenzuckerbonbons gab. Das machten sie immer so um diese Stunde, wenn nebenan die Leute vorm Bäckerladen Schlange standen, weil die Brote jetzt bloß noch die Hälfte kosteten. Es war die Stunde, bevor die Post ihre Schalter schloß und die Rollos herunterließ, und sie beeilten sich, zum Fluß hinunterzukommen, denn aus dem Bahnhofstunnel kamen ihnen schon die Brillenmänner mit den Aktentaschen entgegen, und wenig später würde man sie einfangen, festzurren auf dem Stuhl vor dem Brot und der Wurst. Also liefen sie schneller, den Berg hinab bis zum Supermarkt, wo der alte Orgelspieler über den Müllkübel gebeugt stand, der Mann, den die Kinder Gott nannten, weil er so ungeheuer alt war. Simon hatte ihm das Bonbonpapier vor die Füße geworfen, da waren die anderen schon an der Flußbrücke, wo die Ampel von Grün auf

Rot auf Grün sprang und trotzdem keiner fahren konnte. Waren zwischen Kofferräumen und Kühlerhauben hindurchgeschlüpft, und Lenz war sogar über die Kühlerhauben geklettert, und sie alle waren hinuntergerannt zum Flußufer.

So ein Spätnachmittag war das bis eben gewesen, und eigentlich war er es immer noch, denn was machte es für einen Unterschied, daß der Junge hinterm Mühlrad im flachen Wasser lag, die Arme wie einen Kranz um den Kopf, als habe er sich auf sein Bett geworfen. Über dem anhaltenden Brummen der Motoren lag das Entengeschnatter, wie immer, und da riefen sie schon die Glocken von Sankt Quirin an die Abendbrottische, und nur daß das Gesicht des Jungen unter Wasser blieb, machte, daß sie sitzenblieben. Saßen im feuchten Gras am Uferhang, Lilli, Simon, der seinen Walkman ausnahmsweise mal in der Tasche ließ, Lenz, Nele, die heute ein Sonnenkäppi trug, und die anderen Draußenkinder von Edering.

Und Ehf. Ehf, deren Eltern keine Lust hatten, einen Namen wie alle anderen auszusprechen oder zu schreiben, Ehf schlang die Arme um ihre nackten Knie. Neben ihr schob Nele mit der Zunge zum hundertsten Mal die Zahnspange vor die Lippen und saugte sie gleich darauf wieder ein. Dabei bewegte sie nur die Zunge und die Lippen, starr war ihr Blick auf den Fuß des Jungen gerichtet. Der hing in einem roten Leinenschuh fest, und den gab das alte Mühlrad nicht her. Das stand so still wie an jedem Tag, ein Denkmal, ein Wahrzeichen der Gartenstadt.

Lilli beugte sich vor. Sie streckte die Hand aus, doch sie kam nicht weit genug. Suchend streifte ihr Blick umher. Sie stand auf, gab Lenz einen Stoß und zog einen Ast unter seinen Beinen heraus. Damit ging sie so dicht ans Wasser heran, daß Ehf sicher war, sie würde hineinfallen, jeden Augenblick. Doch Lilli fiel nicht. Hockte sich hin und berührte mit dem Stock die linke Hand des Jungen. «Sebastian», flüsterte sie.

Keines der Kinder regte sich. Hatte er sich nicht eben bewegt? Gleich würde er den Fuß aus dem Mühlrad ziehen, aufstehen, sich wie ein nasser Hund schütteln. Würde lachen, vielleicht.

Nele bewegte sich als erste wieder, dann Ehf. Was nutzte ihre Reglosigkeit? Sie kannte sich aus mit dem Ende, ihre Familie lebte davon, hier würde ihr Vater wieder mal zu tun bekommen.

Aus Ehf wurde Eva, knapp zwanzig Jahre später hatte sie die Lust am Buchstabieren verloren.

Sie war arbeitslos und kam zurück nach Edering.

«Du kannst ins Geschäft einsteigen», bot der Vater ihr an. Eva zögerte. «Ich will nicht vom Tod leben», sagte sie. Doch die Wahrheit lautete: Sie hatte Angst vor Gespenstern.

«Wen man nicht begraben hat, der kehrt zurück», hatte der Großvater immer gesagt.

Das Geschäft von Ehfs Eltern lag gegenüber der Apotheke, und statt ihn zu grüßen, hatte der Großvater immer zum Apotheker gesagt: «Wir halten Ihnen den Laden sauber.» Jetzt lag der Großvater in seinem Meisterstück, das stets die Zierde des Schauraums gewesen war, auf dem Neuen Friedhof vorn an der Bundesstraße, und sein Sohn, Ehfs Vater, überlegte seit langem, ob er die Särge nicht gegen Möbel tauschen sollte, denn die Leute wurden immer älter. «Die Polster taugen auch für warme Knochen», sagte er und spitzte sofort nach dem letzten Wort wieder die Lippen, um ein Lied zu pfeifen. Immerzu pfiff er. Musik lag bei Ehf in der Familie, der Großvater hatte gesungen. Keine Trauergemeinde, der er nicht seine Arien aufschwatzte, als Zugabe zum Sarg und als krönenden Abschluß der Zeremonie. «Trauer mit Bauer, diskret und gediegen», sagte Ehfs Mutter mit spöttischem Lächeln noch heute, und daß Gott, der alte Orgelspieler, deswegen verrückt geworden sei. Großvater zog bei den hohen Tönen die Oberlippe so hoch, daß man sehen konnte, wie weit sein Zahnfleisch zurückgegangen war, aber trotzdem schaffte er die hohen Töne nicht, jedenfalls nicht die richtigen.

Immer wenn Hinterbliebene zu Großvater ins Geschäft kamen, um das letzte Ruhebett für ihren lieben Vater, Schwiegervater, Vetter und Schützenkönig auszusuchen, konnte der Großvater sich an so viele schöne Geschichten erinnern, die er zusammen mit dem Verstorbenen erlebt hatte, daß die Tränen in den Augen der Hinterbliebenen irgendwann Lachtränen waren. Großvater kannte alle, die er beerdigte. Und von allen wußte er, wenn die Geschichten erzählt waren, daß sie sich nichts sehnlicher gewünscht hatten, als daß er, der Großvater, auf ihrer Beerdigung «Oh Haupt voll Blut und Wunden» singen möge. Oder «Der Stern, auf den ich schaue». Oder «Junge, komm bald wieder». Ja, der Fischer-Franz habe sich das wirklich sehr gewünscht, hat der Großvater gesagt. Und auf der Beerdigung vom Fischer-Franz «Junge, komm bald wieder» gesungen. «Ich wußte gar nicht, daß der alte Fischer sich selbst so wörtlich nahm», sagte Ehfs Vater hinterher, und Ehfs Mutter sagte, sie habe gar nicht gewußt, daß der Großvater wirklich mit sich selber ein Duett singen könne.

Der Großvater tat dann immer so, als hörte er nicht, was die anderen sagten, und nur zu Ehf sagte er manchmal: «Das sind Perlen vor die Säue», und Ehf wußte nie, ob die Säue nun die Verstorbenen oder die Hinterbliebenen waren, denn gewünscht hatten es sich ja angeblich immer die Verstorbenen. Und denen gab der Großvater seine Arien immer als Dreingabe zum Sarg, obwohl sie es ja eigentlich nicht mehr hören konnten. Weil die sich nicht mehr wehren können, sagte Ehfs Mutter immer. Nur das Meisterstück, das gab der Großvater nicht her, nicht einmal mit drei Arien, nicht einmal mit einer ganzen Passion. Darin wollte er selber liegen, und da lag er nun drin, und vor ihm hatte einzig nur Ehf drin gelegen.

Es gab kaum einen besseren Platz, um in Ruhe nachzudenken. Ehfs Eltern hörten den ganzen Tag Musik, manchmal tanzten sie. Bei Bauers gehörte eben die Musik dazu, nur daß jeder in der Familie etwas anderes darunter verstand. Ehf mochte weder singen noch tanzen, Ehf dachte Musik. Am besten ging das in Großvaters Meisterstück und nur, wenn gerade keiner gestorben war und der Schauraum abgeschlossen blieb. Der Schlüssel lag damals immer in einer Schublade in Großvaters Schreibtisch, und niemand ahnte, daß Ehf das wußte. Seit der Großvater tot war, gab es keine Schlüssel mehr im Hause Bauer. Aber damals, als Türen noch versperrt wurden, dachte Ehf wunderbare Musik im weichen Polster von Großvaters Meisterstück. Manchmal brachte sie Olga mit, die

Puppe ohne Arme, oder den schlaffen Bären, und Olga oder der Bär wurden lebendig von der Musik, die Ehf dachte. Als in der Schule die Entwicklung vom Ei zum Huhn dran war, nahm Ehf ein Ei mit in den Schauraum. Legte es auf das Polster im Meisterstück und sich selbst darauf, vorsichtig, daß der Bauch wie ein Federkleid darüber war. Sie dachte Musik und wartete auf das Küken und schlief darüber ein, bis ein Klopfen sie weckte. Ein Herzschlag. Ihr eigener.

Sebastian kam nicht zurück aus dem Wasser. Längst hatte Lilli den Stock weggeworfen, nach Ehfs Hand gegriffen und so, einen Fuß noch am Ufer und einen auf einem Stein im Wasser, mit den Fingern Sebastians Hand berührt. Aber er griff nicht zu, wie sie alle hofften, er blieb regungslos und noch immer wie auf ein Bett geworfen, wie ins Gras gekuschelt im Sommer.

An Ehfs Hand zog sich Lilli ans Ufer zurück. Sie sah einen nach dem anderen an, Lenz, der in der Nase bohrte, Simon mit dem Gameboy, Nele, die ihre Zahnspange ausnahmsweise in Ruhe ließ, und zuletzt Ehf. Ehf erschrak über diesen wilden Triumph in Lillis Blick. Das würden sie ihr nie verzeihen.

«Der bleibt für immer neun», sagte Lilli und sprang wie ein hungriger Spatz zwischen den Beinen der Kinder umher. «Wenn wir schon Auto fahren können, wenn wir arbeiten, Französisch sprechen, selbst wenn wir alle längst erwachsen sind, ist Sebastian immer noch neun.»

Sie hörte nicht auf umherzuspringen. Am liebsten hätte Ehf sie festgehalten. Gleich würden sie hier sein, und wenn sie Lilli so sahen, mußten sie doch denken, daß Lilli schuld sei, irgendwie. Das sagten sie manchmal, wenn sie der Meinung waren, die Kinder hörten sie nicht. Irgendwie, sagten sie, hat sie schuld. «Irgendwie» sagten sie immer dazu. Das machten sie oft. Aber wenn sie ein «Irgendwie» an einen Lillisatz hängten, klang es beinahe, als hätten sie Angst. Bei dem Jungen an der Kreuzung war es so gewesen. Bei dem Kind, dessen Eltern im Schauraum gesagt hatten, ihre Tränen seien aufgebraucht. Und bei der kleinen Schwester von Lenz, der die Luft weggeblieben war. So, als hätten sie Angst, hatte Lenz erzählt.

Aber Lilli hüpfte weiter umher und sang: «Für immer neun.»

Als sie gerade wieder über Ehfs Beine springen wollte, zog die rasch die Knie an. «Halt die Klappe», sagte sie. Lilli kniff die Augen zusammen, ohne den Blick von Ehf abzuwenden. Ihr Körper spannte sich, ihr Atem war der Pfeil im Bogen. Waren die anderen Kinder schon längst erstarrt, so versteinerten sie jetzt. Wie gefrorener Schaum stand die Spange vor Neles Mund.

Dann sprang Lilli Ehf an. Sie wollte noch die Arme hochreißen, da rollten sie beide schon den Uferhang hinab, bis die Beine im Wasser hingen. Erst jetzt ließ Lilli sie los. Ehf spürte eine Schramme unter dem Auge brennen. Mit aller Macht zwang sie sich, nicht zum Mühlrad hinüberzusehen, zwei Armlängen entfernt.

Es war vollkommen still. Die Glocken von St. Quirin hingen längst wieder unbewegt im Turm. Wie spät war es? Das Wasser fraß sich in ihre Hosen. Schweigend krochen die Mädchen hinauf zu den anderen stummen Kindern. Gleich würden sie hier sein.

Eva war wieder zu Hause.

Sie saß auf dem Bett in ihrem alten Kinderzimmer. Alles sah noch so aus wie damals, als sie Ehf war.

Gleich würde es an der Tür klopfen, und eine Kreidefresserstimme würde sagen: «Macht auf, euer liebes Mütterchen ist wieder da und hat jedem von euch etwas mitgebracht.»

Eva ließ sich zurückfallen. Blieb ihr etwas anderes übrig, als vom Tod zu leben? Das Geschäft hatte die Familie auch früher ernährt, den Vater, davor den Großvater.

«Macht auf!» rief die Kreidefresserstimme.

Was sollte sie machen, es gab sonst nichts zu tun für sie.

«Macht auf!»

Eines kam um am Tag nach Michaeli. Das war das erste Kind. Noch klein, gerade eingeschult, und niemand wußte sich zu erklären, wie das passieren konnte. «Sie sind doch zusammen aufgewachsen», soll der Vater des Kindes gesagt haben, und daß die Kleine jederzeit in den Hundezwinger hat gehen können, «warum denn auch nicht, Cäsar gehorchte ihr sonst aufs Wort». Lilli schüttelte den Kopf, als Ehf ihr davon erzählte. Kein Hund gehorche aufs Wort, sagte sie, nur auf die eigene Angst horche er. «Das war kein Spiel mit dem kleinen Mädchen», sagte sie, «das war ein Kampf gegen die Angst.»

«Warst du denn dabei?» fragte Ehf. Statt einer Antwort lächelte Lilli, ein wenig mitleidig sah das aus. Der Hund wurde eingeschläfert und das Kind beerdigt am Freitag vor Erntedank. «Wir pflügen, und wir streuen», sangen sie am Sonntag in der Kirche. Kurz darauf mußte Ehfs Vater zum ersten Mal einheizen in diesem Herbst, als Lilli kam.

14

Eva lag auf dem Bettsofa in ihrem alten Kinderzimmer und riß die Augen auf.

Weiß Gott, sie fürchtete sich vor Gespenstern.

Als sie neun Jahre alt war, passierte das mit den Kindern. Eines nach dem anderen verunglückte tödlich, sechs Kinder in nur wenigen Monaten. Aber waren es im Märchen nicht sieben Geißlein? Nein, eines hatte doch im Uhrenkasten gesteckt. Das war Lilli, die ist entwischt. Aber dann muß sie doch geschnappt worden sein, irgendwo da draußen, wo niemand sie begraben konnte, darum kehrte sie jetzt zurück.

Ein anderes kam an Sankt Martin zu Tode.

«Ich wußte gar nicht, daß es so was gibt», sagte Lilli später, «ein automatisch schließendes Garagentor.» In Edering bürgerte sich das ein, die meisten brauchten breite Garagen, damit beide Autos nebeneinander Platz hatten, man wußte ja nie, wer zuerst losfahren mußte. «Eine Frau allein kann das gar nicht mehr bewegen», hörte Ehf Simons Mutter sagen, als Simons Eltern bauten. Simons Mutter bekam dann auch so ein Garagentor, das sie per Fernbedienung vom Auto aus bewegen konnte. Daß so ein Tor zwei Straßen weiter einem anderen Kind ausgerechnet an Sankt Martin zur tödlichen Falle werden würde, hatte weder mit Laternen noch mit einem Bettler zu tun. «Es war einfach zuviel Verkehr ringsum», erzählte Lilli später, «alle Nachbarn kamen in dem Moment von der Arbeit nach Hause, überall schossen die Garagentore hoch, da wußte erst keiner, woher die Schreie kamen.»

Ein Mantel war nicht da, um ihn über den zerquetschten Körper zu legen, aber irgendwann kam doch der Rettungswagen, in dem immer ein für solche Fälle vorgesehenes Tuch zur Hand ist.

Sankt Martin aber ritt in Eil' hinweg mit seinem Mantelteil.

Eva stand auf. In ihrem Gepäck war das Notebook. Sie wollte Bewerbungen schreiben. Vielleicht gab es doch noch etwas anderes zu tun für sie.

«Edering, den 2. August», schrieb sie. Und kam darüber nicht hinaus.

Das Dorf der toten Kinder, so hatten die Zeitungen Edering genannt. Das war fast zwanzig Jahre her, und kein Mensch konnte sich noch an die Geschichte erinnern.

Aber jetzt war sie wieder hier, und die Eltern wollten wissen, ob sie ins Geschäft einsteigen würde.

Und die toten Kinder waren auch immer noch da.

Ein anderes war von einem Zug erfaßt worden.

Das war kurz vor Pfingsten, und die Erwachsenen hielten es schon längst nicht mehr für einen Zufall. Obwohl es natürlich auch keine Vorsehung war. Davon blieb Lilli überzeugt.

Das Kind sei genauso auf den Gleisen balanciert, wie sie das immer getan hätte, und sie müßten das auch mal probieren. «Man merkt es eigentlich nur mit verbundenen Augen, wann der Zug kommt, mit den Füßen merkt man das.»

Das Kind hatte wohl nichts gespürt, denn es war stehengeblieben, als der Schnellzug heranraste. Vielleicht ging alles auch viel schneller, als ein Kind das einschätzen kann. Was weiß so ein Zwerg schon von Stundenkilometern?

«Was nutzt eine Zehntelsekunde gegen die Ewigkeit?» sagte Lilli. Da hatten die Erwachsenen sie längst im Visier.

«Wen man nicht begraben hat, der kehrt zurück», sagte der Großvater immer. Die toten Kinder waren alle begraben worden, Sebastian war der letzte. Nummer sechs.

«Warum bin ich eigentlich so sicher gewesen, daß Lilli Nummer sieben sein würde?» schrieb Eva in die Datei mit dem Namen «Bewerbungen». Für was sollte sie sich wohl bewerben? Es gab nichts mehr zu tun für sie, nur eines. Die Toten begraben. Sie mußte diese Angst vor Gespenstern besiegen.

«Lilli lebte in den Notunterkünften auf der Engelsalm», schrieb sie, «und der Großvater sagte, dort tragen die Engel Ederings Kinder gen Himmel.»

Es klopfte an der Tür. Eva erschrak.

«Kommst du?» hörte sie die Stimme der Mutter, «es gibt Abendbrot.»

Lilli bemerkte sie schon, als die anderen noch immer auf das Mühlrad starrten. Aufrecht stand sie am Uferhang. Ehf sah, wie sie ihr Kinn gegen die Brust drückte. Dann hörte sie auch die Autotüren, Männerstimmen, Schritte. Sie waren da.

«Macht mal Platz da!» rief Herr Hampel von der freiwilligen Feuerwehr schon von oben. Die Gebrüder Wetsch, die hinterm Bahndamm einen Schreibwarenladen mit Lotto betrieben und immer böser wurden, seit die Post auch Ringbücher und Schnellhefter führte, drückten sich geschäftig an ihm vorbei, schoben die Kinder beiseite und waren als erste beim Mühlrad. An seinem Pfeifen erkannte Ehf, ohne hinzusehen, ihren Vater. Seite an Seite mit Max, dem Bademeister vom Sommerbad, kam er den Hang hinunter, und Max sprang hinterher, immer noch eine Spur waghalsiger. Mutiger. Seit dem vergangenen Sommer war Ehf in Max verliebt, weil er damals der einzige Zeuge ihres ersten und völlig mißlungenen Sprungs vom Fünfer gewesen war und ihr, als sie mit brennenden Schenkeln aus dem Wasser kletterte, die Hand gereicht und «Wird schon» gemurmelt hatte.

Mit dem Schlagen der Autotüren waren auch die anderen Geräusche zurückgekehrt. Rasenmäher brummten, irgendwo kreischte eine Säge, aus der Ferne heulte ein Martinshorn heran. Ehfs Vater unterbrach sein Pfeifen, als er Sebastian sah. «Abendbrot», zischte er Ehf zu, und wie zur Erklärung stieß er Max an und machte mit dem Ellbogen Flügelbewegungen. «Werden langsam flügge, die Zwerge», gab Max in seiner schwerfälligen Redeweise zurück. Lilli spuckte aus. Die Arme vor der Brust verschränkt, stand sie breitbeinig bei ihrem Hofstaat und entließ keinen aus ihrem Bannkreis. Die Männer taten, als bemerkten sie das nicht. Redeten von Zäunen, fluchten, zogen Sebastian aus dem Wasser wie einen erbärmlichen Fisch. Ehf versuchte, sich auf den Anblick seiner Schuhe zu konzentrieren. Sie kam schon zurecht mit Toten, nur die Augen mochte sie nicht, da war kein Licht mehr drin. Das Rot der Schuhe aber war so schön anzusehen, so dunkel wie überreife Kirschen.

Oben war aus dem Crescendo des Martinshorns ein Rettungswagen gewachsen, Männer in weißen Anzügen holten eine Bahre heraus und schleppten sie den Hang hinab. Max und Herr Hampel übergaben ihnen die Leiche, die die Männer über ihren Köpfen hinauf zum Sankerwagen trugen. Die Kinder saßen da wie in der Turnstunde, auf dem Boden im Schneidersitz, auf den Fersen gehockt. Bloß

Lilli stand aufrecht, als würde sie gleich ihre Mannschaft wählen.

Ehfs Vater bot den Gebrüdern Wetsch Zigaretten an, die sie noch am Flußufer rauchten, während oben der Rettungswagen anfuhr. Die Brüder schüttelten fortwährend die Köpfe. «Das nimmt kein Ende mehr», murmelte der eine immer wieder, und der andere wiederholte von Zeit zu Zeit «Kein Ende». Dabei vermieden sie es, die Kinder anzusehen. Nur Ehfs Vater starrte, während er rauchte, unverwandt auf Lilli. Den letzten Zug inhalierte er tief, warf die Kippe ins Wasser und machte drei Schritte auf Ehf zu. «Komm», sagte er und packte sie am Arm. Dann lächelte er Lilli zu, ein klägliches Lächeln. «Jetzt ist der Krieg ja aus», sagte er, «dann könnt ihr ja bald wieder nach Hause.»

Lilli spuckte noch mal aus. «Da täuschst du dich, Mann», sagte sie, «der Krieg hat gerade erst begonnen.»

«Das nimmt kein Ende mehr», sagte Ehfs Vater am Abendbrottisch, so wie es eine halbe Stunde zuvor der dickere der Gebrüder Wetsch gesagt hatte. Daß Ehf mit am Tisch saß, wie jeden Abend, schien er vergessen zu haben. Also ließ Ehf sich versteinern. Ein Grabengel mit Leberwurstbrot in der rechten Hand, so saß sie da.

«Das sechste in diesem Jahr», sagte ihr Vater, und die Mutter lachte schrill. «Seit wann glaubst ausgerechnet du an ein Komplott, wenn's ums Sterben geht?»

«Seit dieses Kind hier ist.»

Mit dem kleinen scharfen Küchenmesser spießte er eine Fleischtomate auf, um sie gekonnt auf seinem Teller zu sezieren. Nicht ein einziger Tropfen Saft, nicht einmal eines der kleinen glitschigen Körnchen landete neben den Tomatenscheiben, die er nun einzeln auf sein Brot schob. Er biß hinein und murmelte kauend: «Sie macht die Kinder verrückt.»

«Ehf», mahnte ihre Mutter, und Ehf zuckte zusammen, «hör auf zu träumen und iß was.»

«Trauer mit Bauer», stimmte Ehf leise an, es klang wie eine Choralmelodie, «diskret und gediegen, diskret und gediegen.»

Wieder lachte die Mutter schrill auf, und ihr Vater sagte mit vollem Mund: «Alles zu seiner Zeit, mein Kind.»

«Alles hat seinen Preis», verbesserte ihn Ehf.

Der Vater sah die Mutter an. «Das ist jetzt so eine Phase, ja? Sie kommt in die Pubertät oder so, ja?»

Die Mutter lachte nicht mehr. «Sie ist neun», sagte sie, auffallend ruhig.

«Bei Rot stehen, bei Grün gehen», krähte Ehf fröhlich und schob das Leberwurstbrot in einem Stück in den Mund, «die Regel mit A und die mit B. Ah Beh Ceh, die Katze lief im Schnee.» Sie lachte in die hilflosen Gesichter der Eltern. Kapierten ihr eigenes System nicht mehr.

«Morgen früh, wenn Gott will», hatte sie noch am Vormittag in der großen Pause auf dem Schulhof gesungen, als Nele am Boden lag und aus dem Kopf blutete, «morgen früh, wenn Gott will, wirst du wieder geweckt.» Jakob, Luki und die anderen Drinnenkinder aus Edering, die das Regel-ABC so gut kannten wie ihre Gute-Nacht-Gebete oder die PS der Autos ihrer Väter, sie alle hatten mitgemacht.

«...mi-hit Rosen bede-heckt», summte Ehf vor sich hin, während ihre Mutter den Abendbrottisch abräumte, «mi-hit Nelken be-he-steckt ...»

«Ende des Jahres», sagte der Vater, «Möbel statt Särge.
Ein für allemal.»

Die Mutter zog die Mundwinkel herab. «Machste ja doch
nicht. Laufen die Geschäfte doch viel zu gut dafür.»

Das Mädchen von der Engelsalm

Ehf war Lilli das erste Mal an einem dieser Spätnachmittage begegnet, auf den Stufen beim Bahnhofskiosk. Das Mädchen, das Ehf auf der Kante der obersten Stufe sitzen sah, erinnerte sie an die Barbiepuppe, die sie sich wünschte, so wunderschön dünn und die Augen schwarz wie Kranzschleifen. Das Mädchen schnitt mit einem Taschenmesser Stück für Stück von einem Regenwurm ab. Als nicht mal mehr die Hälfte übrig war, blickte sie auf und sah Ehf ins Gesicht, die noch nicht sicher war, ob ihr der Wurm leid tat oder ob sie es schade fand um das schöne Messer. Kranzschleifenschwarz. Barbie hätte das nicht getan.

Eigentlich wäre Ehf auch lieber weggelaufen. Aber die restliche Wurmspitze krümmte sich noch, darum blieb sie stehen. «Ist doch egal», sagte sie. Die Augen des Mädchens wurden zu Schlitzen. Sie fixierten Ehf, und Ehf zwang sich, freche Sätze zu denken, Hau doch, Kannst mich mal, damit die andere ihr nicht ansah, daß sie eigentlich an die Leinentischdecke auf dem Küchentisch dachte und an den vertrauten Geruch zu Hause. Bald war Abendbrotzeit.

Ohne Ehf aus den Augen zu lassen, tastete das Mädchen nach den Wurmstücken und schob eines davon in den Mund. Langsam begann sie zu kauen. Ehf spürte, wie ihre Zunge trockener und trockener wurde. Das Mädchen streckte ihr die geöffnete Hand entgegen. Drei klebrige Klumpen lagen darin.

«Nimm», sagte sie.

Und Ehf gehorchte.

«Guten Appetit», sagte die Mutter und ließ Evas linke Hand los. Rechts lockerte der Vater den Griff. Sie schlugen die Stoffservietten auf und spießten die Gabeln in die Wurst. Sie aßen schweigend. Eva kannte es nicht anders. Erst das Brot. Danach ließ sich reden.

«Und jetzt?» Der Vater legte die Serviette zusammen. Schnell nahm Eva noch eine Scheibe Brot.

«Das Land ist am Ende», sagte die Mutter, «allein bei uns hier im Landkreis jede Woche ein Konkurs.» Sie lachte ihr schrilles Lachen, das in den letzten Jahren etwas knapper geworden war, eher ein Hicksen. Der Vater sah die Mutter an. Sie erwiderte den Blick.

«Wir haben alles vorbereitet, Ehf.»

«Eva», korrigierte Eva den Vater.

«Entschuldige. Eva. Du kannst erst mal als Angestellte anfangen.»

«Natürlich nur pro forma. Du bekommst deinen eigenen Bereich.»

«Wir dachten ans Funeralcoaching. Das liegt dir doch.»

«Da kannst du dich kreativ austoben, den Ablauf gestalten, das ganze Drumherum.»

Sie ließen einander nicht aus den Augen. Spielten sich die Bälle zu. Es war unerheblich, ob Eva dabeisaß. Sie kannte das von früher. Ihr Blick ging durchs Fenster hinaus in den Garten. Der alte Kirschbaum war fort, gefällt im vergangenen Jahr, er war einfach schon zu morsch gewesen. Aber

für zwei Särge würde er noch getaugt haben, vielleicht sogar für drei, Eva konnte das immer noch nicht einschätzen. «Ist auch nicht nötig», würde der Vater sagen, «wir fertigen nicht selber.» Sie bereiteten alles vor. Sie haben nie etwas anderes getan. Auch das Abendbrot war immer schon vorbereitet gewesen. «Krisensichere Branche», hörte Eva den Vater sagen, «gestorben wird immer.»
Ihr Blick kehrte an den Tisch zurück. Erwartungsvoll sahen die Eltern sie an.

Lilli hätte nie gedacht, daß Ehf die Wurmstücke tatsächlich essen würde, damals, auf den Stufen beim Bahnhofskiosk. «Keines der anderen Kinder hätte das getan», sagte sie später, und daß sie Ehf darum auch von Adamczyk erzählt habe. So einen wie den gab man nicht so schnell preis, vor allem nicht, wenn man nicht sicher sein konnte, ob der andere ein Drinnenkind oder ein Draußenkind war. «Drinnenkinder sind Kojoten», sagte Lilli auf dem Weg zu Adamczyk, und Ehf hoffte inständig, auf der richtigen Seite zu sein. Immerhin war sie so eine, der man Adamczyk ruhig zeigen konnte. «Er ist mein größter Schatz», erklärte Lilli, «und ich denke dabei nicht ans Knutschen, sondern an Reichsein.» Und dann nahm sie Ehf mit auf das Schloß, und als sie ankamen, war Ehf überrascht, daß es die Engelsalm war. «Das ist doch gar kein Schloß», rutschte ihr heraus, gottlob nur ganz leise.
Das Schloß war ein zweigeschossiger Containerbau, er stand auf der Wiese, die bei den Ederingern Engelsalm hieß, und die Alten im Dorf wußten auch noch, weshalb. Aber sie verrieten es keinem, und nur einmal, an einem Neujahrsmorgen, als Ehf in der Werkstatt zusah, wie der

Großvater den Guten-Rutsch-Sarg zimmerte, da dachte er, weil noch niemand sonst wach war, ein wenig laut vor sich hin, wie er es gern tat in solch stillen Momenten. «Die hat's auf der Engelsalm erwischt», sagte er, «armes Mädel. So oder so, da tragen die Engel Ederings Kinder gen Himmel.» Aber als er dann Ehf ansah, strich er ihr kopfschüttelnd übers Haar und sagte:«Ist schon lange her, Kind, ist schon lange, lange her.» Nur wenig später, an Fasching, wurden die Wohndosen auf die Engelsalm gestellt, und der Großvater schaute zum Himmel und schüttelte den Kopf. Daran mußte Ehf jetzt denken, als sie mit Lilli vor dem wackeligen Tor stand. «Ich bin eine Kaiserin», sagte Lilli, «und das ist mein Schloß. Vergiß das nie!»

Ehf nickte. Für einen kurzen Moment hatte sie das Gefühl, ihr Magen würde die Wurmstücke wieder von sich geben, doch noch ehe sie würgen mußte, fragte Lilli: «Wie heißt du eigentlich?»

«Ehf», stieß Ehf hervor, und, Rückfragen gewohnt, buchstabierte sie: «Eh Hah Eff.»

«Ich heiße Lilith», sagte Lilli und trat gegen das Tor, das mit einem Stöhnen aufsprang, «aber Adamczyk hat mich davor gewarnt, es zu verraten, und darum sagen alle Lilli, du auch, kapiert?»

Wieder nickte Ehf. Sie starrte auf die Wohncontainer. An den Fenstern hingen weiße Schüsseln, durch eines der Fenster flog ein schwarzes Knäuel, und im selben Augenblick wurde Ehf von Lilli zur Seite gezogen, in den Schutz eines Müllcontainers, der ölig in der Sonne glänzte. Lilli ging in die Hocke, und Ehf tat es ihr gleich. «Es ist ein schlafendes Schloß», erklärte Lilli, «man weckt es besser nicht auf.» Sie zischte durch die Zähne, und das Knäuel sprang mit einem Fauchen zur Seite. Ehf erschrak. Aber es war bloß eine Katze.

Aus dem Schloß war jetzt Musik zu hören, blechern wie aus einem alten Fernseher. Lilli griff mit beiden Händen in eine Pfütze unter der Mülltonne und schmierte sich den Schlamm ins Gesicht. «Du auch», befahl sie, und Ehf gehorchte. Mit einer Kopfbewegung bedeutete Lilli Ehf, ihr zu folgen. Auf Händen und Füßen schlich sie in großem Bogen um das Schloß. Ehf kroch in gebückter Haltung hinterher.

Eine breitstufige Treppe flankierte den Klotz, Gitterroste bildeten die Stufen, ein wackeliges Geländer hing daran. Am Boden vor der untersten Stufe lag die Katze, oder war es eine andere? «Adamczyk wohnt im zweiten Stock», sagte Lilli, «dritte Tür links. Komm hierher.»

Sie verschwand hinter einem buschigen Hollerstrauch, der wohl vor langer Zeit einmal die Engelsalm begrenzt hatte. Ehf stieg ihr nach. Da stand ein rostiges Auto ohne Dach und ohne Räder, und Lilli saß schon hinterm Lenkrad. «Steig ein», befahl sie. Ehf streckte die Hand nach dem Türgriff aus, doch Lilli schnalzte ärgerlich. Also stieg Ehf über die fensterlose Tür und ließ sich in den Beifahrersitz sinken. Endlos gab das Polster nach, Ehf glaubte zu schweben. Sie kannte Autowracks nur von Abschleppwagen, die manchmal damit vorüberfuhren. Daß man eines im Garten stehen haben konnte, hatte sie nicht gewußt. «Ich muß erst noch mehr von dir wissen», sagte Lilli und legte die Hände auf das Lenkrad. «Hast du Geschwister?»

Ehf schüttelte den Kopf.

«Machst du Ballett oder so was?»

Wieder schüttelte Ehf den Kopf.

«Was hast du heute gemacht seit dem Frühstück?»

«Ich habe mein Pausenbrot in den Rucksack gesteckt und bin zur Schule gegangen. Wieso?»

«Ich stelle hier die Fragen. Zu Fuß?»

«Wie denn sonst?»

Lilli schlug wütend mit der flachen Hand auf das Lenkrad. Eine Hupe quäkte. «Ich frage, verdammt. Deine Mutter hätte dich beispielsweise fahren können.»

«Es sind doch bloß zehn Minuten zu Fuß.»

«Das heißt nichts. Wer hat dein Pausenbrot geschmiert?»

«Meine Mutter.»

«Siehste. Was war nach der Schule?»

«Ich bin heim und hab mich in den Sarg gelegt.»

«Was?»

Triumphierend ließ Ehf sich noch tiefer ins Polster sinken. Stumm genoß sie es eine Weile lang, wie Lillis Blick sich an ihr festsaugte, bis sie beinahe singend hinterherschob: «Leider ist es bloß ein Mittelklassemodell. Der Spitzensarg ist weg, seit der Großvater tot ist.» Und ohne daß sie es geahnt hätte oder verhindern konnte, schossen Ehf die Tränen in die Augen. Sie drehte den Kopf weg, damit Lilli nichts merkte.

«Erzähl weiter», forderte die. Ehf schluckte. Sie legte den Unterarm auf den Türrahmen und versuchte, lässig auszusehen. «Laß mich in Ruhe», stieß sie hervor. Es sollte kaltschnäuzig klingen, doch es hörte sich an wie ein Schluchzen. Jetzt war es sowieso egal, genausogut konnte sie aufstehen und gehen. Sie zog sich am Türgriff aus dem Polster hoch, doch Lilli drückte sie wieder zurück. «Pssst», machte sie und ließ sich ebenfalls in den Sitz rutschen. Dann sah sie Ehf an, grinste, spuckte auf zwei Finger und fuhr damit über Ehfs Wange. «Deine Tarnung», flüsterte sie. Ehf schüttelte Lillis Hand mit einer raschen Kopfbewegung ab und rieb mit dem Handrücken ihre Wange. Stimmen näherten sich.

«Runter!» kommandierte Lilli im Flüsterton. So gut es ging, duckten die Mädchen sich unter das Armaturenbrett. Sehen konnten sie hier unten nichts, nur hören. Ehf unterschied zwei Stimmen, die eines jungen Mannes und die eines Mädchens. «Irgendwas ist immer», sagte der junge Mann, während sie im Gebüsch vor dem Autowrack raschelten. «Gestern Fahrschule, vorgestern Halsweh.» Was das Mädchen antwortete, konnten die beiden im Auto nicht verstehen. Es klang beleidigt. Das Rascheln wurde leiser, als entfernte es sich. Dann war Schlüsselklirren zu hören, nicht ganz so weit weg, wie Ehf angenommen hatte. Ein Klicken, ein Wischen. Dann wieder ein Rascheln.

«Jetzt», flüsterte Lilli und schob sich langsam höher. Ehf hörte die beiden atmen. Schon konnte Lilli über den Tacho hinwegsehen. Sie grinste. Mit der Hand bedeutete sie Ehf, ebenfalls hochzukommen. Ehf stützte die Hand aufs Polster und wollte sich hochstemmen, als sie im weichen Sitz das Gleichgewicht verlor und gegen Lilli stieß. Die fiel auf das Lenkrad. Die Hupe quäkte wie ein aufgeschreckter Frosch. Eine Oktave höher quiekte das Mädchen. Ehf sah sie aufspringen, splitternackt, nach ihren Kleidern greifen und weglaufen, auf den Wald am Rand der Wiese zu, gefolgt von dem nackten Jungen, der storchenbeinig hinter ihr hersprang.

Lilli konnte sich kaum halten vor Lachen, und prustend fiel Ehf mit ein. Sie lachten, lachten, bis Lilli aufstand, eine Dompteuse nach dem Auftritt. «Laß uns gehen.»

Diesmal gingen sie aufrecht, ums Schloß herum zu auf die andere Seite, wo ebenfalls eine Metalltreppe hochführte. «Adamczyk ist so alt wie der Himmel», sagte Lilli unterwegs, «und früher war er Kapitän.» Dann waren sie schon an der Treppe. Ehf mußte unten warten, während Lilli Adamczyk holen ging, doch nach einer Weile kam sie allein zurück und blieb am oberen Ende der Treppe stehen. Hinter ihr war lautes Gezeter zu hören.

«Er war nicht da», erklärte Lilli, «und du haust jetzt auch ab, kapiert?»

Klar hatte Ehf kapiert. Sie drehte sich um und ging, während das Gezeter in ihrem Rücken anschwoll. Aber Lilli war eine Kaiserin.

Die Eltern blickten sie immer noch an. Eva legte die Stoffserviette auf den Teller.

«Ich bin müde», sagte sie.

Der Vater sah die Mutter an. Die Mutter nickte. «Schlaf dich erst mal richtig aus», sagte sie.

«Genau, schlaf eine Nacht drüber», sagte der Vater. «Morgen reden wir dann weiter.»

Später in ihrem Zimmer schrieb sie «Wo bist du, Lilli?» in die Bewerbungsdatei. Morgen würden sie weiterreden. Bis dahin mußte Lilli begraben sein.

«Ich dachte, ich hätte dich vergessen», schrieb sie, «aber du gehst hier um, das merke ich, seit ich zurück bin in Edering. Lilli, meine Freundin. Wir waren Kinder, als wir uns zuletzt gesehen haben. Sechs andere Kinder kamen damals ums Leben. Was für Kinder sind wir gewesen?»

Sie machte das Licht aus und öffnete das Fenster. Draußen war es still, nur ab und zu fuhr in der Ferne ein Auto. Sie setzte sich auf die Fensterbank und ließ die Beine baumeln. Die kühle Nachtluft tat gut. Waren schon Sterne zu sehen? Sie beugte sich vor und sah in den Himmel. Er war vollkommen schwarz. Sie blickte in den Garten unter sich. Früher war sie manchmal da hinuntergesprungen, nachts, wenn sie nicht schlafen konnte. Damals gab es den Kirschbaum noch und die Schaukel an seinem stärksten Ast. Damals hatte das geholfen.

Eva zog die Beine hoch. Morgen früh, wenn Gott will... Was für Kinder sind sie gewesen?

«Das ist eure neue Mitschülerin. Sie heißt Lilith Rifka und lebt für eine Weile hier bei uns.»

Herr Thalmeyer, der Klassenlehrer, stellte das Mädchen mit den autoreifenschwarzen Haaren vor die Tafel und setzte sich auf das Lehrerpult. Das Mädchen von gestern. Das Mädchen aus dem Container. Das Regenwurmmädchen. Ehf erkannte sie sofort wieder. Aber ihr Schatz hatte sie doch gewarnt davor, ihren Namen zu verraten.

Herr Thalmeyer schlug ein Bein über das andere. «Lilith kommt aus dem Krieg», erklärte er, «also seid nett zu ihr. Ihre Mutter ist vor einem Vierteljahr mit ihr nach Deutschland gekommen, darum kann sie unsere Sprache schon. Wo wollen wir Lilith einen Platz anbieten?»

Zum ersten Mal bedauerte Ehf, neben Nele zu sitzen. Das war ihr in den vergangenen drei Jahren egal gewesen. Das hatte sich so ergeben und war ganz praktisch, denn Nele mochte auch nicht gern reden, in der letzten Zeit hauptsächlich wegen ihrer Zahnspange.

«Cool, aus dem Krieg», sagte Luki hinter ihr. Luki redete gern. Ausgeleierte Sätze wie: «Hat doch eh kein' Zweck.»

«Also?»

Herr Thalmeyer tat so, als warte er geduldig. Wie bei Heimat- und Sachkunde, wenn keiner aufzeigte, weil keiner die Frage mitbekommen hatte. Ehf sah, wie das Mädchen vorn an der Tafel kleiner wurde. Sie drückte sich gegen das Grün und verschränkte die Arme vor dem Bauch, ein Schild gegen die Kinderblicke. Weiß war die Bluse, mit Spitzen am Kragen und unten an den Ärmeln. Ehf sagte nichts. «Scho ne Omablusche», flüsterte Nele. Zu der Omabluse trug das Mädchen einen zippeligen schwarzen Rock. Bestimmt sollte sie fein aussehen heute, an ihrem ersten Tag in der Ederinger Schule. Lilli, die Kaiserin. So feingemacht, so fremd. Jetzt erkannte sie Ehf. Sie lächelte. Ehf lächelte zurück.

«Sieht aus wie'n Waschlappen», sagte einer. «Wischmopp», verbesserte ein anderes Kind. «Wühltischmaus.» «Geil auf Nutella?» «Schon mal Schwimmwesten anziehen, Bootisvolley.» Luki hob den Finger. «Bitte?» sagte Herr Thalmeyer, der jetzt gelangweilt spielte. «Die Braut kann zu mir», sagte Luki, «muß Sofie sich halt neben Vanessa setzen.» «Du spinnst wohl!» Seine Banknachbarin trat nach Luki. Er schrie übertrieben laut auf und rieb sich das Bein.

«Du spinnst wohl», sagte Lilli, ehe Herr Thalmeyer etwas hätte sagen können, und ging quer durch den Raum zu dem Tisch ganz hinten, an dem nur ein Kind saß. Das war Vanessa, die stank. Ein paar Kinder kicherten. «Heckenschütze zu Stinkbombe», sagte Luki, «was ist blöd und stinkt nach Kacke? Unser Kumpel, der Kanacke.» Alle lachten.

«Sind wir dann soweit?» fragte Herr Thalmeyer, immer

noch scheinbar gelangweilt. «Wenn die Herrschaften dann bitte die Rechenbücher herausholen würden...»

Dann war Rechnen dran. Zwölfplusneun, Achtzehnminusdrei, Fünfundvierziggeteiltdurchfünf. Im Heft, an der Tafel. Im Kopf. Ehf kam dreimal dran. Sie haßte das. Sie wurde ganz steif, wenn nach der Aufgabe ihr Name folgte und sie die Antwort zurückspielen mußte wie einen Ball, der auf sie zugeschossen worden war. Sie konnte nicht umgehen mit Bällen. «Das muß schneller kommen», sagte Herr Thalmeyer jedesmal.

Wenn sie nicht dran war, drehte Ehf sich um zu Lilli. Die saß kerzengerade auf ihrem Stuhl, die Arme auf die Tischplatte gelegt, und starrte Herrn Thalmeyer an, der sie nicht einmal aufrief, sie nicht einmal ansah. «Rechenkönig!» rief er gegen Ende der Stunde. «Alle aufstehen, wer falsch ist, hinsetzen.» Er schleuderte seine Aufgaben durch den Raum, forderte die Antworten mit dem Zeigefinger ein, nickte manchmal, schüttelte meistens den Kopf, bald saß schon die Hälfte der Kinder wieder, darunter Ehf, und Lilli wurde immer noch nicht gefragt. Zum Schluß stand nur noch Lenz. Und Lilli. «Ach, entschuldige», sagte Herr Thalmeyer, als er das bemerkte, «du warst noch nicht gefragt heute. Glückwunsch, Lenz.» Es gongte zur Pause. Die Kinder zerrten an ihren Taschen, rissen ihre Rucksäcke auf, zogen Dosen, Beutel, Flaschen heraus. Stülpten sich die Kapuzen ihrer Jacken über die Köpfe und stürmten nach draußen. Nur Lilli stand noch immer steif hinter ihrem Tisch und starrte auf die Stelle, von der Herr Thalmeyer längst verschwunden war. Meistens, wenn es gongte, beeilte er sich, ins Freie zu kommen, als fürchte er, von den hinausstürmenden Schülern totgetrampelt zu werden. «Die große Pause ist mir heilig», sagte er immer.

«In der großen Pause müssen wir alle nach draußen», sagte Ehf zu Lilli.

«Hei», sagte die Kaiserin. Sie ging an all den verlassenen Tischen vorbei auf Ehf zu und gab ihr die Hand. Das machte sonst keiner, nie. Darum ließ Ehf diese Hand erst gar nicht wieder los, und so kam es, daß sie Hand in Hand nach draußen gingen, Ehf und das Mädchen von den Bahnhofsstufen.

Draußen schien die Herbstsonne, daß sie stehenblieben am oberen Ende der Metalltreppe und die Augen schlossen. Ehf dachte an die großen Ferien, die noch nicht so lange zurücklagen. Sie setzte sich auf die oberste Stufe und zog Lilli, die sie noch immer an der Hand hielt, auf den Platz neben sich. Sie schirmten mit den Händen die Augen ab und betrachteten die Kinder auf dem Schulhof. Ein paar Jungen warfen etwas durch die Luft, jagten es einander ab und ließen es dann wieder durch die Luft sausen. Ehf sah genauer hin: Es war ein Sonnenkäppi. Irgendwo mußte das Kind stehen, dem es gehörte. Mit den Augen suchte Ehf den Schulhof ab. Richtig, da vorn beim Papierkorb stand ein kleines Mädchen und versuchte, nicht zu weinen, während immer wieder Gurkenscheiben, Tomaten und Brotstücke in den Papierkorb flogen. «Tor!» rief ein größeres Kind. Neben ihm standen zwei andere und warfen den Inhalt einer Brotzeitdose auf den Papierkorb. «Tor!» rief das größere Kind wieder und machte Luftsprünge, wenn eines der beiden anderen getroffen hatte. Vorsichtig, aus den Augenwinkeln, warf Ehf einen Blick auf Lilli neben sich. Die Gesetze des Schulhofes waren einfach, aber ob Lilli das verstand? «Leider war neben mir der Platz besetzt», sagte Ehf leise. «Leider kann man nicht mehr tauschen, wenn die Plätze verteilt sind.»

«Der Junge hätte diese Sofie woandershin geschickt», gab Lilli zur Antwort.

Schweigend zog Ehf den Deckel von ihrer Pausendose. Kohlrabischeiben und Möhrensticks. Sofort hatte sie keinen Hunger mehr. «Hat deine Mutter dir das eingepackt?» Abfällig schaute Lilli in Ehfs Dose. Ballettunterricht, las Ehf in ihrem Blick. Schnell drückte sie den Deckel wieder auf die Dose und legte sie hinter sich auf die Treppe. Währenddessen packte Lilli ein Butterbrot aus dünnem, grauem Raschelpapier. Ein ganz normales Klappbrot. «Und das machst du dir selber?» fragte Ehf zweifelnd. «Klar.» Lilli biß ein großes Stück von ihrem Brot ab. «Und was machen deine Eltern?» Ehf ließ nicht locker. Aber Lilli gab keine Antwort. Kauend betrachtete sie ihre neuen Mitschüler von der Treppe aus. Eine Kaiserin empfängt ihren Hofstaat. Ehf sah zu, wie zwei Kleine aus der ersten Klasse ihre Brotzeitbeutel auf den Boden kippten. Dosen, Tiegel, bunte Flaschen kugelten durcheinander, und die Kinder kickten mit den Schuhen darin herum, bis eines von ihnen laut jubelte. «Doch nicht vergessen!» rief es und zog ein paar kleine Tütchen mit Gummibären aus dem Haufen.

«Machen alle so», beeilte Ehf sich zu erklären und sah erst dann Lilli an. Habe ich was gesagt? schien ihr Blick zu fragen. Unter ihnen auf der Treppe saßen ein paar Kinder aus Ehfs Klasse um Jakob, der in eine bunte Zeitschrift vertieft war. «Los, blätter um!» forderte Simon, der darunter war, und kicherte dabei leise in sich hinein. «Was schreibt er, was schreibt er, los, zeig her.» Ein dickes, zappeliges Kind zerrte an Jakobs Arm. Fast hätte der die Zeitschrift fallen gelassen. «Jetzt wart halt», fauchte er, «muß erst fertiglesen.» Dann blätterte er um und alle beugten sich über das Heft und versuchten zu entziffern. Wie Lesenlernen klang das. «Pil-le beim Pet-ting?» lasen sie laut im Chor. Da stand Luki vor ihnen, seinen Walkman in der einen und eine Cola in der anderen Hand. Immer hatte er solche Sachen dabei, Müsliriegel, Trinkjoghurt, alles, was fit macht. «Schon alle Schaum vorm Mund», sagte er und blies in die Dose, daß es klang wie ein Nebelhorn. Ehf stand auf. «Komm», sagte sie zu Lilli, «ich zeig dir mal den Schulhof.» Im Aufstehen strich Lilli ihren Rock glatt. Über drei Stufen hinweg sprang Ehf nach unten. Plötzlich fiel Lilli neben ihr lang auf den Boden. Ehf sah gerade noch, wie Luki seinen Fuß zurückziehen wollte. Im selben Augenblick hatte Lilli ihn gepackt. Sie stand schon wieder auf den Beinen. Er trat um sich, versuchte, sie abzuschütteln. Aus der Hüfte schleuderte er sie von sich weg. Sie fing sich, belauerte ihn, kam langsam wieder näher. Er hielt die leere Dose wie einen Dolch ausgestreckt. Hatte sich vorgebeugt, tänzelte von einem Fuß auf den anderen. Ringsum herrschte Stille. Die Blicke der Kinder hingen fest an den beiden. Ehf spürte, wie etwas sie heranzog, immer näher heran, bis sie Teil des Kreises war, der sich unmerklich um Luki und Lilli gebildet hatte. «Macht schon!» flüsterte einer. «Kloppt euch!» hauchte ein anderer. «Fresse putzen.» «Arsch polieren.» «Blut.» «Blut.» «Blut.» Die Augen wurden schmaler, die Münder breiter. Die beiden in der Mitte umkreisten einander. Jemand begann leise zu singen, «Ein Prosit, ein Prosit der Gemütlichkeit...» Die Kinder fielen ein, eines nach dem anderen.

«Ein Prosit, ein Prosit der Gemüt-lich-keit!»

«Schönen Gruß vom Sperrmüll», zischte Luki und stopfte Lilli die Dose in den Spitzenkragen. Sie sprang auf ihn zu und schlang ihm die Finger um den Hals. Ganz langsam ging Luki zu Boden. «Einer geht noch», sang der Kinderchor, «einer geht noch 'rein…» Schon lag Luki auf dem Rücken. Lilli kniete über ihm und ließ noch immer nicht los. Es gongte zum Ende der Pause. Keiner verließ den Kreis. Lukis Gesicht begann, sich zu verfärben.

«Was ist hier los?» fragte eine Stimme. Sofort teilte sich der Kreis. Die Pausenaufsicht tauchte über den Kindern auf, Frau Leitner, die Turnlehrerin. Sie packte Lilli am Kragen und zog sie von Luki weg. Dabei riß die weiße Spitze ein bißchen ein. «Entschuldige bitte», stammelte Frau Leitner, «war keine böse Absicht. Übernimmt die Versicherung. Klasse?»

Lilli starrte sie verständnislos an. «Vier E», beeilte Simon sich zu erklären, «sie ist neu bei uns.»

Frau Leitner zog einen kleinen Block und einen Stift aus der Tasche und machte sich Notizen. «Muß sein», sagte sie, «die Vorschrift, nicht wahr. Name?»

Lilli schwieg.

«Name?»

Lilli spuckte aus.

«Vier E, sagst du?» wandte Frau Leitner sich an Simon. «Da werde ich mal mit dem Kollegen Thalmeyer reden. Wieder so ein Flüchtlingsdrama, gell? Armes Kind. Völlig traumatisiert. Geht jetzt in eure Klassen, bitte, ja?» Die Bitte war überflüssig, denn inzwischen stand nur noch Lilli da. Und Ehf. Die anderen hatten sich längst getrollt, die Treppe hinauf, einige schleichend, andere springend, daß es nur so schepperte. Einen Moment lang blieb Frau Leitner vor Lilli stehen, machte den Mund auf und schnappte nach Luft. Dann zuckte sie lächelnd die Achseln, steckte ihren Notizblock und den Stift ein und verschwand in Richtung Turnhalle.

Lilli zupfte am Kragen ihrer Bluse. Sie faßte die beiden Enden dort, wo der Kragen gerissen war, zog und – rratsch! – zerriß ihn ganz. Ohne Ehf noch einmal anzusehen, rannte sie weg.

«Komm!» rief Nele von der Eingangstür her. Langsam stieg Ehf die Stufen hinauf.

«Im Kriege», erzählte Adamczyk, «im Kriege ist alles erlaubt.»

«Auch einschließen?» fragte Ehf, die gerade aus dem Haus gejagt worden war, weil sie den versteckten Schlüssel vom Schauraum in einer CD-Hülle gefunden hatte. Gerade mal vier Halleluja lang währte die Musik, die sie dachte, dann waren über dem Fichtensarg die Gesichter ihrer Eltern aufgetaucht. Sie hätte den Schlüssel von innen stecken lassen sollen.

Adamczyk sah sie unter seinen schweren Lidern an, als wollte er ihr seinen Blick um die Schultern legen. «Auch einschließen», sagte er nach langer Pause.

Sie waren gleich nach der Schule hergekommen zu den «Wohndosen», wie Ehfs Mutter die Containersiedlung nannte. Sie hatten auf der Gitterrosttreppe dicke Kartoffelchips aus der Papprolle gegessen und zum Nachtisch auf eins, zwei, drei «Herr Adamczyk» gerufen, denn sie hatten noch Appetit auf ein Märchen.

Adamczyk hatte sich zu ihnen gesetzt, zwei Stufen unter

ihnen, wie immer, und als er über ihre Köpfe hinweggestiegen war, war sein linkes Hosenbein hochgerutscht, und Ehf konnte an seiner Wade eine schrundige Narbe erkennen. «Wer war das?» hatte sie erschrocken gefragt. Auch Adamczyk war erschrocken. Hastig hatte er an seinen Hosenbeinen gezogen. «Ein Märchen also», hatte er gesagt und sich auf die Treppe gehockt, zwei Stufen unter den Mädchen. «Ein Heidschibumbei für euch kleine Gören.» Aus müden Augen sah er die Mädchen an, und sein Blick erstickte ihren Widerspruch. Lilli rutschte ein bißchen auf der Stufe hin und her, bis sie gemütlich saß. Ehf drückte sich in die Ecke von Wand und Treppe und legte den Zeigefinger an die Nase.

«War ein kleines Mädchen, das hatte eine Großmutter, die war krank», begann Adamczyk und fiel gleich in seinen Märchenton, bei dem die Stimme immer ein bißchen umkippte in den Höhen, fast so wie bei Ehfs Großvater, wenn er sang. «Und weil die Mutter das Rathaus putzen mußte für Brot, schickte sie das kleine Mädchen los und gab ihm den Korb, den der Bürgermeister zum Amtsjubiläum bekommen hatte und der so mutterseelenallein auf seinem Amtstisch gestanden hatte, daß die Frau sich erbarmt und ihn gerettet hatte. War damit heimgelaufen am Abend und war so erhitzt, daß sie das Kind gleich damit wegschickte zur Großmutter, hinein in den dunklen Wald. Im Wald aber lauerte hinterm Baum der große, düstere, sehr gefährliche Jäger, der sah das Mädchen kommen. Rotschopf, Streichholzkopf, sang er, und dem Kind blieb das Herz stehen, wußte es doch nicht, was es entgegnen sollte, hatte doch immer feuergleiche Haare gehabt wie alle daheim. Nix sagen, sang der Jäger, nur Korb geben, los. Verstehst du das, Rotschopf? Verstehst du überhaupt ein deutsches Wort? Los, Feuerschopf, Korb her! Los! Was blieb ihr denn übrig, als zu tun, was er befahl. Aber der ist für die Großmutter, Herr Jäger, versuchte sie noch tapfer, die ist doch krank. Was Großmutter, nix Großmutter, lachte der Jäger und griff beherzt zu. Dann hielt er inne. Großmutter? fragte er. Wo? Ist krank und wohnt hinterm Wald, flüsterte die Kleine voll Angst. Da stieß der Jäger ein böses Lachen aus, es klang wie sein Gewehr, wenn er den Hirsch im Visier hatte. Krank, krank, krank hinterm Wald, sang er und tanzte mit dem Korb davon. Und nun? Zurück zur Mutter? Konntest du denn nicht besser aufpassen? würde die sagen und wieder von der Großmutter erzählen, wie die als Kind das Brot im Kasten verteidigt hatte und ein Ohr lassen mußte, aber damals war Krieg. Also ging das kleine Mädchen weiter durch den Wald und starb jedesmal, wenn ein Hölzchen knackte. Waren aber bloß ihre Schuhe auf ein Zweiglein getreten.»

Adamczyk griff in die Tasche und zog ein Stück Brot hervor. Hastig biß er davon ab, hatte es mit drei Happen verschlungen. Dann fuhr er sich mit dem Handrücken über den Mund, betrachtete die faltige Haut auf der Hand und pickte mit dem Zeigefinger ein paar Krümel auf, um auch sie noch hinunterzuschlucken.

«Im Haus der Großmutter brannte Licht, als das Kind eintraf», erzählte er weiter, zwei Oktaven tiefer als bisher. «Großmutter! rief das kleine Mädchen und stürzte hinein. Aber weh! Vor dem Bett standen noch die Hausschuhe der Großmutter, doch darin lag, tief in den Federkissen, ein Wolf. War aber bloß der Jäger, hatte ein Wolfsmaul gemacht und starrte mit Wolfsblick aus den Jägeraugen auf das Mädchen. Hab die Großmutter gefressen, brummte er, weil sie so große Hände hatte und bloß ein Ohr, ein viel zu großes Ohr. Und dann packte er das Kind und verschlang es auch, und weil sie alle gestorben sind, lebt der Jäger noch heute.»

Adamczyk griff in die andere Tasche und holte noch ein Brot hervor, und die Mädchen sahen stumm zu, wie er aß. Wenn Adamczyk ein Märchen erzählt hatte, sagte man danach nichts, und man sagte auch nichts, wenn er aß. Als die unsichtbaren Brotkrümel aus der Hand verzehrt waren, fragte Ehf: «Und woher hast du das am Bein?»

Adamczyk sah unter seinen schweren Lidern her auf seine blankgeleckten Hände. «Aus dem Krieg», sagte er.

Das mit dem Pfefferkuchenhaus hätte auch nie einer geglaubt, wenn sie es nicht selber gesehen hätten. Alle. Nele, Simon und die anderen. Und natürlich Ehf. Es war am Ende der Weihnachtsferien, der Tannenbaum daheim war schon abgeschmückt und so viel Schnee draußen wie lange nicht mehr. Zur Teufelsbahn, hatte Simon vorgeschlagen am Telefon, zur Teufelsbahn nahe bei den «Wohndosen», und sie hatten eine Telefonlawine gemacht, damit sie möglichst viele waren, so viele, wie sie nur sein konnten, zehn, zwölf Kinder.

«Voll das Luhsahteil», sagte Luki, als Ehf mit dem Monster ankam. Es war aus Fichtenholz mit breiter Bank und vorn einem Geweih zum Festhalten und hieß schon das Monster, als Ehf es zu Weihnachten vor sechs Jahren bekam. Vom Christkind, glaubte sie damals. Die Teufelsbahn aber hatte ihren Namen vom Leibhaftigen selbst, der hier an einem Weihnachtsabend vor unzähligen Jahren auf einem Rundholz herabgesaust und so entsetzlich gegen eine im Weg stehende Buche geprallt war, daß es ihn in der Mitte zerriß und er mit Donnern und gleißenden Flammen in den Erdboden hineingefahren war. «Bis in die Hölle», hatte der Großvater gesagt.

Wie zum Beweis dafür, daß er allein zwischen richtig und falsch zu unterscheiden wußte, setzte Luki sich auf seinen knallroten Bob, stemmte die Füße in den Schnee und schob sich vor und zurück. Ehf stellte ihren Schlitten quer und setzte sich darauf, sah Lenz zu, der auf einer gelben Plastikschüssel den Berg hinuntersauste. Rechts und links davon spritzte der Schnee hoch. Luki versuchte, in Lenz' Fahrspur zu kommen. Wie er es im Fernsehen gesehen hatte, stieß er sich ab, legte sich flach auf den Rücken und sauste los. Da bekam Ehf auch Lust. Sie setzte sich rittlings auf ihren Schlitten, drehte ihn in Fahrtrichtung und beugte sich vor, um ins Geweih zu greifen. Als die Kufen sich Bahn brachen, als der Schlitten Tempo gewann, als sie den Gegenwind auf der Gesichtshaut spürte, jubelte Ehf laut los.

Unten warteten die anderen. «Hei», sagte Nele, und Simon boxte sie in den Bauch. Am schönsten war, daß Sebastian sie anlächelte. Nebeneinander gingen sie bergauf, ihre Schlitten, Bobs, Schalen zogen sie hinter sich her und prahlten mit ihren Weihnachtsgeschenken. Oben verteilte Luki Marzipankartoffeln. Ehf dachte an das Glöckchen, das ihr Vater immer läutete, wenn er alle Kerzen am Baum angezündet hatte, und wie sie dann sangen, Ihr Kinderlein kommet, Vatermutterkind.

Die anderen hatten alle ihre Schlitten und Bobs und Schalen aneinandergehängt. «Los, Ehf», forderte Jakob, «deine Schnur.» Er knotete sie an der Kufe seines Bobs fest.

«Hinsetzen!» forderte Marieluisa, und keine zehn Sekunden später lagen sie alle im Schnee, so kurz war der Treck über die Teufelsbahn. Ihr Lachen mußte ganz Edering hören. Bergauf zog jetzt jeder ein anderes Gefährt. Von nun an tauschten sie nach jeder Talfahrt.

«Da kommt Lilli!» hörte Ehf Simon rufen, gerade als sie Sebastians Ufoschale auf dem Kopf bergauf schleppte. Sie drehte sich um. Ein Schneeball flog an ihr vorbei auf Lilli zu und zerbarst an deren Schulter. Lilli hatte keinen Schlitten. Auch nichts anderes. Sie bückte sich und grub nach Schnee, wich einem zweiten Ball aus und formte ein eishartes Geschoß, das sie geschickt durch die Luft gegen Luki pfeilen ließ. Der buk gerade einen dritten Schneeball. *Backe backe Kuchen.* Im Sommer bewarfen sie sich mit Sand, im Winter mit Schnee. «Die Kinder haben immer viel Spaß draußen an der frischen Luft.» Luki stürmte auf Lilli zu, warf sie rücklings in den Schnee und begann, sie einzuseifen. Sofort teilten sich die Lager. Lillis Hofstaat trat an die Seite der Kaiserin und stand ihr bei. Die Kojoten scharten sich um Luki. Drinnen gegen Draußen. Keiner gewann, und am Ende waren alle naß, naß bis auf die Knochen.

«Da hilft nur eins», sagte Lilli. Sie lief voran und pfiff ein Lied, und im Takt ihres Liedes liefen Ederings Kinder hinter ihr her, liefen der nahegelegenen Engelsalm entgegen. In großem Abstand zum Schloß blieb Lilli stehen und schob mit den Füßen den Schnee beiseite, bis eine mülltonnenbreite Fläche freigeräumt war. «Holz!» befahl sie Lenz und Simon, die sofort in den nahen Wald stürmten.

«Wie wär's mit Ehfs Dino?» schlug Luki vor und deutete auf das Monster. «Holz genug, oder?»

«Den braucht sie noch», entschied Lilli. Sie hatte zwei Steine aus dem gefrorenen Gras gegraben und rieb sie abwechselnd an ihrem Wollschal trocken. «Ich helfe den beiden!» rief Jakob, der sich zu langweilen begann, so ganz ohne Tempo, und rannte auf den Spuren von Simon und Lenz davon.

«Den da», sagte Lilli und zeigte auf einen dornigen Busch, «das reicht zum Anfangen.»

Nele kniete sich vor den Busch, griff hinein und brach vorsichtig ein paar von den inneren Zweigen ab. Lilli faßte unter ihre Jacke. Es knisterte. Grinsend zog sie mehrere lose Zeitungsseiten hervor. «Wärmt so gut wie Wolle», erklärte sie, ging in die Knie und legte die Blätter sorgfältig auf ihre Oberschenkel. Nele brachte die Zweige, und Lilli schichtete sie auf der freigeräumten Fläche sorgsam übereinander. Ehf trat von einem Fuß auf den anderen. Ihr war eiskalt. Luki beobachtete schweigend, was Lilli tat. Die rieb jetzt über dem Zweigestoß die beiden abgetrockneten Steine gegeneinander, war nur noch Hände, Arme, regungslos ansonsten. Regungslos wie Luki, der sie nicht aus den Augen ließ. Wenn er gewußt hätte, dachte Ehf, wie viel Bewunderung in seinen Augen stand, er hätte irgendeinen Blödsinn gemacht statt dessen. Sebastian pfiff leise durch die Zähne. Ein Funke war aufgeglommen, ein zweiter und dritter. Sie sprangen auf die Zweige über, klammerten sich fest, begannen zu wispern, zu knistern, immer lauter, wuchsen und wuchsen, Flammenzungen. Feuerschwerter.

«Hier!» Simon und Lenz waren zurück mit Baumrinden, Aststücken und größeren Zweigen. Sie luden alles auf das Monster, und Lilli wählte aus. Schichtete die Ausbeute langsam, stückweise um das Feuerchen. Dankbar hielt Luki die Hände darüber. Ehf stellte sich neben ihn und ließ sich auch die Hände wärmen. Nach und nach gesellten sich die anderen dazu. Im Kreis standen die Kinder um Lillis Feuer, langsam floh die Kälte aus ihren Knochen. Das Knistern und Prasseln, der Geruch nach warmem Holz und Rauch, die Hitze, die sich auf ihre Wangen legte, sie waren glücklich.

«Ein Pfefferkuchenhaus!»

Von fern schon rief er es, Jakob, herbeistürmend, daß der Schnee aufstob. Mit der Hand deutete er im Laufen hinter sich auf das Schloß in der Ferne, «da steht ein Pfefferkuchenhaus!»

«Scott im Ewigen Eis, jetzt dreht er durch.» Luki tippte sich an die Stirn, und als Jakob das Feuer erreichte, Glanz in den Augen, Glut auf den Wangen, bückte sich Luki und grabschte Schnee zusammen, um Jakob einzuseifen. Der wehrte sich kaum. «Voll mit süßem Zeugs», schwärmte er. Die anderen lachten. Ließen sich nicht weglocken vom Feuer.

«Bei den Wohndosen?»

«Voll mit Pack, meinst du, oder?»

«Mit Hexen im Dutzend drin.»

Lilli war die erste, die ihm glaubte. Sie nahm ihn bei der Hand. Das machte sonst keiner, schon lange nicht mehr. Sie tat es. Und er zog sie mit sich. Ehf lief hinterher, Nele folgte, Simon, dann Lenz. «Und das Feuer?» rief Luki ihnen nach. Breitbeinig blieb er stehen, legte noch Holz nach. Herr des Feuers. Das gefiel ihm.

«Da vorn gleich!» Jakobs ausgestreckter Arm zog ihn vorwärts. Der andere zog Lilli. Und an Lillis anderem Arm

44

hing Ehf. Eine Ringelreihe, so tanzten sie voran. In einem alten Liederbuch, das dem Großvater gehört hatte, liefen Kinder so durch den Schnee. Zuerst sah Ehf nur das Schloß. An den Fenstern, neben den Satellitenschüsseln, hingen Kinder, große Augen in dunklen Gesichtern.

«Bitte schön.» Jakob war Fernsehmoderator geworden, gekonnt präsentierte er den Quizgewinn. Als ginge ein Spotlicht an, sah Ehf jetzt in seinem vollen Glanz das Pfefferkuchenhaus. Mit Zuckerguß und Liebesperlen und süßer Watte, die aus dem Schokoladenkamin aufstieg. Nur eins stimmte nicht. Das Haus war vollkommen lila. «Ach so», stöhnte Nele und sah achselzuckend auf die beiden Kameras, die das lila Pfefferkuchenhaus ins Visier nahmen. Lilli und die anderen standen vorn an der Absperrung und streckten die Hände aus. «Okay, ihr auch noch, aber dann laßt uns in Ruhe weiterarbeiten», sagte eine Frau mit einer dicken Kladde in der Hand. Sie griff in eine Kiste, die neben ihr am Boden stand, und legte rasch ein paar lila Päckchen in die Kinderhände. «Aufkleber auch? Und jetzt geht ein paar Meter zurück, bitte.»

Am Feuer teilten sie die Beute. Ehf saß mit Lilli auf dem Schlitten und betrachtete die Aufkleber. Von Zeit zu Zeit schob sie sich ein Stück Schokolade in den Mund. Ihre Kleider waren immer noch naß, aber bloß noch hinten. Vorn glühten sie fast. Auch die anderen Gesichter waren rot. Ehf sah zum Schloß hinüber. Von hier aus war das Pfefferkuchenhaus nicht mehr zu sehen, aber die Rufe der Fernsehleute, die hörte sie jetzt. Komisch, daß ihr das vorhin gar nicht aufgefallen war.

«Wollt ihr mal sehen, wie man einen Engel macht?» fragte Nele. Klar wollten sie. Nele legte sich vor ihnen in den

Schnee, flach auf den Rücken, und breitete die Arme aus. Dann schwenkte sie die ausgestreckten Arme ein paarmal im Schnee hin und her, bewegte die ausgestreckten Beine nach rechts und links und stand vorsichtig wieder auf. Ein Engel lag da im Schnee. Ein Rauschgoldengel. «Schön», sagte Lilli. Ehf sah nochmal zum Schloß hinüber. Stand da nicht Adamczyk auf der Treppe? So stand nur er, so krumm auf dem schlimmen Bein und gleichzeitig so stark. Ehf überlegte, ob sie Lilli darauf aufmerksam machen sollte, aber dann ließ sie es sein. Sie hob auch nicht die Hand, um zu winken. Sie sah nur noch eine Weile hinüber, bis sie ganz unsicher war, ob da überhaupt jemand stand. Denn es war eigentlich zu weit entfernt.

Es knisterte wieder lauter. Luki hatte nochmal Holz nachgelegt. Schweigend sahen die Kinder ins Feuer. Es war ein schöner Wintertag. Eine Woche später wurde an der Ederinger Hauptkreuzung der Junge totgefahren.

Ederings Häuser standen alle in Gärten. Ging Ehf die Straße entlang bis zum Bäckerladen, kam sie an sieben Gartentoren vorbei, dabei waren es bloß sechsundfünfzig Schritte, das wußte sie genau, sie zählte immer, auf dem Hinweg und auf dem Rückweg. Aber die Häuser hingen aneinander, und was aussah wie ein einziger Garten, waren mindestens drei oder vier. Schaukel, Gerätehaus, Kräuterbeet und alle acht Schritte ein Gartentor im Maschendrahtzaun. Sogar das Schloß stand auf einer Wiese, die war wirklich groß, aber Beete gab es hier nicht, nur wilde Büsche und das Autowrack hinter den Containern und all den anderen Müll. Am Schloß kam Ehf niemals zufällig vorbei, hier mußte sie absichtlich hingehen, was verboten war. Erlaubt war, zum Bäckerladen zu gehen oder zwanzig Schritte weiter zur Apotheke und seit dem Sommer sogar am Bahnhof vorbei und den Berg hinab bis zum Supermarkt.

Der Garten vom Supermarkt war ein Parkplatz, weiße Linien auf dem Asphalt markierten die Beete, doch bisher hatte nie ein Auto hier Wurzeln geschlagen. Die Ederinger fuhren. Dabei standen sie meistens, im Stau nämlich. Manchmal, wenn Ehf im Supermarkt Milch kaufen sollte, zählte sie nicht ihre Schritte, sondern die Autos. Hier gab es keine Gärten mehr und keine Tore, sondern Obstläden, Drogerien und Boutiquen.

Nachts waren die Straßen leer. Vollkommen leer. Da konnte es manchmal sein, daß der Fuchs mitten auf der Hauptstraße den Berg hinaufspazierte. «Er ist ein General», hatte der Großvater erzählt, «ein trauriger General, denn niemand hörte ihm zu, als er den Angriff befahl, und jetzt ist es zu spät.»

Ehf hatte den Fuchs bisher nur ein einziges Mal gesehen, im Frühjahr, am Ende ihrer ersten Freinacht. Sonst, wenn sie einmal im Dunkeln noch draußen war, fuhren die letzten Autos nach Hause, und dann mußte sie ins Bett. Manchmal fand sie Spuren am Tag, eine Feder mitten auf dem kleinen Bahnhofsvorplatz, wo bis zum Feierabend das Taxi wartete, oder mal einen abgenagten Knochen neben dem Müllkübel vorm Supermarkt. Auch im Garten ihres Hauses hatte sie schon gesucht, aber da lag nichts herum, Ehfs Vater kniete oft stundenlang zwischen den Beeten und zupfte. «Das ist meine Meditation», sagte er, wenn Ehfs Mutter ihn nachäffte, und daß es schließlich auch wegen der Kunden sein müßte. Der Garten sei so etwas wie ein Schaufenster. Dabei war hier noch niemand beer-

digt worden. Ehf hatte das nachgeprüft, hatte überall ge-
buddelt, rings um den Apfelbaum, hinten am Zaun, hatte
sich schweigend das: «Ich dachte, aus dem Alter wärst du
raus» angehört und den Hinweis, daß man sie schließlich
gefragt hätte, ehe der Sandkasten entfernt worden sei.
Aber den Fuchs sah sie nur dieses einzige Mal.
Ihr Garten war der größte in der Umgebung, dreiund-
zwanzig Schritte vom Tor bis zum Eingang, neben dem es
tatsächlich ein Schaufenster gab. Das zeigte nichts außer
einem grauen Vorhang und der Aufschrift «Erd-, Wasser-
und Feuerbestattungen». Das Haus war das älteste in Edering.

Aus dem Schlaf gerissen. Eva hatte ganz vergessen, welchen Lärm Vögel machten bei Sonnenaufgang. Der Himmel war in Aufruhr, von jedem Ast schlugen sie Alarm.
Noch einmal umdrehen, die Decke ein bißchen höher ziehen, aber an Schlaf war nicht mehr zu denken.
Eva stand auf und machte das Fenster zu. Im Regal sah sie
Olga sitzen, die Puppe ohne Arme. Eva nahm sie heraus
und bohrte den Finger in eines der Löcher, dort, wo früher
einmal Arme gesteckt hatten. Olgas Puppenaugen standen
weit offen. Früher fielen sie zu, wenn man den Kopf zu-
rücklegte, aber der Mechanismus war schon lange kaputt.
«Früher mochte Ehf nicht gern reden», sagte Eva in das
Puppengesicht, «aber mit dem Großvater auf den Friedhof
gehen, zum Dienst, mochte sie gern. Früher. Als sie noch
keine Angst vor Gespenstern hatte.»
Sie ließ Olga um ihren Finger kreisen, bis die Puppe in die
Zimmerecke flog. Erschrocken lauschte Eva. Hoffentlich
war niemand aufgewacht. Sie wollte nicht weiterreden.

Vorsichtig öffnete sie die Tür. Im Haus war noch alles still. Sie ging zurück ins Zimmer und zog sich an. Ihr Blick fiel auf das Notebook. Kurz zögerte sie. Dann nahm sie es unter den Arm und schlich die Treppe hinunter.

Draußen krochen die ersten Sonnenstrahlen in die Baumwipfel. Die Vögel waren ruhiger jetzt. Eva ging hinaus auf die Straße. Vielleicht gab es den Kiosk noch.

Der Bahnhofskiosk war nicht ganz so alt wie das Haus von Ehfs Eltern, aber doch schon ziemlich heruntergekommen. Er klebte an dem vor vielen Jahren renovierten und seitdem vergessenen Bahnhofsgebäude wie ein Schwalbennest, und hier war es gewesen, wo Lilli Ehf zum ersten Mal von Adamczyks Seefahrerzeit erzählt hatte.

Ehf mochte es gern, wie es beim Kiosk roch. So ein Mittagessen hätte sie sich gewünscht, so etwas Würziges, mit Salz und Soße. Der Kiosk war ein Knusperhaus, aber Ferdinande war keine Hexe, auch wenn sie immer etwas böse dreinschaute, wenn sie das Fenster zur Seite schob und immer im gleichen mürrischen Tonfall fragte: «Und?» Aber sie fragte das Erwachsene genauso wie Kinder, und Kinder bekamen bei ihr alles, was Erwachsene auch bekamen. Nie fragte sie: «Haben sie dir denn auch Geld mitgegeben?» Ehf durfte nichts kaufen beim Kiosk, jedenfalls nichts zum Essen. «Die hat sich in ihrem Leben noch nie die Hände gewaschen», behauptete Ehfs Mutter, und vielleicht lag es daran, daß Ehf eine Hochachtung hatte vor Ferdinande.

Es roch ganz besonders stark nach Kiosk, als Lilli fragte: «Soll ich dir ein Geheimnis verraten?» Sie saßen auf den Stufen, wie sie es immer machten seit jenem Tag, als sie zusammen einen Regenwurm gegessen hatten, aber heute aßen sie Lakritzschnecken, die Lilli spendiert hatte, und Ehf nickte bloß, denn ihr klebten die Zähne zusammen davon. Lilli sah nach rechts und nach links und rückte näher heran. Ehf war das recht, so war es wärmer. Die Steinstufen hatten die Kälte noch vom Winter gespeichert, auch wenn die Märzsonne schon die Gesichter ein wenig zu wärmen vermochte.

«Weißt du», begann Lilli leise, beinahe flüsternd, «der alte Adamczyk hat eine Harpune.»

Triumphierend sah sie Ehf an. Aus dem Kiosk wehte Friteusengeruch herüber, mit Verbranntem vermischt. Ehf wartete noch, daß Lilli weiterspräche, den Satz fortsetzen, ein Überraschungsdessert servieren würde, ein Omelette Surprise. Wartete, bis Lilli verächtlich schnaubte. «Ihr wißt nichts», erklärte sie, «ihr habt alle die Regale voller Bücher und wasserdichte Wintermützen und Waschmaschinen mit Fernsteuerung, aber ihr habt überhaupt keine Ahnung.»

Ehf versuchte, die Zunge unter die festgeklebte Lakritzschnecke auf ihrem Backenzahn zu schieben.

«Also paß auf», begann Lilli versöhnlich, «der alte Adamczyk hat früher, zu der Zeit, als er noch gelebt hat, mal Wale gefangen. Mit so einem Schiff ist er übers Meer geschaukelt.» Sie wies auf einen Brauereitransporter, der vorbeipolterte. Die Scheibe vom Bahnhofskiosk klirrte leise, und Ferdinande schob den Kopf durch das Fenstergeviert. «Himmelherrgottsakramentkruzifixhalleluja», stieß sie aus, wischte mit der Hand etwas übergelaufenen Kaffee von der Ablage und verschwand wieder.

Ehf wartete, wie so oft, auf die Fortsetzung von Lillis Erzählung, aber Lilli rollte erst einmal ihre Schnecke auf, stopfte ein Ende in den Mund und zog das andere mit ausgestrecktem Arm gen Himmel.

«Und wozu braucht man das?» fragte Ehf.

Lilli sah sie erstaunt an. «Du bist so dumm, Ehf Bauer. Eine Harpune braucht man zum Walefangen.»

«Und wozu braucht man Wale?»

Ehf ließ ihre Knie zur Seite fallen, damit sie Lillis Knie nicht mehr berührten. Sie war überhaupt nicht dumm, sie wußte sehr viel, wie lange Holz brauchte, bis es zerfiel, beispielsweise, das wußte Lilli nämlich nicht.

«Was?» fragte Lilli.

Ehf umschlang ihre Knie, hielt sie fest. «Wozu braucht man Wale?» wiederholte sie barsch.

«Weiß ich auch nicht», sagte Lilli, «ist ja auch egal. Jedenfalls konnte er das, der Adamczyk, und saufen, ohne zu brüllen, konnte er auch und ein Schiff über das Meer steuern, so groß wie zehn Wale, und eine Suppe kochen aus Algen und Möwenscheiße, verdammt.»

Ehf schüttelte sich. Sie war etwas enttäuscht, sie hatte ein größeres Geheimnis erwartet, etwas, das einem beim Einschlafen den Bauch kribbeln ließ. Aber sie sagte nichts mehr, weil sie ohnehin nicht gern was sagte. Weil es Lilli gab und auch die kalten Stufen hier vorm Kiosk, die dort, wo sie saßen, schon beinahe warm wurden. So eine fand man selten, die ein Feuer entfachen konnte ohne Streichhölzer. Sie ließ ihre Knie los. Sanft schlugen sie gegen Lillis. Lilli drehte den Kopf und grinste sie an. Ihre Zähne waren schwarz vor Lakritz. «Und was das Beste ist…», begann sie. In dem Moment donnerte der Regionalzug durch den kleinen Bahnhof. Die Kioskscheiben schepperten.

Aber Lilli hatte einfach weitergesprochen. Wie das Schreien der Schienen klang es in Ehfs Ohren, wie das Singen der Räder. «Und eines Tages», hörte sie jetzt, als der Zug schon längst vorüber und sein Schall wie ein Schatten hinterhergerast war, «eines Tages hat er wieder ein Schiff und macht sich auf den Weg nach dorthin, und ich paß auf, daß er mich mitnimmt, verdammt nochmal, weg aus diesem...» Mit der Hand zeichnete sie einen allumfassenden Bogen über die Dächer von Edering und den Himmel darüber. Der Bogen endete über den Glascontainern auf dem Bahnhofsparkplatz.

«Ich will auch mit», sagte Ehf. Lillis schwarze Augen bohrten sich in ihre. Sie nahm Ehfs Hand, knickte den kleinen und den Ringfinger um und streckte sie in die Luft. «Schwör», sagte sie. Ehf nickte. «Schwör, daß du dem Wind gehorchst und daß du niemals unser Schiff verrätst.»

«Ich schwöre», sagte Ehf.

Lilli schüttelte heftig den Kopf. «Sprich die Worte», befahl sie.

«Ich schwöre, daß ich, daß ich», stotterte Ehf.

«Daß ich dem Wind gehorche», sagte Lilli ihr vor.

«Daß ich dem Wind gehorche», sprach Ehf nach.

«Und niemals unser Schiff verrate.»

«Und niemals unser Schiff verrate.»

Quietschend schloß sich die Scheibe vom Kiosk. Dahinter verschwand Ferdinandes Schnitzelgesicht im Dunkeln. Der Vorortzug war eingetroffen. Aus dem Tunnel hasteten die ersten Brillenmänner die Treppen hinauf. Frauen schlenkerten glänzende Boutiquentaschen, ein paar Schüler drängelten sich, Kopfhörer auf den Ohren, zwischen ihnen durch und waren als erste über die Stufen gesprungen, vorbei an Lilli und Ehf, die jetzt die Steine waren im Fluß, an denen das Wasser vorbei, sich teilen mußte.

«Aber wohin segeln wir denn?» rief Ehf über das Sohlengeklapper hinweg.

«Mitten hinaus auf den Ozean!» rief Lilli zurück. «Da, wo es richtig gefährlich ist. Wo wir eine echte Chance haben.»

Der Großvater

Früher war Gott ein Drinnenkind. Mit gutem Zeugnis und geradem Haarschnitt und Geigenunterricht. An Weihnachten spielte er solo in Sankt Quirin und alle in Edering sagten: Aus dem wird mal was.

«Das war vor der Sache mit der Engelsalm», hatte der Großvater erzählt. Er hatte die Handschuhe übergestreift und mit dem Herrichten begonnen. «Damals hat er mehr gelacht als in seinem ganzen restlichen Leben. Dabei war er nie mit uns im Wald unterwegs oder beim Kartoffelfeuer. Und war trotzdem lustig, früher.» Ehf hatte in den Stoffresten gesessen und Sankt Martin gespielt. Es war nach dem Jakobigewitter, im Jahr bevor Lilli kam, der Großvater hatte gut zu tun, mußte eine Nachtschicht einlegen, und auch Ehf hätte längst schlafen sollen. «In so einer Nacht muß man aufpassen, daß man nicht verrückt wird», hatte der Großvater gesagt und die Kellertür hinter Ehf zugezogen. Dreimal Buche, einmal Eiche, das Herz war es jedesmal gewesen, alle hatten schon viel zu lange gelebt, und er sei gespannt, wer der Nächste sei, hatte der Großvater gesagt, vielleicht Gott? «So, wie er Orgel spielt, wäre es Zeit.» Ein Blitz erhellte den Kellerraum, eine der Buchen zitterte, und Ehf teilte den Samtmantel mit dem Küchenmesser.

«Und was war außerdem noch früher?»

«Früher?»

Der Großvater hatte das Seidennachthemd auseinandergefaltet, das die Angehörigen der Eiche in einer Plastiktüte gebracht hatten. Er hatte es ausgeschlagen, als wäre es staubig, dabei roch es ganz stark nach Waschpulver.

«Früher haben die Christbäume zu Ostern geleuchtet, und kein Mensch kam auf die Idee, mich einzuschulen. Stell dir vor, wir hatten überhaupt keine Väter mehr, im ganzen Dorf. Die sind per Post nach Hause gekommen, seitenweise, alle paar Wochen und plötzlich gar nicht mehr. Ja, wir Kinder waren vom Morgengrauen bis zum Mondaufgang an der frischen Luft. Wir waren im Wald, meistens, und suchten Brennholz für unser Irrlicht. Einmal ist wirklich ein Flieger drauf reingefallen. Hinten beim Hüttlinger Forst ist er abgestürzt. Abends gab es dicke Milch mit Zimtzucker. Und wer nicht hören wollte, mußte fühlen. So war das früher.»

Als Ehf klein war, gab es Mittagsruhe bis zum Abendbrot, darum mußte sie immer mit der Mutter auf den Spielplatz gehen. «Damit du mal richtig nach Herzenslust herumbrüllen kannst», sagte die Mutter, die den bösen Nachbarn nicht grüßte, aber trotzdem Ehf aus dem Garten hereinholte, wenn er wieder mal «Ruhe!» über die Hecke brüllte. Ehf aber wollte gar nicht herumbrüllen. Ehf liebte die Schaukel im Garten, die quietschte, wenn die Füße in den Himmel flogen. Und die Mutter packte eine große Tasche mit Schäufelchen und Förmchen voll und zog Ehf hinter sich her, am Bäckerladen vorbei und beim Ohrenarzt um die Ecke die Straße entlang zum Spielplatz. Viel herumgebrüllt wurde dort nicht, auch die Schaukel war geräuschlos, bloß der Kies unter der Rutsche knirschte. Ehf saß am liebsten im Sandkasten und hob rechteckige Gruben aus. In die versenkte sie die Förmchen, ließ mit dem Schäufelchen etwas Erde darauf regnen und sprach: «Gottseideinerarmenseelegnädig.» Spätestens beim letzten Förmchen beugte sich eine der anderen Mütter zu Ehfs Mutter herüber und erkundigte sich mit Grabesstimme, ob es bei ihnen kürzlich einen Trauerfall gegeben hätte. Danach gingen sie dann meistens wieder heim, die Mutter und Ehf, und Ehf durfte fernsehen.

Als Ehf größer wurde, kam das Kletternetz auf den Spielplatz, und mit neun ist man eigentlich zu groß dafür, fanden die anderen Mütter, die mit den Sandkastenkindern. Aber trotzdem war das Netz Ehfs Lieblingsplatz, wenn es ihr im Garten allein zu langweilig wurde und nicht einmal mehr der böse Nachbar aus der Ruhe zu bringen war. Man konnte an den Tauen hinaufklettern wie auf einer Strickleiter und dann durch eines der Löcher schlüpfen und sich hineinlegen. «Wie auf einem Schiff», sagte Lilli, die Ehf mit hergenommen hatte. Sie waren im Lottoladen gewesen und hatten Popzeitschriften durchgeblättert, hatten die Sexberatung von Dr. Sommer studiert, und als der dickere der Gebrüder Wetsch sie hinausgeworfen hatte, war Lilli wie zufällig an der Plastikdose mit den Tattoos vorbeigestreift, die sie sich jetzt, im Kletternetz liegend, mit Spucke auf die Arme klebten. Ehf summte die Melodie von «Wir lagen vor Madagaskar» vor sich hin.

«Sing das!» befahl Lilli.

«Kann ich nicht.»

«Klar kannst du.»

Also sang Ehf das ganze Lied. Bei «Ahoj, Kameraden», war ihre Stimme sicher geworden, richtig laut, hier durfte man ja auch mal nach Herzenslust herumbrüllen. So hatte der Großvater das Lied geschmettert, wenn er das Aufbahrungszimmer gelüftet hatte. Er hätte es gern einmal im Dienst gesungen, aber niemand hatte es sich gewünscht. «Banausen», hatte der Großvater den Hinterbliebenen hinterhergezischt, wenn sie mit ihrem «Haupt voll Blut und Wunden» siegreich davongezogen waren.

«Stell dir vor, wir wären auf dem Ozean», sagte Lilli. Ehf verschränkte die Hände hinter dem Kopf und sah sich eine Wolke an, die ein Wal war, mit Schwanzflossen und einer richtigen kleinen Fontäne.

«Wir wären mit unserem Schiff auf großer Fahrt, wir zwei oben im Ausguck, wir suchen Land.»

Ehf war noch nie auf einem Schiff gewesen. In den Ferien fuhr sie, seit sie zur Schule ging, immer mit den Eltern ans Meer, nach Italien, weil man da morgens gemütlich losfahren konnte und trotzdem zum Abendbrot schon da war, zur ersten Pizza, die sie immer in dem kleinen Lokal am Hafen aßen. Dort sahen sie sich die Schiffe an, die hier festgemacht hatten, sahen den Leuten zu, die im Vorschiff beim Essen saßen, und Ehfs Mutter sagte jedesmal, daß ihr so etwas zu eng sei und sie aus demselben Grund keinen Campingurlaub machen würden. Ehf sagte dann immer, daß sie sehr gern mal mit einem Schiff fahren würde, wenigstens kurz, und ihr Vater versprach, in diesem Urlaub ganz bestimmt ein Tretboot zu mieten. Doch die waren entweder ausgeliehen oder zu teuer, oder es regnete, oder es war zu heiß, und dann war der Urlaub vorbei, und sie fuhren nach dem Frühstück gemütlich zurück nach Hause. Zum Abendbrot waren sie wieder in Edering.

Lilli zog die Schuhe aus. Mit nackten Füßen stemmte sie

sich gegen das Tau. Das Netz begann sacht zu schaukeln. Ehf hielt sich fest. Das Seil fühlte sich rauh an und warm. Wie groß war ein Segel? «Im Fernsehen kam mal was von einem Mann», erzählte sie, «der ist um die ganze Welt gesegelt. Mit seinen Kindern.» Die konnten natürlich nicht in die Schule gehen, fiel ihr ein, darum hat der Mann selbst mit ihnen gelernt. Das Segelschiff war die Schule.

«Stell dir das vor», sagte sie zu Lilli, «ein Schiff ist die Schule.»

Lilli sah sie an, als wäre das die normalste Sache der Welt.

Der Spielplatz war auffällig sauber. Eva hatte ihn anders in Erinnerung, größer, nicht so vorgartengemäß wie jetzt. Sie hockte sich auf die Holzbegrenzung des Sandkastens und legte das Notebook neben sich auf das Brett.

Hinter dem Sandkasten stand damals ein Holzhäuschen. Lilli hatte ein paarmal übernachtet darin, nachdem sie ihr die Polizei auf den Hals gehetzt hatten. Das Häuschen war fort, und das kam Eva richtig vor. Lilli war auch fort, und besser, man bringt Kinder gar nicht erst auf dumme Gedanken.

«Verräterin!» hörte sie Lillis Stimme, so deutlich, als würde Lilli neben ihr sitzen. Die Stimme sagte: «Zieh die Schuhe aus.» Und Eva gehorchte. Sie stand auf und ging durch den Sand. Ein Schauer lief ihr über den Rücken. Es war etwas anderes, barfuß über einen Strand zu laufen als hier, frühmorgens, durch den Sandkasten des alten Spielplatzes. Sie sprang über den Rand ins Gras. Es war feucht. Das Kletternetz stand noch an der alten Stelle. «Los!» sagte die Stimme, und Eva kletterte hinein. Das Tau fühlte sich spröde an unter den nackten Sohlen. Sie legte sich hinein, verschränkte die Hände im Nacken und verlor ihren Blick im makellos blauen Sommermorgenhimmel.

Großvater hatte auch einen Krieg. Aber der war kleiner als der von Adamczyk.

Großvater holte seinen Krieg hervor, wenn sie am Flußufer saßen und er Ehf das Lied vom rauschenden Bach vorsang, klippklapp.

Großvaters Krieg steckte in seiner Hosentasche. Klippklapp, klippklapp, sang er und holte ihn heraus, den scharfkantigen metallenen Krieg, immer nur beim Mühlrad, wo Ehf sich an ihn kuschelte, grad gemütlich war es.

Patrone, hieß Großvaters Krieg, genau wie beim Füller, bloß daß keine Tinte drin war. Im Wald hatte Großvater den Krieg gefunden. «Als ich so alt war wie du, Ehfchen.» Damals mußte der Großvater sich oft in den Straßengraben legen, so niedrig flogen die Flugzeuge, und einmal hat er den rechten von einem Paar neuer Schuhe verloren und wurde geschimpft beim Heimkommen.

Zu Hause durfte der Großvater seinen Krieg nie aus der Tasche nehmen, weil im Fernsehen schon genug Kriege waren, und außerdem gehörte der vom Großvater auf das Sofa von Doktor Mader, dem Psychotherapeuten, fand die Mutter. Bloß weil sie kein altes Brot wegwerfen durfte wegen Großvaters Krieg. Ehf nahm die Brotkanten mit ans Flußufer und fütterte die Enten, die den Großvater mit schräggelegtem Kopf anstarrten, während er sang, «bei Tag und bei Nacht ist der Müller stets wach, klippklapp». So gemütlich war das beim alten Mühlrad in der Zeit, bevor Lilli kam.

Aber Lilli kam aus Adamczyks Krieg.

Ein andermal, als Ehf klein war, bekam sie Filzstifte zum Geburtstag, denn die Leute wurden immer älter in Edering. Eigentlich hatte sie sich ein Fahrrad gewünscht, mit Stützrädern, damit nichts passierte. «Das gibt's dann zu Weihnachten», hatte der Vater gesagt, nachdem er mit der Mutter und dem Großvater im Kanon «Hoch soll sie leben» gesungen hatte. Spätestens ab November sei die Flaute im Geschäft wieder vorüber. Da hatte sich Großvaters Stimme geteilt, und sie lebte gleich vierstimmig hoch. «Sie sind eben alle zu gesund hier», hatte die Mutter gesagt, mit vollem Mund, denn der Geburtstagskuchen war sehr krümelig und mußte in großen Brocken gegessen werden.

Nach dem Frühstück ging Ehf in ihr Zimmer und probierte die Filzstifte aus. Immerhin waren sie besser als die, die sie zu Ostern bekommen hatte. Sie kramte den Zeichenblock unter dem Bett hervor und begann, ein Fahrrad zu malen. Zwischendurch sah sie aus dem Fenster hinaus in den Garten. Grasgrüner Lenker und sonnenblumengelber Sattel und vogelbeerrote Felgen. Da hatte Ehf eine Idee. Sie lief zurück in die Küche, wo der Großvater sich die Zeitung vors Gesicht hielt. Die Eltern saßen auch noch am Tisch. Sie sahen so müde aus wie an Tagen, wo die Arbeit zuviel war. Der Tisch war schon abgeräumt. Suchend sah Ehf sich um. «Steht auch nichts mehr drin», sagte der Großvater und faltete die Zeitung zusammen, «nur drei heute, zwei in Staudering und einer drinnen in der Stadt. Denen geht's auch nicht besser.»

«Wo ist mein Geschenkpapier?» fragte Ehf. Der Vater deutete auf den Schrank unter der Spüle, wo der Müll in getrennten Eimern gesammelt wurde. Im Altpapiereimer fand Ehf das Papier mit den lachenden Bärenköpfen. «Ich geh raus», sagte sie, fischte das Papier heraus und lief in den Garten.

Durch das Fenster sah sie sie am Küchentisch sitzen. Es war doch nicht ihr Geburtstag. Aber Simons Vater war auch zu Hause. «Was heißt das eigentlich, Konkurs?» hatte Ehf Simon gefragt. Simon hatte sie verständnislos angeschaut. Die Firma von seinem Vater hätte das doch gemacht, hatte Ehf beharrt. Nein, die hätten Computer gemacht, und sein Vater mache jetzt nur noch, was ihm Spaß mache, nämlich Logos erfinden, und überhaupt, wenn man hier wohne, müsse man gar nicht mehr in Urlaub fahren. Aber das mit den Logos machte Simons Vater wohl auch nicht so viel Spaß, denn sie durften nicht mehr laut lachen, wenn sie bei Simon Zirkus spielten.

Während sie die Beeren pflückte, drehte Ehf sich immer wieder zum Haus um. Sie durfte nicht an den Vogelbeerstrauch. Heimlich ließ sie die herrlich roten Kugeln in die Taschen ihres Kleides gleiten, und als die voll waren, tanzte sie eine Runde um den Apfelbaum, damit nichts auffiel, und dann setzte sie sich in den Sandkasten, den Rücken zum Haus. Vom Geschenkpapier riß sie kleine Stücke ab, immer vier Bärenköpfe, darin wickelte sie die Beeren ein, jeweils acht Stück. Das müßte reichen, da war sie sicher. Wenn schon bei einer einzigen Beere so viel Theater gemacht wurde. Zu Weihnachten würde sie ein Fahrrad bekommen. So eines, wie Simon es hatte. Mit einer großen, lauten Klingel, damit die Erwachsenen zur Seite sprängen, weil sie dächten, da käme jemand Großes.

Ehf stopfte die Vogelbeerpäckchen in die Taschen. Der Nachbarin würde sie eines in den Briefkasten werfen, die war sowieso schon alt. Dem Mann daneben, der immer so böse schaute, wenn die Kinder an seinem Gartenzaun vorüberliefen, auch. Und der Apothekerin, die machte die Leute gesund. Dann waren noch zwei Päckchen übrig, die würde sie auch noch loswerden. Die meisten in dieser Gegend hatten keine Kinder.

Mittags, als der Großvater schlief und die Eltern im Wohnzimmer unter Kopfhörern saßen, machte Ehf sich auf den Weg. Lange vor dem Geburtstagskaffee war sie wieder zurück. Ab Herbst hatten der Vater und der Großvater dann wieder gut zu tun, dem Großvater blieb nicht einmal mehr genug Zeit, seine Lieblingsseite in der Zeitung zu lesen, die auch wieder voller geworden war. «Saisonbedingt», nannten das die Erwachsenen. Und Ehf mußte lachen. Wie dumm sie doch waren, manchmal.

Das sanfte Schaukeln des Klettertaus machte müde. Eva wehrte sich nicht, als ihr die Augen zufielen. Sie sah Lilli, verschwommen wie durch eine nicht mehr scharf zu stellende Linse. Mehr war ihr nicht in Erinnerung geblieben von Lillis Gestalt. Mit dem Großvater ging es ihr genauso. Lilli kam nach dem Sommer, in dem der Großvater starb. Im Sommer darauf war sie wieder fort. Hinter den geschlossenen Lidern sah Eva, wie die beiden verschwommenen Gestalten sich übereinanderschoben. Als wollte einer sich hinter dem anderen verstecken.

«Dann wollen wir mal», sagte der Großvater und schraubte die Thermoskanne zu. Sie saßen auf der Orgelempore der Friedhofskapelle, Großvater, der alte Orgelspieler und Ehf. Es gab Arbeit. Unten war die Flügeltür aufgeschoben worden, und mit dem Mittagslicht kamen die Trauergäste in die Kapelle. Zehn Leute, zählte Ehf. Sie verteilten sich auf die hinteren Bänke und ließen alle ihre schwarzen Mäntel an, obwohl es doch fast schon Sommer war.

Die alte Nachbarin war gestorben. «Dreiundsiebzig», hatte die Apothekerin gesagt, «das ist ja auch kein Alter», und Ehf hatte nicht gewußt, was es sonst sein sollte. Sie sah zu, wie die Apothekerin ihre Handtasche öffnete, wie sie eine Brille herausnahm, putzte und anschließend das Gesangbuch aufschlug. Vorn im Altarraum stand der Sarg. Fichte Standard, es gab keine Angehörigen, da nahm der Großvater immer Standard.

Als es wieder dunkel wurde in der Friedhofskapelle, brüllte die Orgel los. Gott schlug in die Tasten, daß es klang, als wolle er dem Instrument die Seele herauspressen. Währenddessen schüttelte der Großvater die letzten Kaffeetropfen aus dem Becher. Er lachte Ehf an und machte mit dem Kopf eine Bewegung hinüber zum Orgelspieler hinter ihm auf der Bank. Gerade beugte der sich tief über die Tasten. Sein Spiel wurde leiser, dafür schneller und immer schneller. Der Großvater drückte den Becher auf die Thermoskanne. Ehf kniete sich nah vor das Geländer und preßte die Stirn gegen die Holzstäbe. Durch die Lücken sah sie wie durch eine Schießscharte nach unten auf die Bankreihen. Hinter der Apothekerin saß der böse Mann, der nicht mochte, wenn Kinder vor seinem Gartenzaun lachten, und zwei Reihen dahinter Ferdinande, die sich keine Beerdigung entgehen ließ. Dafür sperrte sie jedesmal ihren Kiosk zu. Die anderen Trauergäste kannte Ehf nicht, dafür war Edering nicht klein genug. Sie waren alt, allesamt, und jetzt zuckten sie zusammen, weil das Orgelspiel anschwoll und wie Kanonensalven über sie hereinbrach. Die meisten duckten sich in ihren Bänken, nur Ferdinande drehte den Kopf und sah zur Empore hinauf. Da brach Gott sein Spiel ab, und in die Stille hinein sprach der Pfarrer sein: «Liebe Gemeinde, wir haben uns heute hier versammelt, um Abschied zu nehmen von unserer lieben...»

Mehr konnte Ehf nicht verstehen, denn hinter ihr begann der Großvater damit, sein Getriebe anzuwerfen, wie er das nannte. Zuerst räusperte er sich, leise am Anfang, dann immer lauter, bis es klang, als würge er sein Mittagessen herauf, dann schüttelte er den Unterkiefer und machte dazu «Awawawa», bis er keine Luft mehr hatte, schließlich ging er dazu über, seine Spucke zu gurgeln. Zum Abschluß sang er «Mimimimi», dreimal hoch, dreimal ganz tief und zweimal in der Mitte und sah dann erwartungsvoll über die Brüstung nach unten zum Pfarrer.

Der Pfarrer nickte sofort und erlöste den Großvater, der es nie erwarten konnte, bis er singen durfte. «Am Bru-hunnen vor dem To-ho-re», stimmte er an, und die Trauergemeinde unten, die wohl auch bereits glaubte, erlöst zu sein, duckte sich noch tiefer in die Bänke. Großvater sang schauerlich. Aber das durfte man um Himmels willen nicht sagen, sonst gab es drei Tage lang kein Versteckenspielen in der Werkstatt. Den «Li-hindenbaum» zog der Großvater in die Länge, als müsse er ihn mit großer Sorgfalt zersägen. Linden waren nicht sehr gefragt im Geschäft, vielleicht gab Großvater deshalb so oft das Lied dazu. Vielleicht hätte er auch gern einmal einen Lindensarg verkauft. Zu seiner eigenen Beerdigung würde weder von Linden noch vom Eichengrund gesungen werden, aber das konnte dem Großvater egal sein. Sein Meisterstück war aus Ahorn, solidem Ahorn. Dazu gab es keine Lieder.

Der alte Orgelspieler war auf seiner Bank zur Seite gerutscht und klopfte auf den frei gewordenen Platz neben sich. Aber Ehf schüttelte den Kopf. Gott stank. Lieber ertrug sie das Scheppern in den Ohren, weil sie so nah neben dem Großvater stand. Damit mußte Gott allein bleiben, mit seinem Gestank, vielleicht wußte er es nicht einmal, weil keiner es ihm sagte, aber so war das. Gott machte ein trauriges Gesicht, und Ehf drehte sich schnell um. Neben ihr griff der Großvater nach dem Geländer, denn jetzt kam der ganz hohe Ton am Schluß, da brauchte er eine Stütze. Dann war das Lied aus. Ehf sah, wie sie sich unten allmählich wieder aufrichteten. «Perlen vor die Säue geworfen», flüsterte der Großvater, «Perlen vor die Säue.»

Der Pfarrer trat an das Pult und fing an, von der alten Nachbarin zu erzählen. Von Kriegszeiten erzählte er und Wirtschaftswunderwelt, von Hausbau, Hypothekenlast und Witwendasein. Ehf verkroch sich ganz tief hinter dem Emporengeländer und hörte genau hin auf das, was der Pfarrer sagte, aber von Vogelbeeren hatte er bisher noch nichts erzählt.

Der Großvater saß jetzt neben dem Orgelspieler auf der Bank und goß sich noch einen Kaffee ein. Ehf sog den Kaffeeduft ein. Sie liebte diesen Geruch. Es war der typische Beerdigungsgeruch. Sie hatte es noch nie erlebt, daß der Großvater seine Thermoskanne beim Dienst nicht dabeihatte, und sie begleitete ihn oft. Die Thermoskanne und der schwarze Hut gehörten zum Dienst. «Man braucht am

Grab einen Hut, damit man ihn abnehmen kann», erklärte der Großvater Ehf jedesmal, wenn er den Hut von der Garderobe nahm.

Unten schloß der Pfarrer gerade mit «Seele gnädig Amen», und die kleine Trauergemeinde verfiel in ein gemeinsames Husten. Jetzt hatte Ehf nicht aufgepaßt. Die Orgel überdröhnte noch das Husten. Laut stimmte der Großvater das Lied an. Unten griffen sie nach den Gesangbüchern, blätterten, ein paar begannen zu singen. Die Apothekerin war als einzige vorbereitet, sie hatte das Gesangbuch schon an der richtigen Stelle aufgeschlagen und bewegte jetzt die Lippen. Sie lebte immer noch. Aber bestimmt hatte sie ein Mittel im Laden, das gegen Gift half. Die Apothekerin würde sie alle überleben.

Während der letzten Strophe fiel das Mittagslicht wieder in die Kapelle, und mit ihm kamen die Sargträger. Die zehn Trauergäste erhoben sich. Oben auf der Empore stand der Großvater auf. Ehf machte es ihm nach. Sie sah zu, wie die Fichte Standard hinausgetragen wurde, wie aus jeder Bank eine schwarzgekleidete Gestalt trat und hinterherging. Der Großvater griff nach seinem Hut. «Bis gleich», sagte er und kniff Ehf in die Wange. Dann stieg er die schmale Emporentreppe hinunter. Tapptapptapp, sprang Gott über die Orgeltastatur die Tonleiter hinab und gab dem Großvater das Geleit. Jede Stufe ein Ton, da mochte er noch so leise auftreten, der Großvater, jeder Schritt wurde Musik. Als er unten war, setzte oben an der Orgel der Alte einen kräftigen Schlußakkord, drehte sich zu Ehf um, schrieb mit der Hand einen Notenschlüssel in die Luft und verbeugte sich. «Feierabend», hüstelte er.

Ehf stopfte die Thermoskanne in Großvaters Baumwollbeutel. Währenddessen sammelte der alte Orgelspieler seine Notenblätter zusammen. Obwohl er alles auswendig spielte, breitete er vor jeder Beerdigung, ehe er das Orgelgebläse anwarf, erst einmal sorgfältig jede Menge loser Notenblätter auf dem schmalen Brett über dem Manual aus. Angeblich konnte er nicht einmal Noten lesen. Das behauptete jedenfalls Ehfs Mutter. Gott faßte nach ihrer Hand und zog Ehf hinter sich her die Treppe hinunter. Sie mußten beide blinzeln, als sie durch die weit offen stehenden Flügeltüren ins Freie gingen. Der Alte blieb breitbeinig stehen mitten auf dem Kapellenvorplatz, und Ehf hüpfte ein Fünfeck ab, mal auf dem rechten und mal auf dem linken Bein. Die Sonne schien ihr warm auf die Stirn. Nach sieben Fünfecken kam der Großvater vom Grab zurück, zusammen mit den Sargträgern. «Alle noch'n Klaren?» fragte er, und die Männer nickten.

Miteinander stiegen sie in den grauen Geschäftskombi, Großvater und der Orgelspieler vorn, Ehf mit den vier Sargträgern hinten in den Laderaum. Das war zwar verboten, aber durch die getönten Scheiben konnte von außen ja niemand etwas erkennen. «Gehst du denn schon zur Schule?» fragte einer der Sargträger Ehf, die ihm gegenüber auf der schmalen Seitenbank saß, eingeklemmt zwischen zwei seiner Kollegen. «Ab Herbst», antwortete sie brav und stolz.

Das Beeindruckende an den getönten Scheiben war, daß man durch sie hinaussehen konnte, ohne dabei selber gesehen zu werden. Eigentlich gefiel Ehf Edering so am besten, durch die Heckscheibe des Geschäftskombis betrachtet. Rückwärts im Vorbeifahren. Sie sah den Glockenturm von St. Quirin zurückbleiben, sah die Flußbrücke langsam unter den Rädern hervorkriechen. Dann ging es den Berg hinauf, an den kleinen Geschäften vorbei. Gerade wurde Nele von ihrer Mutter in den Supermarkt gezerrt, die Mutter schimpfte, und Nele sah wütend aus. Der Drogeriemarkt blieb zurück mit seinem vollgestopften Schaufenster, der Schuhladen, in dem keiner kaufte, weil in der Stadt die gleichen Schuhe viel billiger waren. Der kleine Brunnen mit dem spuckenden Fisch tauchte auf und Lenz, der gerade seine Schuhspitze in das Rinnsal tauchte. Er hatte keine Gummistiefel an und würde sicher geschimpft werden. Aus dem Blumenladen kam Ehfs Vater mit einem Strauß Rosen, und dann bog der Kombi von der Hauptstraße ab, und Großvater fuhr auf den Bahnhofsparkplatz.

«Schnell», sagte er, als er hinten die Klappe aufmachte. Ehf und die vier Sargträger sprangen von der Ladefläche. Großvater nahm Ehf bei der Hand und ging mit ihr voran zum Kiosk. Ferdinande war gerade angekommen. Ihr alter Motorroller stand neben dem Kiosk, aber die Scheibe war noch zugeschoben. Die Männer bauten sich vor den hölzernen Stehtischen auf und legten die Arme auf die runden Tischflächen.

«Papa kommt», flüsterte Ehf dem Großvater zu. Am Ärmel zog sie ihn zum S-Bahn-Tunnel. Sie stiegen zwei Stufen hinab. Der Großvater duckte sich, und Ehf spähte vorsichtig über das Geländer. Auf der anderen Straßenseite ging ihr Vater gerade vorbei, den Rosenstrauß mit den Köpfen nach unten in der Hand. «Na, der hat wohl was gutzumachen», sagte der Großvater leise.

Als der Vater nicht mehr zu sehen war, gesellten sie sich wieder zu den Männern. Die unterhielten sich. «Der Apfel fällt nicht weit vom Stamm», sagte einer, und ein anderer sagte lachend etwas von «Rosenkavaliersdelikt». Der Großvater ließ sie stehen und ging zum Kiosk hinüber, wo er heftig gegen die Scheibe klopfte. Ehfs Vater mochte es nicht, wenn der Großvater am Kiosk herumstand. Er schimpfte jedesmal, wenn er ihn dort erwischte. «Das ist schlecht fürs Geschäft», sagte er immer, und der Großvater antwortete genauso regelmäßig, daß er schließlich mit gutem Beispiel vorangehe, was den Vater nicht glücklicher machte.

Mit einem Quietschen öffnete sich die Kioskscheibe. «Alle 'nen Klaren?» fragte Ferdinande und wischte sich mit dem Jackenärmel die Nase ab. «Geht auf mich.» Der Großvater zückte seine Geldbörse. Ehf durfte sich ein Eis aussuchen. Sie riß das Papier herunter, setzte sich auf die Stufe und sah sich die vorüberfahrenden Autos an, während sie das Eis lutschte.

«Und, Alter, was macht die Liebe?» fragte einer der Sargträger den alten Orgelspieler. Gott machte den Mund auf und wollte etwas sagen, aber er kam über ein gequältes «Nänänä» nicht hinaus. Es klang, als sei ihm ganz plötzlich die Zunge angeschwollen. Die Männer lachten und tranken ihren Schnaps. «Anvisieren, durchladen und abfeuern, gell?» rief einer von ihnen und schlug dem alten Orgelspieler auf die Schulter. «Nänänä», stammelte Gott. Seine Augenlider zuckten.

«Jetzt laßt ihn doch endlich damit in Frieden», sagte der Großvater, «trinken wir lieber noch einen.» Er sammelte die Schnapsgläser ein und ging damit zurück zum Kiosk, und als er außer Hörweite war, sagte einer der Männer leise: «Ist doch längst verjährt.»

«Papapapa», machte Gott, legte ein imaginäres Gewehr an

und schlug dann mehrmals mit der Stirn gegen die Tischkante.

«Laß gut sein», sagte der erste Mann, «ist schon besser so.»
Großvater hatte die Flasche dabei, als er wieder an die Tische trat. Er knallte die Gläser auf die Platten und
schenkte sie randvoll. «Auf das, was wir lieben», sagte er,
hob sein Glas und kippte den Schnaps in den Mund. Der
alte Orgelspieler nippte erst ein bißchen, trank dann in
großen Schlucken das Glas aus. «Die Liii-iiiebe», sang er,
immer wieder «die Liii-iiiebe!» Die anderen tranken
schweigend. Der Großvater wollte gerade wieder nach-
schenken, da stand Ferdinande neben ihm. «Schluß damit», sagte sie und nahm dem Großvater die Flasche aus
der Hand, «bring lieber das Kind nach Hause.»

«Aber ich habe bezahlt!» rief der Großvater.

«Das reicht gerade für deine Schulden bei mir», sagte Ferdinande knapp und ließ die Männer stehen. Großvater hob
sein leeres Glas, drehte es, schüttelte es, betrachtete es mit
zusammengekniffenen Augen. Auf einmal holte er aus und
warf es gegen die Kioskwand.

«Ihr fandet es doch auch alle in Ordnung!» brüllte er.
Einer der Männer legte ihm die Hand auf die Schulter.
«Ferdinande hat recht», sagte er, «Schluß für heute. Die
Kleine muß wirklich heim jetzt.»

Einer nach dem anderen klopften sie dem Großvater
freundschaftlich auf die Schulter und trollten sich dann.
Nur der alte Orgelspieler blieb vor seinem leeren Glas stehen, die Arme wie einen Kranz darumgelegt. «Die Liii-iiiebe», sang er leise.

Der Großvater wischte sich mit dem Ärmel über die Augen. «Komm, Ehfchen», sagte er. Ehf faßte nach seiner

Hand. Sie gingen zum Parkplatz. Der Großvater sperrte den Wagen auf, und Ehf durfte vorne sitzen. Er schnallte sie an. Der Gurt schnitt ihr in den Hals, obwohl sie sich so groß wie möglich machte. Großvater ließ den Motor an. Vater hätte das nie erlaubt, daß Ehf vorne saß. Schon gar nicht ohne Sitzerhöhung. Da hätte sie laufen müssen.

«Was fanden alle in Ordnung?» fragte Ehf. Der Großvater schwieg. Er setzte zurück, bog in die Hauptstraße und fuhr am Bahnhof vorbei, wo Gott noch immer am Kiosk stand. Ehf winkte ihm zu, aber er sah sie nicht. Sie fuhren durch den Bahntunnel, an der Apotheke und am Bäckerladen vorbei und in die Straße hinein, in der ihr Haus stand. Der Großvater parkte hinter der Einfahrt. Er stellte den Motor ab, stieg aber nicht aus. Nach einer Weile sagte er: «Das erzähle ich dir, wenn wir zwei mal zusammen zum Mond fliegen.»

Doch das mit dem Mond war dann nichts mehr geworden, denn ehe Ehf aufs Gymnasium kam, starb der Großvater, und sie erfuhr nie, was die Liebe des alten Orgelspielers zu tun hatte mit Anvisieren, Durchladen und Abfeuern und warum die Ederinger das in Ordnung fanden. Als Kind erfuhr sie das nie.

Ein Getränkelaster schepperte am Spielplatz vorüber. Eva schreckte hoch. Wie lange lag sie schon hier in dem Kletternetz? Sie rieb sich die Augen, sah hinauf in den blauen Sommerhimmel und dachte an den Großvater. Jedes Jahr, wenn der Sommer vorüber war, hatte er einen Drachen für sie gebaut. Jedes Jahr stiegen sie höher hinauf. Der Großvater war immer auf das gleiche Stoppelfeld gegangen mit ihr, gegenüber der Engelsalm.

«Warum lassen wir den Drachen immer bloß hier steigen, Großvater?»

«Wo sollen wir ihn denn sonst steigen lassen, Ehfchen?»

«Na, da drüben.»

«Auf der Engelsalm? Lieber nicht.»

«Warum nicht?»

«Wir wollen mal lieber nichts riskieren. Auf der Engelsalm weiß man nie.»

«Was weiß man da nie?»

«Was einem so passieren kann.»

«Was kann denn passieren?»

«Ach, alles mögliche. Das erzähle ich dir mal, wenn wir zwei zusammen zum Mond fliegen.»

«Und hier kann uns nichts passieren?»

«Nein, Ehfchen, hier nicht. Hier sind wir auf der sicheren Seite.»

Eva sprang aus dem Kletternetz. Sie holte das Notebook vom Sandkasten und setzte sich damit auf eine Bank. Sie klappte es auf, öffnete die Bewerbungsdatei. «Lilli lebte in den Notunterkünften auf der Engelsalm», las sie. Ob der Großvater Lilli gemocht hätte? Vermutlich hätte er vor ihr gewarnt, wegen der Engelsalm. Ob er auch gedacht hätte, was alle dachten? Daß Lilli schuld sei am Tod der Kinder?

«Was für Kinder sind wir gewesen?» las Eva. Sie ließ den Cursor ein paar Leerzeilen hinunterwandern. Dann schrieb sie:

«Liebe Lilli».

Sie lehnte sich zurück. Das war Unsinn, was sie hier tat. Sie sollte nach Hause gehen, die Eltern würden bestimmt schon mit dem Frühstück auf sie warten und auf ihre Entscheidung. Sie wollten doch weiterreden, heute, wo Eva eine Nacht darüber geschlafen hatte.

«Du bist ein paar Wochen nach Großvaters Beerdigung angekommen», schrieb sie, «und im Jahr darauf, kurz nach Sebastians Beerdigung, warst du wieder weg. Ich weiß nicht, wieso, aber ich habe später immer Sebastians Beerdigung mit der meines Großvaters verwechselt.»

Sie erinnerte sich, daß es gnadenlos heiß war an dem Tag, als Sebastian beerdigt wurde, genau wie am Tag von Großvaters Beerdigung. Sie hatte sich in ihrem Zimmer verkrochen, in dem die Rolläden den ganzen Tag über geschlossen blieben, damit die Hitze nicht hinausgelangen konnte. Sie hatte sich auf das Bett gelegt und an den Großvater gedacht. Zu keiner Zeit hatte sie ihn mehr vermißt als in diesem Moment.

«Der Tag von Sebastians Beerdigung. Sie hatten mir das schwarze Samtkleid gewaschen und vor den Kleiderschrank gehängt. Unter dem Kleid standen die schwarzen Lackschuhe, frisch geputzt. Meine Dienstkleidung. Ich hatte gelernt, wie man Zeremonien absolviert. Großvater hatte mir das beigebracht. Und ausgerechnet ihn durfte ich nicht begraben. Nicht so, wie er es verdient hätte.»

Es war ein Sommertag wie dieser. Ehf kam aus dem Freibad, die Mutter hatte ihr gezeigt, wie man taucht, und Max, der Bademeister, hatte ihr zugezwinkert. Zu Hause hatte die Mutter die Badeanzüge und die nassen Handtücher im Garten aufgehängt, und Ehf war direkt in den Keller gegangen, um ihre Puppe Olga zu holen, die sie am Vormittag hier vergessen hatte. Der Großvater saß auf seinem Schemel. Genauso hatte er dagesessen, als Ehf am Vormittag gegangen war. «Bist du immer noch nicht fertig?» fragte sie jetzt und sah sich um. «Doch», sagte der Großvater mit seltsamer Stimme, «ich bin fertig.»

Ehf sah ihn verwundert an. Er hielt Olga im Arm. Die wenigen Haare über seiner Stirn kräuselten sich vor Nässe. Seine Nase glänzte.

«Olga und ich», sagte er, und Ehf bemerkte, daß seine Stimme vor Anstrengung so seltsam klang, «wir zwei haben hier noch ein bißchen was gesungen.»

Vorsichtig, um ihm nicht noch mehr Mühe zu bereiten, schlich Ehf sich an den Schemel heran. «Mhm, mhm», machte der Großvater. Er versuchte eine Melodie. «Mhm, mhmhm, mhmhm.»

Ehf kniete sich neben den Schemel. Der Großvater strich ihr übers Haar. «Wir lagen vor Madagaskar», stimmte er an. Seine Stimme war so brüchig, daß Ehf ihm helfen mußte. «…und hatten die Pest an Bord», stimmte sie mit ein. Der Großvater wurde sicherer. «In den Tonnen, da faulte das Wasser», sangen sie zu zweit, Ehfs helle Stimme über dem Krächzen des Alten, «und jeden Tag ging einer über Bord. Ahoi, Kameraden, ahoi, ahoi. Leb wohl, kleines Mädel, leb wohl, leb wohl!»

Nach dem letzten «Leb wohl» kam ein Husten über den Großvater, der mächtiger war als er selbst. Der schüttelte ihn und ließ ihm die Augen überlaufen. Ehf sprang auf und klopfte ihm auf den Rücken, aber das half nichts. Als der Anfall endlich nachließ, zog der Großvater Ehf zu sich. Er roch anders. Der gute Großvatergeruch war noch da, aber viel schwächer. Darüber lag ein fremder Geruch. Kein Duftwasser, etwas Eigenes.

74

«Leb wohl, kleines Mädel», flüsterte der Großvater.

«Am Abend hat mein Vater ihn ins Krankenhaus gebracht. So still war es noch nie im Haus. Ich habe in meinem Bett gelegen und zugesehen, wie es dunkel wurde, wie es dunkel war, wie es wieder hell wurde. Das neue Tageslicht war anders, klarer, so wie nach einem Gewitter im späten August, wenn das Licht vollkommen verändert ist und du weißt, daß der Sommer vorbei ist.»

Eva erinnerte sich ganz deutlich an diesen Moment. Als habe er abgekapselt in einem versunkenen Pfad ihres Schreibprogramms geschlummert und tauche nun wieder auf, um sich wie ein Virus über die Zeilen zu legen und alles zu verknüpfen mit dem nie vollzogenen Abschied von ihrem Großvater.

«Es war Tag geworden, und ich wußte Bescheid. Daß er tot war. Nicht, daß es still werden und ich frieren würde. Es gab keine Lieder mehr und keine Schlüssel. In den ersten Tagen nach Großvaters Tod blieb der Betrieb still, und niemand lachte über den Zettel an der Eingangstür, auf den mein Vater geschrieben hatte: ‹Wegen Trauerfall geschlossen›. Als wenn ein Elektriker wegen Stromausfall schließt, sagte meine Mutter später, da war der Großvater schon lange beerdigt. Aber das hatte ich nicht geahnt, daß es keine Geheimnisse mehr geben würde. ‹Das erzähle ich dir, wenn wir zwei mal zusammen zum Mond fliegen›, hatte der Großvater immer gesagt. Mein Vater holte statt dessen das Lexikon. Sie gaben sich sehr viel Mühe. Machten viel aus wenig. Aus einem Wort, das ich nicht verstand, machten sie Tonnen von Wörtern, Satztürme, sie brauchten Stapel von Büchern dafür. Alles wurde erklärt. Alles wurde verraten. Bis auf das eine. Das, was alle in Ordnung fanden. Das, bei dem mein Großvater und unser alter Friedhofsorganist wohl die Hauptrolle spielten.

Aber das alles ahnte ich nicht, als sie an meine Zimmertür klopften und mir sagten, was ich schon wußte: Heute morgen, ganz früh, ist der Großvater gestorben.»

Sie hatten ihr das schwarze Kleid gekauft in der Stadt. Ein Samtkleid, «so eins wolltest du doch immer schon haben». Und schwarze Lackschuhe. Endlich bekam sie Lackschuhe, zum ersten Mal im Leben. Sie hatten gesagt, eine Strumpfhose müßte sein. Dabei war es viel zu warm an einem Sommertag wie diesem. Aber Schwarz mußte sein. Und ohne Strumpfhose würde das Kleid nicht aussehen. Die Strumpfhose juckte. Bestimmt hundertmal war Ehf auf Beerdigungen gewesen, niemals in Schwarz. Aber diese war ein Trauerfall. Zum ersten Mal im Leben.

Ehf hatte den Hut mitnehmen wollen. Sie hatte ihn von der Garderobe geholt, aber dann durfte sie ihn nicht aufsetzen. «Man braucht am Grab einen Hut», hatte sie erklärt, «damit man ihn abnehmen kann.» Aber sie durfte ihn nicht mal aufsetzen. Das war so gemein, daß sie weinen mußte. Sie weinte die ganze Autofahrt über und noch in der Friedhofskapelle. «Für die Kleine ist es am schlimmsten», flüsterte die Apothekerin in der Reihe hinter ihr. Ihr Hütchen hatte sie mit Haarnadeln festgesteckt. Schlimm, schlimmer, am schlimmsten. Was kam danach?

«Die Thermoskanne. In meinem Rucksack, in den ich Olga stecken sollte, weil kaputte Puppen auf einer Beerdigung nichts zu suchen haben, war Großvaters Thermoskanne.»

Wie sie zum Grab gekommen war, hatte sie vergessen, und

auch die Tage davor, die Zeit nach dem Klopfen an ihrer Zimmertür. Alle hatten Blumen dabei, und ihr hatte man auch eine gegeben, «die wirfst du dann ins Grab». «Wieso?» «Das macht man so.» Hatte sie noch nie gemacht, bisher. Bisher waren auch nie mehr als fünf, sechs Alte dabeigewesen. Hatten wohl die Blumen vergessen, die Alten.

«Dann wollen wir mal», sagte Ehf am offenen Grab über dem Meisterstück und nahm den Rucksack von der Schulter. «Die Blume», flüsterte die Mutter. Aber Ehf ließ die Blume hängen. Sie machte den Rucksack auf und zerrte die Thermoskanne heraus. Der Vater steckte gerade das Schäufelchen, mit dem er ein wenig Erde auf das Meisterstück geworfen hatte, wieder in den Erdhügel, als die Thermoskanne aufschlug. Metall auf Ahorn. Klonk! machte es. Alle erstarrten. Die Eltern, der Pfarrer, die Sargträger, die ganze Trauergemeinde.

«Er brauchte sie doch. Wenn er unterwegs Durst bekam. Das weiß doch keiner, ob er da was kriegt. Aber es ist verboten, Thermoskannen in ein Grab zu werfen. Mein Vater hat sie mit der Erdschaufel wieder herausgeholt. Das war ziemlich schwierig, fast wäre er hineingefallen. Aber einer der Sargträger hat ihn am Jackenärmel erwischt. Wäre so etwas im Fernsehen gekommen, hätten meine Eltern sich schlappgelacht. Großvater hätte es gefallen, auch in echt. Es tat mir so leid für ihn. Mein Vater hat die Thermoskanne einfach in den nächsten Papierkorb gesteckt. Dafür hat er sogar das Beten vergessen.»

Ehf hielt die Blume immer noch fest wie einen Spazierstock in der Hand, die Blüte wie eine Spitze in Richtung Weg gerichtet. Was sollte der Großvater mit Blumen? Sie blieb einfach am Grab stehen und ließ sie alle kommen, ließ sie die Schaufel nehmen und Erde werfen, die Apothekerin, den bösen Nachbarn, Ferdinande, die Lottobrüder, es schien, als sei ganz Edering gekommen, zumindest die echten Ederinger. Der Großvater hätte sich sehr gefreut. «Na, gefällt es dir?» hätte er den bösen Nachbarn gefragt, der immer ganz freundlich tat, wenn er den Großvater auf der Straße traf, selbst wenn Ehf dabei war, «so kannst du das auch mal haben, Ahorn, Blumen und das ganze Gedöns.» Alles Kunden, hörte Ehf ihn flüstern, unter den Erdklümpchen, unter dem Ahorndeckel, das sind alles Kunden, grüße sie, Ehfchen, die sind alle mal dran. Er war der letzte «nach langem erfüllten Leben», aber das wußte damals noch keiner. Ehf nickte Herrn Hampel von der freiwilligen Feuerwehr zu, als der der Mutter die Hand gab und dem Vater knapp auf die Schulter klopfte, und dann stimmte sie an: «Wir lagen vor Madagaskar ...»
Weiter kam sie nicht. «Ehf, jetzt ist es aber genug», zischte die Mutter und zog sie zur Seite. Das tat weh. Die Mutter ließ sie nicht los. Bis zum Papierkorb zog sie Ehf und weiter noch, in den nächsten Weg hinein. «Jetzt reiß dich aber mal zusammen», sagte sie, als sie endlich stehenblieb. Der breite schwarze Strohhut, den *sie* sich in der Stadt gekauft hatte, war verrutscht und sah jetzt noch mehr nach Frisbee aus als vorher.

«Und so mußte ich zusehen, wie das Meisterstück einfach zugeschüttet wurde, pietätlos kam mir das vor, ohne Großvaters Lied, ohne seine Thermoskanne, und natürlich nahm auch niemand den Hut ab, es hatte ja auch niemand einen Hut auf, außer meiner Mutter, die niemals auf einen solchen Gedanken gekommen wäre. Mir kam es so vor, als sei Großvater lebendig begraben worden. Als stünde noch etwas aus. Wenige Wochen später kamst du hierher.»

Freinacht

Großvater ging immer allein zum Fluß hinunter, als er ein Kind war. «Da hat keiner gesagt: Ihr bleibt aber im Garten. Glaub mir, Ehfchen, uns hat man laufen lassen.»
Sie haben versucht, den Fluß zu stauen, der Großvater und seine Freunde, als der Großvater noch ein Kind war. Gott, der alte Orgelspieler, gehörte dazu. Damals hieß er einfach Karl. Im Sommer zelteten sie auf der Festwiese, und einmal hat der Großvater zum Abendessen ein Kaninchen geschossen. «Anvisieren, durchladen und abfeuern. Angst hatten wir nur vor dem Typhus und dem Russen, Ehfchen, vor niemandem sonst.» Die Erwachsenen, so stellte Ehf es sich vor, saßen immer, alle ganz dicht nebeneinander, eng muß das gewesen sein. Zusammenrücken, nannte der Großvater das. Beim Essen, Schimpfen, Feiern. Zu Feiern gab es genug, als der Großvater noch ein Kind war: daß ein Zweimeterhecht gefangen worden, ein Traktor gekauft, der Krieg vorüber war. Dann wurde ein Faß aufgemacht. «Grad lustig war es, Ehfchen, und keiner hatte was dagegen, daß auch wir Kinder ein Glas ausgeschenkt bekamen, das gehörte dazu, blieben ja alle anständig, damals.»
Besoffen war nur der Russe.

Das Bild wackelte leicht. Zuerst wackelte die Wiese, dann das Flußufer. Erst beim Mühlrad stand das Bild still. Das Mühlrad drehte sich langsam. Man konnte das Wasser plätschern hören. Sekunden später woben sich Gelächter und entfernte Musik in das Plätschern, und das Bild begann wieder zu wackeln. «Freinacht ist», hörte man die Stimme von Ehfs Vater und wußte jetzt auch, warum das Bild so wackelte. Mit der Kamera besaß Ehfs Vater keine ruhige Hand. Er zoomte die Festwiese heran, die rechts vom Flußufer, zum Ort hin, lag. Ein großes Bierzelt beherrschte die Festwiese, und vor dem Zelt lag, aufgebockt und frisch gestrichen, ein Maibaum. «Alle tragen heute Tracht», sprach Ehfs Vater mit gekünstelt fröhlicher Stimme in das eingebaute Mikrophon an der Kamera, «besonders die Neu-Ederinger haben sich herausgeputzt.» Jetzt wackelte das Bild noch stärker. Zwei Frauen mit bunten Schürzen staksten auf das Zelt zu, gefolgt von zwei Männern in Lodenjacken. Aus dem Bierzelt kam jetzt Ehf, machte den neuen Gästen Platz und ging dann weiter auf die Kamera zu. Sie hielt mit beiden Händen einen randvollen Bierkrug fest. Ihre Augen wurden groß, dann streckte sie die Zunge raus und lief aus dem Bild, wobei das Bier aus dem Krug schwappte. «Vorsicht!» rief Ehfs Vater und stellte die Kamera aus. Ehf war schon am Maibaum vorübergerannt und blieb bei einem Kreis aus kleinen Kindern stehen, die «Dreht euch nicht um» sangen. «Der Plumpsack geht um», sang Ehfs Mutter mit ihnen, die zwischen den beiden Kleinsten stand und den Ton angab. «Danke, mein Schatz», sagte sie zu Ehf, die den Bierkrug auf den Boden stellte.

«Darf ich dann doch?» fragte Ehf zaghaft.

Die Mutter löste sich aus dem Kreis und hob den Krug auf. Sie nahm einen kräftigen Schluck. Den Krug in den Händen, beugte sie sich ein wenig vor und sah Ehf in die

Augen. «Ich mache das nicht, weil ich dich ärgern will», sagte sie ernst, «ein neunjähriges Kind ist einfach noch zu klein, um allein in die Stadt zu fahren.»

«Fast zehn», erwiderte Ehf, «und im Herbst muß ich sowieso allein in die Stadt.»

«Bloß bis zum Stadtrand», sagte Ehfs Mutter und nahm noch einen Schluck. «Außerdem kannst du noch auf so viele Konzerte gehen. Glaub mir. Dein Leben fängt doch erst an, mein Schatz.»

Sie erhob sich. «Wer sich umdreht oder lacht, der kriegt den Buckel blaugemacht.» Die Kinder sangen unsicher. Sie waren kleiner als Ehf, gingen noch nicht zur Schule, und jetzt brauchten sie Ehfs Mutter. «Dreht euch nicht um», fiel die endlich mit ein, aus vollem Hals. Sie stellte den Krug wieder ab und klinkte sich ein in den Kreis. Ehf stieß mit der Fußspitze gegen den Krug. Ein Schluck Bier schwappte heraus, aber der Krug fiel nicht um.

«Zahnpasta, ey!» rief einer der Jungen, die den Maibaum bewachten. Ehf ließ ab von dem Bierkrug und sah zu den Jungen hinüber. Sie waren früher auf ihre Schule gegangen, in die Vierte, zu der Zeit, als Ehf eine Schulanfängerin war, I-Männchen, Pipibaby. Jetzt hockten sie neben dem Maibaum und hielten Stöcke in den Händen. Am Boden hatten sie Schätze ausgebreitet: Sprühdosen, Rasierschaum, Haarspray und jede Menge Klopapier. Der Boxer saß bei ihnen, er war der Älteste. «Verzieh dich», zischte einer der Jüngeren unter ihnen Ehf zu. «Freinacht ist», entgegnete Ehf, «und ich geh sowieso zu Maikel.»

Der Boxer verzog das Gesicht, als habe er zu viele saure Pommes gegessen, aber dem Kleinen blieb der Mund offenstehen. «Ist doch viel zu teuer», sagte er. «Zahlen meine Eltern», behauptete Ehf und ging vorsichtshalber schnell weg, auf das Bierzelt zu.

Luki durfte natürlich auf das Maikelkonzert. Luki war so verwöhnt. Der würde mit dem Auto in die Stadt gebracht und dann in Ruhe gelassen und nach dem Konzert wieder abgeholt. Jakob und Sebastian durften nicht mit, obwohl Luki sie eingeladen hätte. Jakob und Sebastian hatten Konsequenzmütter. Wenn die Söhne eine Regel verletzten, hatte das Konsequenzen. Ehf hatte bloß eine Nein-Mutter, aber das reichte auch.

«Komm her, Schnecke!» rief Ehfs Vater aus dem Bierzelt. Blasmusik und der Geruch von aufgeheizten Gummiplanen. Ehf ging trotzdem hinein. An den Biertischen saßen Ederinger vor Glaskrügen. Hauptsächlich Neu-Ederinger. Sie waren sowieso in der Mehrzahl. Gaben sich viel Mühe, trugen Leinen und rauhe Wolle, und auch sonst versuchten sie, echt auszusehen. Tranken Bier, ganz echt. «Hier, Schnecke!»

Ehfs Vater saß zwischen Max und Herrn Hampel am vordersten Biertisch. Er hatte die Hand nach Ehf ausgestreckt, und als sie zu ihm lief, zog er sie an sich. Die Blasmusik spielte Schlager. Das Ehepaar am Tisch gegenüber trug Biesenhemden und wiegte die Köpfe synchron im Takt zur Musik. Max und Herr Hampel hatten Fieberaugen. «So ein großes Madl», sagte Herr Hampel, und Max starrte Ehf an, während er sein Kaugummi zermalmte. Mit der freien Hand winkte Ehfs Vater nach der Kellnerin, die sonst beim Neuwirt am Ederinger Marktplatz arbeitete. «Magst was essen?» fragte Ehfs Vater, «ist Abendbrotzeit.»

«So ein schönes Madl», sagte Herr Hampel. Max schob

das Kaugummi in die andere Backe, ohne Ehf aus den Augen zu lassen. Das Ehepaar gegenüber hielt sich an den Händen und lauschte jetzt bewegungslos den Schlagern. Die Kellnerin war an den Tisch gekommen. «Wollt's'n?» fragte sie. «Was magst du, Schnecke?» Ihr Vater zog ein bekleckertes loses Blatt auf dem Tisch herüber. Ehf zuckte die Schultern. «Wurstsalat?» fragte der Vater. «Pommes? Wienerle? Jägerschnitzel? Kutschergulasch? Schweinsbraten? Kasspatzen? Knödel mit Soße?» Ehfs Mund trocknete langsam aus. Alle starrten sie an. Sie versuchte zu schlucken, aber die Kehle war zugeschnürt. «So ein lecker Madl», sagte Herr Hampel. Jetzt hatte auch die Blasmusik ausgesetzt. «Ich komm nachher wieder», sagte die Kellnerin vom Neuwirt in die Stille hinein. Der Vater zog Ehf zu sich auf den Schoß und schlang die Arme um sie. «Wenigstens was trinken», flüsterte er ihr ins Ohr. Aber die Kellnerin war ohnehin schon fort. Max rückte näher. «Kannst jetzt schon tauchen?» fragte er kauend. Das Ehepaar gegenüber lächelte, zweimundig, vierlippig, ein gleiches gemeinsames Lächeln über gleichen Biesenhemden. Ihre Hände kneteten sich gegenseitig. «Im Herbst geht die Ehf schon aufs Gymnasium», erzählte Ehfs Vater dem Ehepaar, und die beiden nickten lächelnd. «Völlig problemlos, der Übertritt, andere brauchen da ja längst schon Nachhilfe.» Der Vater löste einen Arm von Ehf, nahm seinen Glaskrug und hielt ihn hoch, bis die anderen es ihm nachmachten. «Prost.» «Prost.» «Prost.» Sie tranken, atmeten tief aus, setzten die Krüge auf den Tisch.

«Ist doch schön, wenn die Kinder so gut gedeihen», sagte Herr Hampel und strich Ehf mit zwei Fingern sanft über das Knie. Die Blasmusik stimmte einen neuen Schlager an.

Ehfs Vater blickte stolz in seinen beinahe leeren Glaskrug. Max stubste mit der Nase gegen Ehfs Wange und raunte: «Was ist jetzt mit 'm Tauchen?» Er roch nach Bier und Spearmint. Ehf drehte den Kopf von ihm weg. «Ins Maximiliansgymnasium», erklärte ihr Vater dem Glaskrug, «ist ein bißchen weiter, hat aber den besten Ruf, mit Abstand den besten.» «Darf ich zu Maikel?» fragte Ehf. Ihr Vater sah sie an, als hätte sie gefragt, ob sie Austern haben dürfte. «Jaha», sagte der Mann gegenüber eine Spur zu laut, «der ist heute in der Stadt, gell?» «Jaha, in der Stadt», sagte seine Frau, eine Oktave höher und deutlich leiser. Der Mann ließ seine freie Hand über den Arm seiner Frau bis zu ihrem Nacken hochkrabbeln, wo er sich festkrallte. Ehfs Vater sah dabei zu und schüttelte traurig den Kopf. «Das ist doch ganz alberne Musik, Schnecke», erklärte er, «da bist du doch Besseres gewohnt.»

Ehf stand auf. Sie zog das enge pinkfarbene Shirt glatt, das ihre Mutter ihr aus der Stadt mitgebracht hatte und das sie heute zum ersten Mal trug. Es hatte ein Glitzerherz an der Stelle, wo sich bei ihrer Mutter der Stoff zwischen den Brüsten straffte. «Ciao», sagte Ehf quer über den Biertisch und drehte sich um. Im Rücken spürte sie, daß alle ihr hinterhersahen. Im Takt der Blasmusik tänzelte sie aus dem Zelt. Die Macht, das spürte sie, wurde größer. Die Ohnmacht blieb.

«...kriegt den Buckel blaugemacht. Dreht euch nicht...» Die Kleinen hatten rote Bäckchen inzwischen. Ihr Kreis war gewachsen. Ehf sah Luki und Sebastian bei den Jungen am Maibaum stehen. Sie winkte ihnen zu und lief hinüber. «Geh aber nicht an den Fluß, Schnecke!» rief ihr aus dem Bierzelt der Vater hinterher.

«Wegen dem Auto», erklärte Sebastian gerade Luki, der betreten auf die zwei Konzertkarten in seiner Hand sah, «wegen dem Kratzer von meiner Fahrradbremse.» Luki blickte auf. «Und du?» fragte er Ehf. Ehf zuckte die Schultern. «Ist doch ganz alberne Musik», sagte sie leise. Luki steckte die Karten weg. Eine Autohupe quäkte ungeduldig von der Straße herüber. «Also dann», sagte Luki, blieb aber stehen und sah sie abwechselnd an, erst Sebastian, dann Ehf, dann wieder Sebastian. Gerade als Sebastian etwas sagen wollte, quäkte die Hupe wieder. Luki machte zwei, drei Schritte rückwärts, hob die Hand, winkte, drehte sich um und lief zur Straße hoch, schneller, immer schneller. Da stand das Cabrio seines Vaters, die Beifahrertür weit aufgerissen. Sie verschluckte Luki, schlug zu, der Motor lachte los, lachend rollte der Wagen davon. Ehf und Sebastian sahen zu, wie die Lücke am Horizont, die das Cabrio hinterlassen hatte, immer größer wurde. «Wir dürfen nie was», stieß Ehf aus. Sebastian starrte sie an. «Quatsch», sagte er, ließ Ehf stehen und hockte sich zu den Jungen neben den Maibaum.

«Zahnpasta!»

Simon kam herangestürmt und warf ein paar Tuben in den Kreis der Schätze. «...den Buckel blaugemacht.» Die Kleinen wurden nicht müde. Aus dem Festzelt quoll die Blasmusik und schwappte über die Festwiese, über den Plumpsackkreis, über den Maibaum. Klebte wie Schaum auf der Haut. «Gehst du auch mit?» fragte Lenz. Erst jetzt entdeckte ihn Ehf zwischen den anderen. Er stopfte Klopapierrollen in einen Rucksack, Simon schraubte gerade eine Zahnpastatube auf. «Die mit den roten Streifen», erklärte er stolz, «keine Chance für Karies und Papastotehose.» Der Boxer grinste. Ehf kniete sich neben Lenz auf den Boden. «Wenn ich darf», sagte sie. Lenz schloß die Rucksackschnallen. «Ist doch Freinacht», erklärte er, «schönes T-Shirt.» Er strich mit dem Finger über ihre Schulter. Es fühlte sich ganz anders an als eben bei Herrn Hampel. Ehf sah zu ihrer Mutter hinüber. Bei ihr war gerade der Plumpsack gelandet, und jetzt versuchte sie, das Kind zu erwischen, das ihn ihr zugespielt hatte. «Stimmt», sagte Ehf, «Freinacht ist.»

Lenz strahlte sie an. «Wo ist eigentlich Lilli?» fragte er. Ehf senkte den Blick. «Laß mich in Frieden, ja?» hatte Lilli gesagt, als Ehf sie gestern nachmittag abholen wollte. Ja, es stimmte, Ehf wollte mehr wissen, wollte wissen, wie es weiterging hinter der Tür am oberen Ende der Metalltreppe. Aber das war doch kein Nachspionieren. Das war bloß Neugierde. «Lilli darf nicht mit», sagte Ehf zu Lenz, und der lächelte spöttisch. Lenz war der Älteste unter den Viertkläßlern, und seit der Beerdigung seiner kleinen Schwester war er noch älter. Er schwang sich den Rucksack über die Schulter. «Freinacht!» grölte es aus dem Bierzelt. «Freibier!» grölte eine andere Stimme. «Tätä tätä», quäkte die Blasmusik. Lenz stieß Simon an. «Auf geht's.» Simon warf Sebastian einen Blick zu. Der nickte. «Wer hält Wache?» fragte Simon. «Ich.» Der Boxer setzte sich rittlings auf den Maibaum. «Von hier zum Supermarkt», sagte einer von den Größeren, «die Bahnhofstraße rauf und hinter der Unterführung durch die Siedlung bis zum Bürgermeisterhaus. Und immer ordentlich sprühen und kleben. Köpfe runter!» Sie beugten die Oberkörper, schlangen einander die Arme um die Schultern und steckten die Köpfe zusammen zum Kreis, wie sie es beim Fußball auf dem Schulhof machten. Ehf blieb draußen. Jungs-sache. «Angst?» rief Lenz drinnen im Kreis, und «Keine Angst!» antworteten die Jungen im Chor.

«Maikel!»

Die Stimme kam vom Flußufer herüber. Sofort hoben die Jungen die Köpfe. «Maikel!» Der Ruf kam näher, kam über die Wiese auf sie zu. Ein Mädchen mit fliegenden blonden Haaren. Nele. «Maikel!» rief Nele, immer wieder «Maikel!» Lief direkt auf den Maibaum zu, stolperte, fing sich wieder, rannte näher, immer näher heran. Die Stimme wurde dünner, je näher sie kam. «Maikel», keuchte sie, als sie vor ihnen stand, die Hände auf die Oberschenkel ge-stemmt, die Haare am Gesicht klebend. Als wäre ein Spiel abgepfiffen worden, starrten die Jungen sie an. Ehf trat an die Seite von Lenz.

«Schie schagen», stieß Nele fast tonlos aus, «schie scha-gen, Maikel kommt. Gleich. Unten auf der Bundesstraße. Fährt sein Tourbus vorbei.»

«Wo?»

Nele deutete zum Fluß hinüber. An dessen anderem Ufer führte die Bundesstraße vorbei in die Stadt. «Blödsinn», brummte Lenz. «Doch», beharrte Nele. Die anderen sa-hen hinüber auf die Bäume und Büsche, hinter denen sich die Straße verbarg. Konnte das sein? dachte Ehf. Da rief Sebastian: «Los!» und stürmte auf das Mühlrad zu. Alle liefen hinterher, Nele, Simon, Lenz, der Boxer, die ande-ren Jungen. Und Ehf, die das Mühlrad so liebte, weil der Großvater ihr dort immer das Lied vom rauschenden Bach vorgesungen hatte. Und vielleicht würde sie gleich Maikel sehen, noch vor Luki, lange vor Luki.

Hinter dem Mühlrad führte eine hölzerne Fußgängerbrücke über den Fluß. Die Bretter ächzten unter dem Getrampel der Ederinger Kinder. Ahorn, dachte Ehf. Oder Eiche? Sebastian und Nele standen schon oben an der Bundesstraße. Gegenüber, auf der anderen Straßenseite, lag der Friedhof. Und da, wo die Friedhofsmauer endete, stand das gelbe Ortsschild mit dem durchgestrichenen «Edering». Sie rannten über die Straße, ohne zu schauen, zusammen waren sie panzerstark, aber trotzdem wollte jeder der erste sein, drängelte sich neben und vor das Ortsschild. Laut noch anfangs, empört, erwartungsvoll. Dann, als langsam der Atem wieder ruhiger ging, erstarben die Pöbeleien, die Sprüche, zuletzt auch das gelegentliche Kichern. Die Blicke klebten an der Straße, dem grauen Teerwurm, der fett in der Abendsonne lag. Reglos. Unberührt. Es kam kein Auto.

«Schonsch isch hier mehr losch», murmelte Nele. Die anderen sahen sie schweigend an. Simon hob kleine Steinchen auf und warf sie gegen das Ortsschild, immer eins nach dem anderen, pling, plong, plong. Was war das? Alle Köpfe schwenkten auf das Ende des Teerwurms. Ein Brummen kroch heran, wuchs und wurde zum Fahrzeug, dick und unförmig. Der Boxer stöhnte. Ein Traktor mit Anhänger. Hinter dem Lenkrad saß der Bauer und starrte stur auf die Straße. Nicht einmal als er an den Kindern vorüberratterte, die ihn angafften wie einen amerikanischen Sportschlitten, nicht einmal da wandte er den Kopf. Auf dem Anhänger lag eine dunkle Masse, im Vorbeifahren schickte sie übelriechende Grüße. Die Kinder hielten sich die Nasen zu.

«Wer hat dich denn da verarscht?» fragte Simon näselnd. Nele senkte schüchtern den Kopf. «Hätte ja sein können», flüsterte sie. Die anderen sahen sie böse an, sagten aber nichts.

Der Boxer machte den Anfang, drehte sich um und trat den Rückweg an. Die anderen schlichen hinter ihm her. Über die Brücke, den Uferweg entlang, quer durch die Wiese. Die Dämmerung hatte eingesetzt und es war Ehf, als läge sie schwer auf ihren Schultern. Etwas war anders, als sie ankamen. Die Plumpsackkinder waren verschwunden, die Wiese war menschenleer, das Festzelt voll und dampfig. Davor lagen drei Holzböcke einsam am Boden.

«Der Maibaum ist weg!» rief der Boxer und stürzte auf die umgeworfenen Böcke zu. Jeden einzelnen hob er auf, drehte ihn in den Händen, ließ ihn fallen, ganz unsinnig war das, aber irgendwas mußte er wohl tun. Die anderen kamen langsam näher, sahen zu, wie der Boxer ins Leere griff, immer wieder. Im Zelt brüllten sie Lieder, nicht auszumachen, welche, und währenddessen zog sich der Kreis um den Boxer zu. «Wer wollte Wache halten?» fragte Simon. Der Boxer ließ den Kopf hängen. Oder hatte er genickt? War er nicht einverstanden, daß schon der erste Hieb ihn auf die Knie warf? Vielleicht hatte er auch nachgegeben, war von allein hinabgesunken, hielt jetzt die Hände vors Gesicht, darum wohl hörte ihn keiner brüllen. Vielleicht wollte er das auch so, wollte nicht brüllen, nicht noch obendrein ein Weichei sein. Vielleicht war auch das Grölen im Zelt viel zu laut. Jedenfalls hatte Ehf nichts gehört, auch nichts von Waffen suchen. Trotzdem lief sie mit, als sie von dem am Boden kauernden Boxer abließen, als sie losliefen, Stöcke zu suchen, Stöcke und Steine. «Die kriegen wir», rief Simon. «Die kriegen wir!» Wie eine Parole echote das über die Festwiese, wie eine zweite Stimme über dem Zeltgesang. Fast war es dunkel jetzt. Die Nacht stand auf der Schwelle. Da hatte Ehf schon einen schweren Stein in der Hand, hinter dem Festzelt hatte er gelegen. Drinnen schepperte es, klirrte. Sie gröhlten jetzt ohne den Halt von Strophen. Jetzt konnte niemand mehr Ehf etwas verbieten. «Auf geht's», sagte sie zu Sebastian, der sich neben ihr nach einem Stock bückte. «Auf», sagte er und schlug den Stock in die Handfläche.

Sie schlossen sich Lenz an, der hatte den Rucksack dabei. Von der Festwiese zum Supermarkt, anfangs noch alle zusammen, sämtliche Kinder Ederings, so kam es ihnen vor. Beim Supermarkt schmierte Simon ein Zahnpastakreuz an die Scheibe. Gleich neben «Preissturz». Die Bahnhofstraße hinauf unter Freinachtgebrüll. Klopapierfahnen am Wegrand. Bei der Unterführung liefen sie auseinander, zogen zu zweit, zu dritt durch die Siedlung. Ehf blieb bei Lenz und Sebastian. Schmierte Torgriffe ein, warf Papierbälle in Gärten, ab und zu hörte sie ein «Wir kriegen euch!» aus den Nebenstraßen, und dann war Ehf auf einmal allein. Allein zwischen Vorgartenzäunen.

Am Nachthimmel über ihr begann der erste Stern zu funkeln. Es roch süß, ein Busch ließ seine schweren Blütenzweige über den nächsten Zaun auf Ehfs Weg hängen. Sie mußte einen Bogen machen und blieb mittendrin stehen. Hinter dem Busch lehnte eine Gestalt an den Jägerrauten, hatte den Kopf in den Nacken gelegt und hielt sich fest am Abendstern. Lilli. «Na?» sagte Ehf. Lilli zuckte zusammen. Die Augen schreckweit aufgerissen, starrte sie Ehf an. Einen Augenblick lang sah es so aus, als würde sie gleich davonlaufen. «Ich bin das», sagte Ehf. Lilli wandte den Kopf ab.

«Wieso bist du nicht im Bett, Ehf Bauer?» fragte sie leise.
«Freinacht ist», erklärte Ehf, und wie zur Bestätigung
hallten von rechts und von links ein paar entfernte: «Wir
kriegen euch!»-Rufe herüber. Lillis Blick schweifte suchend umher. Ehf sah, daß sie geweint hatte. «Und du?»
fragte sie. Jetzt sah Lilli sie an. Die Tränen hatten sich als
Schmierspuren auf ihre Wangen gezeichnet, eine traurige
Kriegsbemalung. «Geh nach Hause, Ehf Bauer», sagte
sie. Ihre Stimme klang belegt. Ehf schüttelte den Kopf.
Sie machte zwei Schritte auf Lilli zu. Die griff mit den
Händen in den Zaun hinter sich. Erst jetzt bemerkte Ehf
den Stein, den sie noch immer festhielt. Sie sah ihn an, sah
Lilli an. Dann holte sie mit der Steinhand weit aus. So
weit hatte sie Lilli noch nie die Augen aufreißen sehen.
Das Weiß an den Rändern sah milchig aus. Sie sog die
Luft ein. Spürte die Macht. Es tat gut. Mit Kraft stieß sie
den Arm vor, ließ den Stein los, der weit über Lillis Kopf
hinweg in den Garten hinter dem Zaun flog. Eine Scheibe
klirrte. Eine Alarmanlage heulte auf. Ein Hund versuchte,
noch lauter zu bellen. «Los, abhauen», zischte Lilli und
griff nach Ehfs Hand.

Sie rannten. Die Sirene war ein Kreis und ihre Beine die
Teilchen, die aus der Menge zu entkommen versuchten.
Über die Kreisgrenze, in den nächsten Kreis. Hier, wo das
Geheule und Gebell nur noch schwach waren, wurden sie
langsamer. «Wir kriegen euch!» rief eine einzelne, dünne
Stimme irgendwo hinter ihnen.

«Warum hast du das gemacht?» fragte Lilli. Ehf versuchte
zu grinsen und merkte, daß das mißlang. «Einfach so»,
sagte sie, «weil's Spaß macht.» Nadeln stachen in ihren
Bauch. Wie oft war sie heute schon gerannt? Sie stemmte

die Hände in die Hüften. Konnte den Blick nicht lassen von Lillis Kriegsbemalung.

«Warum hast du geheult?» fragte sie leise. Lilli drehte sich weg. Stieß einen überraschten Ruf aus. Mit dem Arm deutete sie in den Garten, vor dem sie standen. Es war der Garten vom Bürgermeisterhaus. Im Kirschbaum hing ein großer blauer Müllsack schwer und dick an einem Ast. Ehf schnüffelte. Ein ekliger Geruch wehte von dem Sack herüber. «DREH DICH NICHT UM», war mit roter Farbe darauf gesprüht. Das Haus hinter dem Kirschbaum war finster, die Läden vor den Fenstern zugeklappt wie geschlossene Augenlider.

«Was soll das?» fragte Lilli.

«Freinacht ist.»

«Und was soll das sein, Freinacht?»

Ehf kicherte. «Da darf jeder machen, was er will.»

Lilli lachte. Dabei geriet ihr ein Schluchzen dazwischen. «Kann ich jeden Tag», sagte sie überlaut, «und jede Nacht. Immer. Schönes T-Shirt hast du.» Ehf nickte. Allmählich wurde ihr kalt mit den kurzen Ärmeln.

Da kam etwas näher. Ein Geräusch. Eine Trommel? Sohlengeklapper auf dem Asphalt, mehrere, die herangestürmt kamen. Die Mädchen duckten sich hinter einem parkenden Auto. Vier Kinder waren es, darunter Simon. Schwangen Klopapierfahnen und ließen die in die Gärten wehen. Simon öffnete im Vorüberlaufen die Klappen der Briefkästen und sprühte etwas hinein. Schweigend verrichteten sie ihre selbstgewählten Aufgaben, Betragen: sehr gut.

«Los, hinterher», schlug Lilli vor und wollte schon aufspringen. Doch Ehf hielt sie zurück. Da schwappte wieder etwas heran, trommelnd und diesmal auch brüllend. Vier oder fünf Männer. «Edering platt poppen!» brüllte einer, «Unser Dorf soll schöner werden!» rief ein anderer. Ehf erstarrte. «Mein Vater», flüsterte sie, «was will der denn hier?» Lilli grinste sie an. «Ist Freinacht.»

«Wir kriegen euch!» hallte es von fern. «Wir euch auch!» brüllte einer der Männer. Die anderen lachten. Hakten sich ein, stießen die Absätze ihrer Schuhe in den Boden, einer stieß einen gellenden Pfiff aus. «Rrrrrrumms», machten sie und stürmten, eine breite Front, quer über die Straße davon.

Benommen kroch Ehf aus der Deckung. Sie blickte fragend zu Lilli hinunter. Bleich und bewegungslos hockte sie da. «Ich will nach Hause», flüsterte sie. Ratlos stand Ehf neben dem parkenden Auto. Immer kam Lilli ihr in die Quere. Immer passierte dann etwas, das Ehf nicht gefiel. Aber sie war doch ihre Freundin. «Ich bringe dich», sagte sie schließlich. Lilli blickte zu ihr hoch. Zweifel im Blick, Angst und einen Hauch von Spott. Langsam erhob sie sich. «Bring mich.»

Den ganzen Weg bis zum Schloß sprachen sie kein Wort. Rechts und links hingen Klopapiergirlanden, wuchsen Rasierschaumhaufen. Ab und zu stürmte eine Freinachtgruppe an ihnen vorbei, aber sie versteckten sich nicht mehr. Wahrscheinlich waren sie unsichtbar. Niemand nahm Notiz von ihnen. Gelegentlich hörten sie Männer grölen, mal näher, dann wieder weiter entfernt. Ehf wußte, daß ihr Vater irgendwo dabei war. Sie wußte nicht, ob das eine Erlaubnis für sie war oder eine Warnung.

Das Tor zum Schloß stand weit offen wie immer. Lilli ging hocherhobenen Hauptes voran, so daß Ehf ihr folgen mußte. Die Rollen waren wieder klar. Lilli war Kaiserin. Sie ging um das Schloß herum und kroch durch den Hollerbusch. Ehf tat es ihr nach. Auf der anderen Seite nahm Lilli Anlauf und sprang beinahe kopfüber in das Autowrack. Es ächzte und quietschte. Ehf öffnete die Beifahrertür und rutschte in das weiche Polster. Die Tür ließ sie einfach offen. Neben ihr machte Lilli eine Kerze und legte die Füße oben auf die Kante der Rückenlehne. Sie hatte diese Neigung, so oft es ging, auf dem Kopf zu stehen. Oder kopfüber zu hängen. Hauptsache, der Schädel war unten.

«Und?» fragte sie mit gepreßter Stimme, «haben sie es dir nicht erlaubt?»

«Was?»

«Das Konzert.»

Ehf schüttelte den Kopf. «Wieso machst du das nicht einfach trotzdem?» wollte Lilli wissen, «ist doch Freinacht.»

«Ist zu teuer», entgegnete Ehf.

«Ist bloß für umsonst, dieses Dürfen, was? Mann, ist das billig.»

Ehf sagte nichts mehr. Lauschte auf das entfernte Grölen, das mal vom Ortskern, mal vom Fluß herzukommen schien. «Ganz alberne Musik», hatte er gesagt. Und Luki war jetzt bei Maikel, der längst sang. Und in der Zeit hatte irgendwer den Maibaum geklaut, und für Ehf, die zum ersten Mal wirklich länger draußen bleiben durfte, gab es nichts als Rasierschaum und Klopapier. Umgefallene Holzböcke. Eine Lücke am Horizont. Eine beschissene Freinacht war das.

«Und daß eins klar ist», sagte neben ihr Lilli mit gepreßter Stimme, «du hörst verdammt noch mal auf, mir dauernd nachzuspionieren. Die Treppe, das Auto, überhaupt das ganze Schloß gehen dich nichts an, wenn ich dich nicht eingeladen habe, klar?»

Ehf nickte. Und dachte daran, wie sie eben noch mit den anderen an der Straße gestanden und gewartet hatte, auf das Mannkind mit dem Engelskopf und darauf, daß die Straße bei Edering zu dieser Welt gehörte, zur Wirklichkeit.

In dem verrosteten räderlosen Auto hinterm Schloß saß sie in dieser Nacht mit Lilli, von der sie hoffte, daß sie ihre Freundin war, und begann zu summen. Ein Maikellied. Lilli zog die Beine aus dem Sternenhimmel zurück. Rappelte sich auf. Ehf hatte in der Schule noch kein Englisch, aber Maikels Lieder konnte sie trotzdem singen. «Aim bähd, aim bähd», sang sie in Lillis vom Kopfstehen ganz dunkel angelaufenes Gesicht hinein. Der Mund in dem Gesicht formte ein gezacktes Lächeln. «Aim bähd», sang Ehf, und Lilli fing zaghaft an, mit den Fingern auf das Lenkrad zu trommeln. Ihre Schultern nahmen den Rhythmus auf, ihre Beine auch, und bald fiel sie ein in Ehfs Singen. Da wagte Ehf eine zweite Stimme und wagte auch, ihre Knie wippen zu lassen und die Arme in die Luft zu werfen, während Lilli schon den Kopf hin und her schwenkte, bis die Haare flogen. So bähd.

So hörten sie auch sehr spät erst das Klirren von Glas, und zunächst waren sie nur verwundert. Ihr Lied brach ab, und jetzt hörten sie es deutlich. Flaschenkegeln, Scherbenfallen. «Raus da!» «Kommt 'raus!» übertönten die Rufe das Splittern. Lilli fuhr hoch. «Sie sind da! Ich muß...» Sie machte einen Satz über die Fahrertür und rannte auf das Schloß zu. «Lilli!» rief Ehf und versuchte, sich aus dem weichen Polster hochzustemmen, «warte doch!»

«Bleib, wo du bist!» brüllte Lilli, und dann, schon entfernter: «Das ist ein Befehl!» Ihr Schrei tauchte ein in das andere Brüllen, ging darin unter. Aber Befehl ist Befehl. Darum blieb Ehf sitzen. Eigentlich war sie froh, sie hätte sich ohnehin nicht getraut. Sie rutschte wieder tiefer in das Polster hinein, wurde leichter, immer leichter, bis sie flog. Mal schnell hoch zu den Sternen. Sie durfte das, Freinacht war, sie durfte alles. Umkreiste den ganz hellen Abendstern, ließ sich von einem kleinen blinkenden anlocken, schwebte weiter, langsam, ganz langsam auf den Mond zu. Mehr, mehr, hatte der kleine Häwwelmann geschrien, von dem die Mutter ihr früher vor dem Schlafen immer noch vorgelesen hatte. Ob es am Mond lag oder am Freinachtsgebrüll, daß sie jetzt daran denken mußte? Mehr. Mehr! Im kleinen Kinderbettchen aus dem Zimmer hinaus durch die schlafende Welt bis hinauf zum Mond und von dort zur Sonne. «Mehr!» brüllten sie vorm Schloß. Und wer weiß, dachte Ehf, wenn du und ich da gewesen wären, so lebte er vielleicht noch heute. Aber nein, Blödsinn, Quatsch war das. Häwwelmann war tot, genau wie Liv und der Junge von der Kreuzung. Genau wie die anderen Kinder. Es gab kein Entkommen. Nur Lilli wollte das nicht wahrhaben.
Unsanft fiel Ehf von ihrem Sternenflug zurück in das rostige Chassis. Etwas Weißes war vorübergehuscht. Eine Frau. Ein Engel? Ehf ließ sich vom Sitz hinuntergleiten, verkroch sich unterm Lenkrad. Stimmen kamen näher, tiefe, um Vorsicht bedachte Stimmen. «Da vorn ist sie.» «Die kriegen wir.» Sie klangen hungrig. «Unser Bier macht verdammt hungrig», sagte Ehfs Vater immer. War er dabei? An der Stelle, wo die Fahrertür eingehängt war, gab es eine Delle und darum ein schmales Guckloch für im

Auto Versteckte. Lilli hatte ihr das mal gezeigt. Das wurde Ehfs Wachposten in dieser Freinacht, ein Guckloch hinaus in die Welt. Sie sah die Frau in dem weißen Kleid. Sie sah das Gesicht der Frau, die im Klee lag, unter den Männern. Sie sah einen Schrei in den Augen der Frau, deren weißes Kleid zerrissen war. Ein geschrienes Gebet. Eine blutige, zersplitterte Hymne. In dieser Nacht unterm Lenkrad des weggeworfenen Autos sah Ehf das Ende der Gartenzeit. Und als sie entdeckte, daß sie nicht mehr zurückkam, nie mehr, da hörte sie erst, als folgte der Ton den Bildern versetzt, wie die Frau schrie und die Männer lachten, prusteten, stöhnten. Und die Frauenaugen verschwanden, und vor sie traten Kerzenleuchter, Fingerfarben, das Pfirsichgelb des Peacerooms. «Hör auf zu schreien», sagte einer der Männer ganz ruhig, «dafür bist du doch hier.» Hier. Sein. Dasein. Blut auf dem weißen Kleid. Und in den Schuhen. Gewiß auch in den Schuhen.

Jetzt schrie Ehf. Stumm aber, denn jemand hielt ihr den Mund zu. Eine knochige Hand, die roch nach Erde. Ehf war hellwach vor Schreck. «Sch, sch», machte eine Stimme an ihrem Ohr. Eine vertraute Stimme. Und jetzt roch sie auch die muffige Wolljacke und preßte mit ihren Händen die andere alte Hand noch mehr an ihr Gesicht. «Sch», machte Gott noch einmal. Nahm ihr Gesicht und barg es in seiner kratzigen Jacke. Einen Moment lang wollte sie glauben, es gäbe nur diese Wärme. Aber das stimmte nicht, und so schob sie den Alten von sich und schlug mit beiden Fäusten auf das Lenkrad. Die Hupe schrie auf, und über die Fahrertür hinweg sahen Ehf und der alte Orgelspieler, wie die Wirklichkeit fluchend davonrannte, auf stolpernden, von Hosen bedrängten Beinen. Hinter ihnen her schleppte sich der zerrissene Engel, und auch das war die Wirklichkeit.

Als nur noch die Nacht auf der Wiese war, schlicht schwarz, ohne Goldschrift, da nahm der alte Orgelspieler das Kind auf seine Arme und trug es aus dem Auto am Rand der Wiese entlang dem Ort zu. Vom Fluß war entferntes Jubeln zu hören. Zwischen den ersten schlafenden Häusern begegneten ihnen zwei Jungen, Ehf kannte sie nicht. «Wir haben ihn wieder», strahlten sie und rannten davon, dem Flußufer zu. Ehf hätte auch laufen können, aber sie ließ sich gern tragen. Weil die Zeit, auf dem Arm getragen zu werden, endgültig vorüber war.

Auf dem Bahnhofsplatz stand der Fuchs unter der Uhr, die noch anderthalb Stunden bis Mitternacht zeigte. Der Fuchs hob die Schnauze und nahm ihre Witterung auf. Sah sie an. Schüttelte er den Kopf? Jedenfalls schlich er davon, gelangweilt und beinahe ein bißchen beleidigt. Er war das letzte Gespenst in dieser Nacht.

Vorm Gartentor ließ Gott sie aus seinen Armen gleiten, bis sie stand. Er legte die Hand auf die Klinke. «Eines Nachts», sagte er, und noch nie hatte Ehf seine Stimme so klar klingen hören, «werde ich dir den Garten zurückgeben.» Ehf nickte, dabei hatte sie nichts verstanden. Aber das ging ihr immer so mit ihm, also kümmerte sie sich nicht weiter darum. Er drückte die Gartentorklinke hinunter und öffnete für sie. Sie ging schnell bis zum Haus. Im Rücken spürte sie seinen wachsamen Blick wie eine Hand über ihrem Kopf. Auch dann noch, als sie um die Ecke bog und die Treppe zum Keller hinabstieg. Die Kellertür war nicht abgeschlossen, wie immer, seit der Großvater tot war. Ehf schlüpfte ins Haus. Ging hinauf in ihr

Zimmer, schlug die Bettdecke zurück und kroch hinein, so wie sie war. Schlief sofort ein. Träumte, sie stünde auf einer Bühne, tausend Scheinwerfer brannten sich in ihr Gesicht. Vor dem Bauch, vor der Brust das Stativ mit dem Mikrophon. Ein rotes Lämpchen, das aufflammte, ein paar Regler, hochgezogen. Neben ihr Maikel, der ihr lächelnd zunickte. Sie nahm das Mikrophon. Umklammerte es. Freinacht war.

«Den Maibaum haben wir uns nicht wegnehmen lassen», erzählte der Großvater immer. Dabei war der Russe einmal gefährlich nahegekommen. Hatte sich genommen, was er kriegen konnte, der Russe, die Eier, den Schnaps. «Und natürlich unsere Frauen», hat der Großvater immer am Schluß gesagt und dabei die Stimme gesenkt, wie er es stets tat, wenn er etwas erst auf dem Mond erklären wollte. Dabei war Ehf irgendwann ganz von allein darauf gekommen, was der Russe mit den Frauen anfing. Etwa zu der Zeit, als sie den Verlust ihrer Fingerfarben bemerkte. Aber darüber konnte man mit dem Großvater nicht reden. Nur über das Heimzahlen. «Das mit den Frauen haben wir ihm gründlich heimgezahlt», sagte der Großvater und schaute dabei, als sei vielmehr ihm etwas heimgezahlt worden.
«Und der Maibaum?»
«Welcher Maibaum?»
«Na, der Maibaum halt.»
«Ach, geh, Ehfchen, geh und hol mir bitte eine Flasche Bier aus dem Keller.»
So ging diese Geschichte immer aus.

Die Schule

«Waren einmal zwei Kinder, die konnten so gut mit dem Feuer umgehen, daß ihre Eltern sie loswerden mußten, sonst wären sie verbrannt», erzählte Adamczyk. Es war Anfang Mai, der Hollerbusch blühte. Sie hockten in den weichen Polstern des Autowracks, und Adamczyk lag lang ausgestreckt auf der Kühlerhaube, die jedesmal ächzte, wenn er sich bewegte.

«Nahmen die Kinder mit in den Wald», erzählte er in den Frühlingshimmel hinein, «wollten sie lehren, Fallen zu bauen, so sagten sie. Doch der Junge fackelte lieber Vogelnester ab, und das Mädchen zog Tannenzapfen in ihre Schleuder, um damit auf Blätter zu zielen und manchmal, wenn sie schnell genug war, auf eine Maus. So gerieten die Kinder immer tiefer hinein in den Wald und bemerkten gar nicht, daß Vater und Mutter selbst in ihre Fallen gegangen waren, ohne Absicht. Zogen und zerrten und suchten sich zu befreien, vergeblich, bis ihnen die Kraft ausging und sie stolperten, hinfielen, liegenblieben am Boden, wo die Vögel sich auf sie stürzten und ihnen das Gesicht zerhackten, zuerst die Augen, dann die Nase, zuletzt den Mund.»

Das Ächzen der Kühlerhaube mischte sich in Adamczyks Märchenton, in seine Stimme, die in den Höhen immer umkippte. Doch da war noch ein Geräusch. Ehf reckte den Kopf, kniff die Augen zusammen und versuchte, im Gestrüpp ringsum etwas zu erkennen. Lilli sah sie fragend an. «Unterdessen waren die Kinder in ihrem Spiel immer tiefer in den Wald hineingeraten», erzählte Adamczyk weiter, indem er seiner Stimme mehr Nachdruck gab, daß sie tiefer klang, «und mit einemmal war ihnen alles fremd, die Wurzeln unter ihren Sohlen, die dunklen Stämme, die Baumwipfel über ihnen. Sie ließen Zündeln und Schleudern sein, machten kehrt und suchten die Eltern. Tatsächlich fanden sie auch die Stelle, wo Vater und Mutter gesagt hatten: Gleich lehren wir euch, wie eine Falle funktioniert. Waren aber nur noch die Schuhe der Eltern da, die steckten in den Fallen, und oben in den Baumkronen zwitscherten die Vögel.»

Adamczyk hatte im Erzählen eine Semmel unter seinem Wollpullover hervorgezogen, die er jetzt so lange auf die Kühlerhaube schlug, bis sie auseinanderbrach, so hart war sie. Er zerbröselte sie, leckte den Zeigefinger an und pickte die Krümel mit den Fingerspitzen auf. Das Rascheln hinter den Sträuchern schien er nicht zu hören, aber Lilli hatte es jetzt auch bemerkt. Ihr Gesicht verdüsterte sich.

«Also gingen die Kinder weiter, bis sie tief im Wald, dort, wo lange kein Menschenfuß mehr über Dornengestrüpp hinweg den Boden betreten hatte, einen Bretterverschlag entdeckten. Davor hockte ein altes Weib und rührte Pfeffer in eine zerbeulte Blechtasse. Das hält warm, krächzte sie und reichte die Tasse dem Jungen. Der verschränkte die Arme vor der Brust. Das Mädchen fragte nach Schokolade, und als die Alte den Kopf schüttelte, stieß der Junge sie in den Bretterverschlag, und das Mädchen warf ihr die Pfeffertasse hinterher, und so schnell hatte der Junge noch nie Feuer gelegt wie hier unter den trockenen Brettern des

Unterschlupfs. Die Flammen schlugen hoch und fraßen die Alte, und weil die Kinder nicht gestorben sind, leben sie nun auf ewig.»

In dem Augenblick sprang Lilli aus der Hocke in einem Satz über Adamczyk hinweg und landete mit ausgestreckten Armen im Hollerbusch. Ein paar Vögel flogen schimpfend auf. Ehf sah eine Gestalt davonlaufen. «Verdammt», zischte Lilli und kroch auf allen vieren aus dem Busch. Ihr Gesicht war zerkratzt, die Unterlippe blutete. Sie stand auf und rieb sich das Knie.

«Hast du jemanden erkannt?» fragte Ehf.

Lilli betupfte ihre Lippe mit dem Finger. Adamczyk steckte das letzte, nicht zerbröselte Stück Semmel in seinen fast zahnlosen Mund und versuchte, es zu lutschen.

«Wollt ihr noch eins hören?» fragte er schmatzend.

«Sag schon», forderte Ehf.

Lilli schwieg.

«Liebe Lilli,

erinnerst Du Dich? Wir waren die Draußenkinder von Edering, ein Jahr lang. Wir haben die Schule geschwänzt und ein Baumhaus gebaut, und ein paar von uns haben in dieser Zeit sogar gelernt, den Fuchs zu jagen. Ich nicht. Ich war meistens mit Dir beim Schloß, um Adamczyks Märchen zu hören. Das hat mir mehr Spaß gemacht als Deine Draußenschule, obwohl das, wenn ich es mir heute überlege, eine phantastische Idee war. Weißt Du noch? Die Sache mit dem Segelschiff hat Dich auf die Idee gebracht. Du erinnerst Dich: der Weltumsegler, der seine Kinder selbst unterrichtet hat. Das Schiff war ihre Schule. Wir hatten kein Schiff, aber wir hatten den Fluß und den Wald. Heute denke ich, es war dieses Schulschwänzen, was unsere Eltern Dir übelgenommen haben. Das hat sie auf Deine Spur gebracht. Schießlich ging es für uns damals um den Übertritt auf das Gymnasium.

Wie lautete ihre alte Regel, die Regel mit W? Wer sich in Gefahr begibt, kommt darin um. Ohne Dich, haben sie angenommen, wären wir niemals so weit gegangen. Sie haben Dir einiges zugetraut.»

Der Vierergong echote über das Schulgelände. Der Klang riß die Kinder vom Spielgerüst, aus den aufgemalten Hüpffeldern und trieb sie in Zweierreihen zusammen, trieb sie vor die Metalltreppe, die hoch zu den gläsernen Eingangstüren führte. Oben stand die Pausenaufsicht und wartete, bis Ruhe eingekehrt war, wartete, wie immer, vergeblich, hob irgendwann die Hand und gab das Zeichen zum Hineingehen. Sofort setzte sich die Kolonne in Bewegung.

Ehf hatte sich hinter der Turnhalle versteckt. Vorsichtig spähte sie um die Ecke und sah zu, wie die Prozession der Kinder langsam durch die weitgeöffneten Glastüren in die Schule zog. Als sich die Türen hinter dem letzten Paar geschlossen hatten, kroch Ehf an der Mauer entlang bis zur nächsten Ecke, lehnte die Wange an den Beton und flüsterte: «Keine Angst!» Das war die Losung. «Vor gar nichts!» hörte sie Lilli. Da tauchte sie auch schon neben ihr auf, lautlos, katzengleich. Sie hatte sich Streifen aus Matsch auf die Wangen gemalt und trug eine übergroße moosgrüne Jacke mit braunen Flecken, wie die Soldaten im Fernsehen. Sie ließ die Hände vorschnellen und zeigte ihre Krallen. In dem Moment tauchten die anderen auf.

«Spielen wir Krieg?» fragte Simon. Lilli strich sich eine schwarze Strähne aus dem Gesicht und sah ihn mit funkelnden Augen an. Ihre Lippen waren zusammengekniffen. Sie drehte sich auf dem Absatz um und lief davon. Die Kinder rannten hinter ihr her, jagten durch kleine Nebenstraßen den Berg hinunter, über die große Wiese bis zum Flußufer. Beim Mühlrad blieb Lilli stehen, und obwohl es noch ziemlich kühl war, das Frühjahr hatte gerade erst begonnen, setzte sie sich auf den Boden. Ehf machte es ihr nach. Das Laub war feucht, sie fühlte, wie die Nässe in ihren Hosenboden drang.

Drüben, am anderen Ufer, brach sich das Licht zwischen den Ästen und fiel als Goldregen durch die Zweigelein auf die Wasseroberfläche. Neben Ehf hockte Nele am Boden, die Knie weit auseinander. Das sah komisch aus, aber bestimmt blieb ihre Hose auf die Art trocken. Simon stand breitbeinig vorn am Ufer und warf Stöckchen ins Wasser.

«Die anderen haben jetzt Rechnen», sagte Ehf. Sie hatte das noch nie gemacht, einfach die Schule schwänzen. Bestimmt würde es Ärger geben. Alles war genau geplant worden, gestern in der großen Pause, als Lilli seit langem mal wieder in der Schule aufgetaucht war. «Es heißt: die Schule besuchen», hatte sie irgendwann einmal Herrn Thalmeyer, dem Klassenlehrer, erklärt, «und Besuche macht man auch nicht jeden Tag.» Bei ihrem nächsten Besuch bekam sie einen Verweis.

Ehf fröstelte. Die Hose war durch, das spürte sie. Ihre Welt hatte sich verändert, seit sie Lilli kannte, war weiter geworden und gefährlicher. Nicht einmal die Märchen gingen mehr aus wie vorher.

«Was Hänschen nicht lernt, lernt Hans nimmermehr»,

murmelte Simon. Da sprang Lilli auf. «Hast du gut Lesen und Schreiben gelernt, ja?» schrie sie ihn an. «Haben sie dir das ABC hinter die Ohren geschrieben? Kannst du gut damit umgehen? ABC-Schütze, so sagt man doch bei euch, ja?»

«Lasch ihn in Ruhe!»

Nele war aufgestanden, und es sah aus, als wäre sie größer geworden. Sie nahm Simon bei der Hand und zog ihn die Uferböschung hinauf.

«Hey!» rief Lilli. Sie hob die Arme, als wollte sie die zwei wieder einfangen, ließ sie dann aber langsam sinken und stand mit hängenden Schultern da. Ehf bereute, sich hingesetzt zu haben. Sie klebte am feuchten Laub fest, alles war klamm, sogar ihr Kopf. Oben am Rande der Böschung stand Simon und tat, als ob er ein Gewehr anlegte. Er zielte auf Lilli. «Tatatatata!» machte er. Lilli gab ein gurgelndes Geräusch von sich. Sie faßte sich ans Herz, taumelte, knickte ein, ging in die Knie und sank langsam zu Boden. Die anderen lachten. Ehf riß sich hoch und stürzte zu Lilli. Auf deren Gesicht breitete sich ein Lächeln aus. «Alles klar?» rief sie den anderen zu.

«Logo!» rief Simon zurück und rutschte auf den Sohlen den Hang wieder herunter. «ABC-Schütze meldet: klar zum Gefecht!» Er faßte nach Lillis Hand und zog sie hoch. Ehf sprang am Ufer hin und her, um wieder warm zu werden. «Paß auf, daß du nicht ins Wasser fällst», warnte sie Simon. Auch Nele rutschte jetzt den Hang herunter. «Selber», sagte Ehf. Das muß Spaß machen, dachte sie. Lilli dachte das wohl auch, denn sie kletterte gerade hoch. Also machte Ehf auch mit. Eine ganze Weile rutschten sie so den Hang herunter, auf Schuhsohlen, bis er ganz glitschig

Diese Karte entnahm ich dem Buch

Haben Sie dieses Buch

☐ gekauft ☐ geschenkt bekommen?

Was war für Ihre Kaufentscheidung ausschlaggebend? (Mehrfachnennung möglich)

☐ Beratung in der Buchhandlung
☐ Präsentation des Titels in der Buchhandlung
☐ Prospekte / Verzeichnisse
☐ Rezensionen / Bücherlisten
☐ Empfehlungen durch Freunde und Bekannte
☐ Umschlag / Ausstattung
☐ Themen
☐ Werbung / Anzeigen
☐ Internet

Ihre Altersgruppe?

☐ bis 30 Jahre ☐ 30 – 45 Jahre
☐ 46 – 60 Jahre ☐ über 60 Jahre

Welche Zeitungen / Zeitschriften lesen Sie regelmäßig?

☐ SZ ☐ Die Welt
☐ FAZ ☐ taz
☐ DIE ZEIT ☐ Tagesspiegel
☐ NZZ ☐ Berliner Zeitung
☐ Der Spiegel ☐ Brigitte
☐ Focus ☐ örtliche Zeitungen
☐ Stern

Welche Themen unseres Programms interessieren Sie?

☐ Alte Geschichte ☐ Literatur
☐ Mittelalter ☐ Literaturgeschichte
☐ Neuere Geschichte ☐ Islam
☐ Zeitgeschichte / Politik ☐ Judaica
☐ Theologie / Philosophie ☐ Kunst / Kunstgeschichte
☐ Gesundheit / Medizin ☐ Naturwissenschaften

Liebe Leserin, lieber Leser,

gerne informieren wir Sie regelmäßig über unser Verlagsprogramm. Schicken Sie einfach diese Karte ausgefüllt an uns zurück.

Wenn Sie Zeit und Lust haben, beantworten Sie doch zusätzlich die Fragen auf der Rückseite! Sie helfen uns damit, unsere Arbeit noch besser auf unsere Leserinnen und Leser abzustimmen. Als kleines Dankeschön verlosen wir unter den Einsendern monatlich 10 interessante Titel aus unserer beck'schen reihe!

Aktuelle Informationen zu unserem Programm finden Sie auch unter www.beck.de.

Vorname / Name

Straße, Hausnummer

PLZ / Wohnort

e-mail-Adresse für den C.H.Beck-Newsletter

3-406-37813-7

Postkarte

Bitte
freimachen

Verlag C.H.Beck
Literatur • Sachbuch • Wissenschaft
Vertrieb / Werbung

**Postfach 40 03 40
80703 München**

war und beim Heraufklettern keinen Halt mehr bot. Da blieben sie unten stehen. Nele sagte: «Wenn meine Mutter die Schuhe schieht, flippt schie ausch.»

«Sag, daß Luki dich in die Pfütze geschubst hat», schlug Simon vor. Lilli schüttelte sich, daß die Haare flogen. Sie mochte Luki nicht, seit er an ihrem erstem Tag in der Klasse mit einer Coladose auf sie losgegangen war.

Sie gingen am Ufer entlang, flußabwärts. Die Frühlingssonne wärmte ihnen die Gesichter, und Ehf freute sich. Bald würden sie abends länger draußen bleiben dürfen, im Garten oder auf dem Spielplatz, es würde hell sein morgens beim Aufstehen, und es war schön, jetzt nicht Rechnen zu haben. «Ah Beh Tscheh, die Katsche lief im Schnee», sang Nele. Simon pfiff dazu.

«Spring!» sagte Lilli. Sie war stehengeblieben und hatte einen herabhängenden Ast so tief nach unten gezogen, daß er Simon den Weg versperrte. Er schüttelte den Kopf. Lilli sah Ehf an. Hinter dem Ast war nichts. Irgendwo da unten mußte der Fluß sein. Ehf hörte das Wasser plätschern.

Neben ihr klackte es. Ehe Ehf sich umdrehen konnte, war Nele gesprungen. Auch Lilli mußte das überrascht haben, denn sie ließ im selben Moment den Ast los. Aber Nele war schon darüber hinweg. Blitzschnell faßte Lilli nach Neles Hand. Sie erwischte sie gerade noch rechtzeitig.

Simon pfiff leise durch die Zähne. Lilli streckte ihm die Hand entgegen. Er zögerte kurz, dann schlug er ein. Mit dem Kinn wies Lilli auf Ehf. Simon drehte sich um zu ihr. Dann reichte er ihr die andere Hand.

«Sie stecken euch in die Schule, hast Du gesagt, damit sie immer wissen, wo ihr seid. Liebe Lilli, es kann auch schön sein, das zu wissen. Was gäbe ich darum zu wissen, wo Du jetzt bist.»

Es schien Eva, als hörte sie Lilli lachen. Das hat dich zwanzig Jahre lang nicht interessiert, hieß dieses Lachen. Du hast mich fallengelassen, hieß es.

Eva klappte das Notebook zu. Beim Sandkasten lagen ihre Schuhe. Sie ging hinüber. Da hörte sie das Lachen wieder. Ehf stieß die Schuhe weg und ging barfuß auf die Straße.

«Ene mene muh, und aus bist du.»

Es hätte jeden treffen können. Dann hätte vielleicht Ehf unten im Bach gelegen. Statt dessen Sebastian, der mittags nach Schulschluß Anlauf nehmen mußte, weil er sonst nie das Trittbrett vom Jeep seiner Mutter erreicht hätte. Sebastian war eher klein für sein Alter.

Drei Gongschläge: alle raus zur großen Pause, lautete die Regel mit Deh, und nachdem die Kinder sich beim Hausmeisterbüdchen mit Chips und saurem Weingummi eingedeckt hatten, sagte Luki: «Ich habe ein neues Spiel.»

Immer wieder brachte Luki neue Spiele mit auf den Schulhof, sein Vater dachte sie sich aus für die Chefs, die bei ihm Spaß an der Arbeit lernen sollten, und Luki zeigte sie nach dem dritten Gongschlag denen, die Lust hatten, im Tausch für Aufkleber. Alles hat seinen Preis.

«Das geht so», erklärte Luki, «wir stellen uns im Kreis auf, und einer muß in die Mitte, dem werden die Augen verbunden, und dann läßt er sich fallen.»

«Wieso?» fragte ein Mädchen und machte große Augen.

«Vertrauen», grinste Luki, «er muß eben vertrauen.»

Ehf war neugierig geworden. Sie kramte in ihrer Tasche, während Luki schon Aufkleber einsammelte, doch sie fand bloß drei Traubenzucker, die sie sich am Morgen vor der Schule aus der Apotheke geholt hatte. «Nimmst du die auch?»

Luki zuckte die Schultern. «Gib her. Besser als nix. Umsonst ist nur der Tod.»

Die Regel mit Eh. «Ene mene majoran.» Sebastian begann mit dem Auszählen. Zwölf Kinder zählte Ehf. Alles Drinnenkinder. Auch Luki mit seinem roten Halstuch. «Die Luft hier bei uns ist so scharf», hatte Ehf seine Mutter einmal in der Apotheke erklären hören. Alles Drinnenkinder, alle bis auf Nele.

«Ene Mene Mausekacke.» Denn eigentlich war auch Sebastian ein Drinnenkind, schon wegen dem Jeep seiner Mutter, aber bei ihm machte Lilli eine Ausnahme.

«Ene Mene Muh, und aus bist du.»

Sebastians Finger zeigte auf den Jungen, der ein Pumpspray hatte, damit er immer etwas unternehmen konnte, wenn ihm mal wieder das Gesicht zuschwoll. Der Junge ließ sich von Luki mit dessen rotem Halstuch die Augen verbinden.

«Anfassen!» kommandierte Luki, und die Kinder bildeten einen Kreis. Der Sprayjunge stand in der Mitte.

«Dreh dich!» befahl Luki. Der Sprayjunge gehorchte. «Schneller!» Er streckte die Arme aus, und so schnell er konnte, wirbelte er um die eigene Achse. Auf ein Zeichen von Luki zogen die Kinder den Kreis enger.

«Jetzt fallenlassen!»

Er ließ sich fallen, fiel gegen die Arme von Ehf und Sofie, wurde aufgefangen, zurückgeschleudert, fiel gegen Luki, wurde aufgefangen, zurückgeschleudert, fiel und landete weich, ein seliges Lächeln auf den Lippen. Dann hielt

Luki ihn fest und zog ihm das Tuch von den Augen. «War geil, was?» fragte er. «Jetzt ein anderer.» Wie selbstverständlich fing Sebastian wieder mit dem Auszählen an, «Ene Mene Muh», bis sein Finger bei Nele hängenblieb. Die strohhalmbeinige Nele, die mit Anlauf über den Fluß springen konnte, hinten bei der Festwiese an seiner schmalsten Stelle. Hatte Sebastian nicht geschummelt? Ehf sah, daß er Nele fast verschwörerisch zulächelte, sah, wie Luki ihr grinsend das Tuch über die Augen band. Aber vielleicht wäre sie beim Abzählen auch bei Nele gelandet.

«Anfassen!» kommandierte Luki, doch er selbst machte keinerlei Anstalten dazu, und stumm taten die Kinder es ihm gleich.

«Dreh dich!»

Nele wirbelte herum wie ein Blechkreiselchen, und als Luki ihr zurief: «Jetzt fallenlassen!», ließ sie sich zurückfallen und schlug brettgerade mit dem Hinterkopf auf den Asphalt.

«Guten Abend, gute Nacht, mi-hit Rosen beda-hacht», stimmte Luki an, «mi-hit Nelken be-he-deckt...» Nach und nach fielen die anderen Kinder mit ein. Nur Sebastian blieb stumm und sah Ehf an, die leise vor sich hinpfiff.

Nele bewegte sich nicht.

«Schlag dir das aus dem Kopf», sagte Luki im Ton seines Vaters, bückte sich und nahm ihr das Tuch ab, «schlag dir das bloß aus dem Kopf, daß dich einer auffängt. Mal klappt es, mal nicht, aber verlaß dich nie drauf.»

Aus dem Schulgebäude kam eine Gruppe Lehrer herbeigeeilt, und sofort stoben die Kinder auseinander. Ehf war weggelaufen, auf das Spielgerüst zu, an dem viele Kinder hingen. Doch auf halbem Weg blieb sie stehen und drehte sich um. Die Regel mit Vau. Sie hätte es wissen müssen.

Als die Lehrer bei Nele angekommen waren, stand Sebastian noch immer da, kreidebleich im Gesicht. Acht Stunden später war er tot. Und Neles Platzwunde mußte nicht einmal genäht werden.

Papapapapa!

Ehf preßte die Hände gegen die Ohren, doch das half nichts. Es dröhnte durch die Haut, durch die Knochen in sie hinein. Papapapapa! Wenn Ehfs Vater verwirrt war oder etwas nicht in seinen Kopf wollte, mußte er Musik hören. Das allein reichte schon, um Ehf stumm zu machen. Aber manchmal kam beides zusammen, und dann sang er auch noch mit. «Das will einfach nicht in meinen Kopf», sagte er zu Ehfs Mutter an dem Abend, als Sebastian in der Gerichtsmedizin lag. Da mußte er auch verwirrt sein, Ehfs Vater, denn so etwas in den Kopf zu bekommen verlangte schließlich sein Beruf. Gleich nach dem Abendbrot stand er auf und ging in den Peaceroom, das Zimmer, das beim Großvater immer Bahnsteig hieß, weil hier Abschied genommen wurde.

Die Musikanlage, die Ehfs Vater nach Großvaters Tod gekauft hatte, fing an zu scheppern. Ehf nahm Olga, die Puppe ohne Arme, öffnete das Fenster, kletterte auf den Sims und sprang hinunter in den Nachtgarten.

Es knackte, als sie aufkam, und ihre Fußsohlen brannten, dabei hatte sie Hausschuhe an. «Sch, Olga, sch», flüsterte sie. «Sch, Olga, sch», antwortete eine Stimme unter dem Apfelbaum. Ehf erschrak. An den Stamm gelehnt, stand Gott, der alte Orgelspieler, und legte den Kopf schief, als lausche er. Ehf preßte die Puppe an sich. Tatsächlich war das Scheppern der Musikanlage und noch mehr das gequälte Grölen von Ehfs Vater bis hier draußen zu hören.

Der alte Orgelspieler sah Ehf an und legte den Finger auf die Lippen. Dann streckte er die Arme aus, hob einen Fuß, setzte ihn wieder auf, ging in die Knie, federte leicht hoch und hob den anderen Fuß. «Komm», säuselte er. Ehf blieb stehen. Der Alte, den sie Gott nannten hier, schlang die Arme um seinen Körper und tanzte, die nackten Füße ins Gras setzend, zu dem wütenden Brüllen von Ehfs Vater kreuz und quer über den Rasen.

Er spielt wie ein verrückter Gott, sagten die Ederinger, seit der Mann, der früher mal ein Wunderkind gewesen war, in der Friedhofskapelle oben auf der kleinen Orgelempore mit den Fingern in die Tasten hieb. Der Musikstudent, der vorher die Beerdigungen begleitet hatte, war, kurz nachdem er seinen Abschluß gemacht hatte, ins Ausland gegangen, und einen richtigen Organisten konnte die Kirche nicht bezahlen. «Will sie nicht bezahlen», hatte der Großvater erklärt, «das machen sie doch…», und Ehfs Mutter war ihm ins Wort gefallen: «Was hat er denn verdient? Was hat *er* denn deiner Meinung nach überhaupt noch zu verdienen?» Der Vater machte wieder diese abwehrende Handbewegung, von der alle annahmen, Ehf würde sie nicht bemerken, und die bedeuten sollte: Vorsicht, das Kind.

«Komm, komm, komm», summte Gott und fing Ehf im Vorübertanzen ein, schlang die Arme um sie und wiegte sie, die sich an der Puppe festhielt, als sei Olga ein Mast. Der Alte stank. Ehf wurde speiübel. Neben ihr wuchsen die Bäume in den Himmel, versanken in der Erde. Und

112

wenn er ihr jetzt die Luft abdrückte? Er war verrückt, das sagten alle.

Aber Gott ließ von ihr ab und streckte die Hand nach der Puppe aus. Ehf schüttelte den Kopf. Sie bohrte einen Finger in das Loch im Plastik, wo früher einmal der Arm gewesen war, und drückte die Lippen auf das verfilzte Puppenhaar. Der Alte begann zu summen, die Hand ausgestreckt. Wie ein Spinnweb legte sich sein Summen über den Musikbrei aus dem Haus. Die Melodie erinnerte Ehf an früher. Ein blaues Webtuch, sie lag darin, die Büsche wuchsen in den Himmel, versanken in der Erde. Die Englein werden geschaukelt...

Die Puppe auf den Finger gespießt, streckte Ehf dem Alten die Hand entgegen. Er griff zu, wiegte sich, wie zuvor mit Ehf, nun mit Olga über die Wiese. Die Englein werden geschaukelt... Vielleicht ist er gar nicht erwachsen, dachte Ehf. Vielleicht ist er ein zerknittertes, verfaultes Kind.

Jetzt wurde das Garagentor geöffnet. Die Musik aus dem Peaceroom strömte hinaus wie durch einen gebrochenen Deich. Gleich würde das Motorrad aufheulen. Ehf kannte die Bilder, die Geräusche. Der Vater, der versuchte, sich etwas in den Kopf zu tanzen. Die Tür vom Peaceroom, die aufgerissen wurde. Das wütende Gesicht der Mutter. Der in die Luft gemeißelte Satz «Rede mit mir!». Das Knallen der Tür, das Klicken der Schnalle vom Motorradhelm, die Augen der Mutter hinter dem heruntergeklappten Visier. Die Englein werden geschaukelt, in den Himmel hinein.

«Wir brauchen dich nicht mehr!» rief Ehf und riß ihm die Puppe aus den Armen, «wir haben jetzt eine Musikanlage!»

Der Alte stand still. Ein welkes Blatt, das ein Winterschuh

geknickt hatte. Das Motorrad heulte auf, knatterte vorüber, verklang in der Ferne. Drinnen plusterten sich die
Bässe auf. Es schien, als wollte das Haus zerplatzen.

Der Asphalt war schon warm unter den Fußsohlen, obwohl
es noch immer Morgen war. Eine Katze schlich vorbei. Als
sie Eva sah, blieb sie stehen und machte einen Buckel.
«Ch, ch, ch», fauchte Eva. Mit einem Satz sprang die
Katze davon.
Langsam ging Eva die Straße entlang. Vereinzelt kamen
ihr Frauen mit Einkaufstaschen entgegen. Zu Hause würden sie auch schon mit der Arbeit begonnen haben. Auf
einmal bekam Eva einen Heißhunger auf frische Brezen.
Den Bäckerladen vorn am Bahnhofstunnel mußte es noch
geben. Sie drückte das Notebook fest unter den Arm und
beschleunigte ihre Schritte.
Der Laden war noch da, größer und edler, aber einfache
Brezen gab es auch noch. Eva zahlte mit Münzen, die sie in
ihrer Hosentasche gefunden hatte, und setzte sich dann
mit der Tüte auf die Stufe vor dem Laden, so wie Kinder
das tun.

Das kam nun davon, daß sie nicht mehr abschlossen. Es
hatte zwar seitdem für Ehf an Reiz verloren, sich heimlich
zum Nachdenken in den Schauraum zurückzuziehen, dafür aber würden morgen Krümel im Lerchensarg liegen.
Wenn sie die Hände gegen den Holzboden preßte, spürte
sie, wie die Musik ihres Vaters auf der Haut kribbelte. Es
war ihm nicht gelungen, das mit Sebastian in den Kopf zu
kriegen. Seit Mitternacht tanzte er.
Ehf war, nachdem Gott sich fortgeschlichen hatte, in den

Peaceroom gegangen, wo sie lange mit Olga in der Ecke saß und ihrem Vater zusah. Er tanzte mit geschlossenen Augen und hatte die Lippen gespitzt, aber das Pfeifen war bei der Lautstärke gar nicht zu hören. Irgendwann war Ehf wieder hinausgegangen, in die Küche, hatte sich Knäckebrot geholt und den Schauraum aufgesucht, den sie langsam durchschritt. Kiefer? Bestimmt nicht, dazu war es diesmal zu schlimm. Eiche auch nicht. Eiche war für ein langes, erfülltes Leben. Bei Kirsche hatte sie gezögert. Aber Kirsche war momentan nur in Standardgröße lieferbar, hatte der Vater neulich jemandem am Telefon gesagt. Lerche war das erste Kindermodell im Schauraum, das hatte der Großvater noch bestellt. Inzwischen gab es auch andere Hölzer. Aber Lerche würde passen.

Ehf bettete den Kopf in die verschränkten Hände. Sie konnte jetzt keine Musik denken. Sie dachte an Lilli. Vor ein paar Wochen hatte sie die Freundin mit hierhergenommen. Es war das erste Mal gewesen, daß sie ein anderes Kind mit in den Schauraum genommen hatte. Lilli war zwischen den Särgen umhergeschlichen, und Ehf hatte ihr ansehen können, daß sie ihr Unbehagen zu verbergen suchte. Nebenan hatte der kleine Sarg von Liv gestanden, dem Kind, das keine Luft mehr bekommen hatte. Nummer fünf.

«Mein Geburtstag war noch nicht mal vorüber, als sie in unser Lager kamen», hörte Ehf Lilli sagen, und ihre Stimme klang dumpf, als läge ein Kissen auf ihrem Gesicht. «Zuerst haben sie die Männer mitgenommen, etwas später die Frauen. Uns Kinder haben sie sich für zuletzt aufgespart.»

Sie lachte. Aber es war nicht ihr Lachen. Ehf setzte sich

auf. Lilli hatte den Rollkragen ihres Pullovers bis hoch in die Stirn gezogen. Wie ein schwarzer Vogel sah sie aus, die lahmen Flügel gegen die Brust gepreßt.

«Was haben sie mit euch gemacht?» fragte Ehf. Der Vogel bebte. Ehf kletterte aus der Kiste, kniete sich neben der Freundin nieder und legte die Arme um den zuckenden Pullover. Sie verstand nicht genau, warum Lilli in Gefahr war, aber vielleicht hatte es ja mit dem Namen zu tun, den sie nicht nennen durfte. Sie summte ihn, ohne die Lippen zu bewegen. «Mhmmhm, mhmmhm», summte sie, und als nach einer Weile das Beben in ihren Armen nachließ, sang sie leise: «Lilith, Lilith, kleine Lilith», so wie es der Großvater immer mit ihr gemacht hatte, wenn sie die Welt nicht mehr verstand. Ehfchen, Ehfchen, kleines Ehfchen. Irgendwann zog Lilli den Kragen herunter. Ihre Augen sahen aus, als ob sie brannten. «Ob sie uns genug lassen werden?» fragte sie heiser.

Ehf verstand sofort. «Wir werden sehen», sagte sie. Lilli schüttelte den Kopf. «Wir werden Vorräte brauchen», erklärte sie.

«Luftvorräte?»

Lilli riß Ehfs Hände an sich. «Wir haben nicht mehr viel Zeit, verstehst du?» Sie schüttelte Ehf. «Wenn sie anfangen, die Kinder an die Wand zu nageln, ist es zu spät. Zu spät!»

Sie sprang auf und stieß Ehf mit jedem «zu spät» vor sich her. Ehf taumelte rückwärts, bis sie keinen Boden mehr unter den Füßen spürte. Sie war in den Sarg gefallen und einfach darin liegengeblieben, so wie sie jetzt dalag im Lerchenmodell.

Ehf biß ein Stück Knäckebrot ab. Laut hallte das Geräusch im Schauraum wider. Neben ihrer Wange regnete es Krümel auf das Lerchenholz. Sie kniff die Augen zusammen und probierte aus, was sie in der Draußenschule gelernt hatten. Zuerst konzentrierte sie sich auf den Geruch. Es roch nach Holz, Stoff und Knäckebrot. «Weil du das weißt», hörte sie Lilli schon sagen. Sie kniff die Augen noch fester zusammen, reckte die Nase in die Luft und probierte es noch einmal. Es roch anders als eben. Sauber. Nach geraden Sätzen und Feierabend. Mit einem Ruck setzte Ehf sich auf. Es roch danach, daß der Großvater nicht mehr da war.

«Alle die Augen zu!» hatte Lilli an dem Nachmittag gefordert, als es zum ersten Mal ein bißchen nach Frühling roch. Jetzt griff Ehf nach Olga und preßte sie sich vor die Augen. Zunächst waren sie alle blind umhergestolpert an jenem Nachmittag, nach einer Weile hatten sie sich dann gegenseitig ihre Schals, die sie alle immer noch tragen mußten, vor die Augen gebunden. Aber mit Olga ging es jetzt auch, und so mußte sie wenigstens nicht weinen. Mit der freien Hand stützte Ehf sich ab, als sie aus dem Sarg stieg, und dann tastete sie sich einhändig durch den Raum. «Es muß möglich sein», murmelte sie, so wie Lilli es neulich beschworen hatte, als sie alle mit verbundenen Augen die Uferböschung hinuntergeklettert waren. «Es muß möglich sein.» Das war wohl ein Zauberspruch, Lilli hatte es nicht weiter erklärt, und sie hatten auch nicht gefragt. Lilli war Kaiserin.

Motorradknattern. Ehf preßte Olga fester gegen die Augen. Sie sah es. Ihren Tanz. Ihre hochgerissenen Arme. Die Farbe auf ihrer Haut. Noch drei Schritte, dann war

sie an der Tür. Sie streckte die Hand aus, faßte den Türgriff.

Das Motorradknattern schwoll an, der Motor heulte einmal kräftig auf und erstarb dann. Kurz darauf ratterte das
Garagentor herunter. Ehf ließ Olga sinken und schlüpfte
aus dem Schauraum. Draußen stand neben der Tür ein
großer Aktenschrank. Sie drückte sich in dessen Schatten,
als ihre Mutter vorbeilief und an der Tür stehenblieb, hinter der die Musik dröhnte. Ehf sah ihre Mutter klopfen,
sah, wie die Tür geöffnet wurde, wie ihre Mutter in dem
Raum verschwand. Sie schlich hinterher. Die Tür war
nicht ganz ins Schloß gefallen. Vorsichtig schob Ehf die
Tür auf, bis sie einen guten Teil des Raums sehen konnte.
Sie durfte immer zu den Eltern, zu jeder Zeit. Aber sie
hatte keine Lust, eingeladen zu werden. Nicht nach diesem
Tag.

In der Mitte des Pfirsichraumes stand der große eiserne
Leuchter. Alle Kerzen brannten. In der Musikanlage lief
ohrenbetäubend das Lied, das die Eltern mitbrüllten wie
immer. «Wi ah jang!», brüllten sie, mit genau dem Ausdruck in den Augen, den Lilli hatte, wenn sie dieses «Es
muß möglich sein» sagte. Ein Zauberspruch. Sie waren
schon beinahe nackt. Vor den flackernden Kerzenflammen
sahen ihre Arme und Beine aus wie die der Toten, bevor sie
zurechtgemacht wurden. Als das Lied wieder von vorn begann, hockten sie sich neben den Leuchter und fingen an,
sich gegenseitig mit den kleinen bunten Kügelchen zu füt-
tern, die sie aus dem braunen Apothekerfläschchen auf die
Löffel rollen ließen. Die Kügelchen waren für Ehf verboten. Gleich würden sie die Farbtöpfe öffnen. Nein, sie
sprangen wieder auf und tanzten erst noch weiter. Dabei

rissen sie einander die Wäsche herunter. Ehf sah ihre Eltern nicht gern nackt. Sie sahen dann häßlich aus und machten ihr noch mehr angst, als wenn sie weinten. Ehf mußte dann immer daran denken, daß sie mal ganz allein sein könnte.

Jetzt kniete sich ihre Mutter wieder neben den Leuchter. Der Vater tanzte weiter, mit geschlossenen Augen brüllte er die englischen Worte. Die Mutter schraubte die Deckel von den Fingerfarben, die Ehf vor vielen Jahren mal gehört und mit denen sie nie gemalt hatte. Die Mutter zog den Vater zu sich. Mit ausgestrecktem Finger begann sie, Grün auf seinen Bauch zu trommeln, passend zur Musik. Er nahm den Topf mit dem Rot und strich es ihr ins Gesicht. Sie sah aus wie ein Indianer. Dann schleuderten sie sich die Farben in dicken Brocken auf Arme und Beine. Es war komisch, Ehf mußte wie immer lachen, obwohl sie Angst hatte. Die Eltern waren verhext. Das war der Moment, an dem Ehf immer ging. Sie wollte das nicht sehen. Sie legte sich Olga in den Arm und wiegte sie im Gehen und stieg so die Treppe hinauf in den ersten Stock, wo ihr Zimmer lag. Vorsichtig bettete sie Olga auf ihr Kissen und legte sich daneben. Hier oben war die Musik nur noch ein dumpfes Hämmern.

Mit dem Zeigefinger strich sie über Olgas kaltes Puppengesicht. Die Nase erinnerte sie an die von Nele, und das Kinn fühlte sich an wie bei Simon. Aber der Weg vom rechten Auge über die Stirn hinüber zum linken war anders. Irgendwann waren sie dazu übergegangen, sich gegenseitig zu ertasten. Das war Ehfs Idee, und sie war immer noch stolz darauf. «Weißt du noch», flüsterte sie Olga ins Ohr, «wie dick Lillis Haare sind und daß Simon rechts am kleinen Finger eine winzige Narbe hat?» Vielleicht machten die Eltern unten im Peaceroom dasselbe. Nein, das konnte nicht sein, dazu brauchten sie keine Farbe. «Sie malen die Narben zu», flüsterte Ehf Olga ins Ohr, «sie wollen lieber rote Ellbogen und grüne Knie und einen lila Bauchnabel.» Sie kicherte. Lillis Blick war ein Lob gewesen, als sie ihr sagte: «Du hast es kapiert.» Es ging darum, die eigenen Leute zu kennen.

Das Hämmern hatte aufgehört. Ehf lauschte angestrengt. Es war vollkommen still im Haus. Morgen würde die Putzfrau wieder meckern, und Ehfs Mutter würde wieder sagen, mit Kindern sei das eben so. Ehf zog Olga an sich und legte sich bäuchlings auf die Puppe. Sie preßte ihren Mund auf das kalte Gesichtchen und stieß ihren Atem dagegen. Langsam erwärmten sich die Plastikwangen. Vielleicht klappte es ja diesmal. Wenn sie es nur lange genug aushielt, würde ihr Atem vielleicht durch Olgas Bauch und die Beine bis in die Füßchen strömen und von dort wieder zurück. Er durfte nur nicht hinaus. Einer plötzlichen Eingebung folgend, drückte sie die Hände gegen die Löcher, in denen einmal die Arme gesteckt hatten. Dann atmete sie mit aller Kraft, und gut zehn Atemzüge später war sie eingeschlafen.

Sechsundfünfzig Schritte waren es früher vom Bäckerladen bis nach Hause. Aber Eva wollte das jetzt nicht nachzählen. Sie blies die Brezentüte auf und brachte sie mit der Hand zum Platzen, und ehe die Brotverkäuferin sie fortjagen konnte, stand sie schon von allein auf, nahm das Notebook und ging.

Der Bahnhofstunnel hatte sich nicht verändert. Erst jetzt

fiel Eva der Hall wieder ein, den sie immer probiert hatten beim Hindurchlaufen. Wo blieben überhaupt die Kinder? Eva war allein im Tunnel, und abgesehen von den Frauen mit den Einkaufstaschen und der Brotverkäuferin war ihr bisher noch niemand begegnet. Edering war vollkommen still.

«He, he, he!» riefen sie immer, wenn die Kinder durch den Bahnhofstunnel rannten und ihn mit Gejohle zum Hallen brachten. «Habt ihr keine Schule?» «Müßt ihr keine Hausaufgaben machen?» «Da kommt noch was auf uns zu.» «Macht mal Platz da!»
Auf der Linksabbiegerspur vor dem Schulhoftor hupten die Autos im Chor. Manche tippten sich an die Stirn. Seit der Junge an der Kreuzung totgefahren worden war, gab es doppelt so viele Schulweghelfer wie vorher. Aber Autos gab es hundertmal so viele. «He, he, he!» riefen die Auto-fahrer über die heruntergekurbelten Scheiben hinweg, wenn die Kinder über die Straße rannten. Vor dem Spiel-platz stand ein Schild, auf dem waren durchgestrichen: ein Ball, ein Fahrrad, eine Flasche, nackte Füße und ein Kind mit einer «9+» vor dem Bauch. Das Spielwarengeschäft hatte schon umgestellt, hatte die Bälle in einen Gitterturm gesperrt und gigantische Arsenale von Wasserspritzwaffen im Schaufenster ausgestellt. Auf allen Wiesen, die noch frei waren, wurden Bagger und Kräne in Stellung ge-bracht. Sie zogen schon Fünfjährige ein und brachten ih-nen bei, mit schwerem Rückengepäck unter Schulbänken herzukriechen. «Groß werden, auf der Stelle», drohten sie, «sonst…»
Lillis Antwort lautete: «Für immer neun.»

Der Schulhof war leer. Mit wenigen Schritten hatte Eva ihn vom Bahnhofstunnel aus erreicht. In der Mitte blieb sie stehen und drehte sich langsam im Kreis. Der Schulbau hatte einen neuen Anstrich bekommen. Auch die Turnhalle sah neu aus. Und hinten, vor dem Parkplatz, war ein Skulpturengarten angelegt worden.

Eva ließ sich in die Hocke sinken. Und sah sich in Augenhöhe mit dem kleinen Mädchen auf der Treppe, das die Schultüte im Arm hielt und ein Fotogesicht machte. Mit Zahnlücke unten. Der Schulranzen auf dem Rücken, wußte Eva, war sorgfältig ausgesucht worden. Rosa Bärchen auf Wolken. Bis zum Wechsel auf das Gymnasium begleitete er sie. Bis zur zweiten Klasse fand sie ihn süß, danach nur noch peinlich.

Das Mädchen mit der Schultüte löste sich auf. Unter der Metalltreppe sah Eva etwas Buntes aufleuchten. Im Näherkommen erkannte sie, daß es ein Turnbeutel war. Sie kniete sich auf die unterste Treppenstufe und betrachtete den mit Raumschiffen bedruckten Beutel. Er war der erste Hinweis darauf, daß es noch Kinder geben mußte in Edering.

«Der schönste Tag in deinem Leben», hatte der Großvater gesagt und dabei ein Gesicht gemacht wie bei Herzversagen mit Kiefer Standard. Und daß diese Tüte wirklich bis oben voll mit Süßigkeiten sei. Die er ja seinerzeit nicht bekommen hatte, wegen dem Krieg. Weil es ja gar nichts gab, vor allem keine Süßigkeiten, darum hatten die Leute auch alle viel bessere Zähne. Hatte der Großvater gesagt.

Ehfs Zahn lag auf Watte in einer kleinen Holzdose mit Schraubverschluß. Der erste, der ausgefallen war, zwei

Wochen vor Schulbeginn. Da lag er jetzt in seinem kleinen Zahnsarg, mehr gelbbraun als weiß, und roch ein bißchen komisch. Ehf war sich nicht sicher, ob sie ihn wirklich aufheben wollte. Rechnen, Schreiben, Lesen, hatten sie versprochen, alles wissen über die Welt. Sogar über das Weltall. Und dann hatten sie noch das mit dem Ernst gesagt. Dem vom Leben. Da mußte es einen Zusammenhang geben.

Mit dem Wissen. Mit dem Weltall. Und den Zähnen.

«Jetzt schlag endlich zu.»

Sie standen vor der Schule, schon in einer Reihe und bereit zum Hineingehen. Noch fünf Minuten bis zum Gong für die erste Stunde. Ehf stand neben Nele und hatte Mühe, sich wach zu halten. Halb zwei war schon vorübergewesen, als sie vergangene Nacht endlich im Bett gelegen hatte.

«Schlag ihn, sonst schlage ich dich.»

Luki stand hinter einem Jungen aus der ersten Klasse. Immer wieder stubste er ihn mit dem Knie in den Rücken und sah dabei unendlich gelangweilt aus. Der Kleine, der neben dem Angestoßenen stand, sah Luki entsetzt an. «Los, mach schon», zischte Luki seinem Vordermann ins Ohr, «mach, wenn du gesund da rein willst.»

Mit dem Kopf deutete er auf die gläserne Eingangstür. Er machte nur sehr wenige Bewegungen. Die Hände hielt er in den Taschen, seine Kommandos murmelte er mit beinahe geschlossenem Mund. Er stand zwei Plätze vor Ehf. Neben ihm stand die dicke Marieluisa. Ehf sah, wie sie dem zitternden Kleinen vor sich in den Schulranzen griff. Das hatte Luki früher immer bei ihr gemacht. «Fettkloß!» hatte er gerufen, «hol dir dein Chappi!» Sie hatte es weit gebracht, Marieluisa, bis neben Luki. Sie zog ein Heft aus dem Ranzen des Kleinen und reichte es über die Schulter weiter zu Jakob, der hinter ihr stand. Der Platz neben Jakob war frei. Es war der Platz in der Reihe vor Ehf. Bis gestern hatte hier immer Sebastian gestanden.

«Du willst es nicht anders, oder?» sagte Luki und gähnte. Langsam zog er die Faust aus der Tasche. Da schlug der Knirps mit der flachen Hand seinem Nebenmann ins Gesicht, nochmal und nochmal. Das Kind fing an zu heulen, doch das ging unter im Vierergong. Rufen, Lachen, Schwatzen. Die Kolonne begann zu marschieren. Hunderte von Schuhsohlen tappten über die Metallstufen. Die Treppe vibrierte. Die Glasscheiben der weitgeöffneten Eingangstür klirrten leise. Ehf ließ sich mitschwemmen. Sie war so müde. Sie ließ sich hineintreiben in ihr Klassenzimmer, ließ sich auf ihren Stuhl fallen. Nele, mit der sie den Tisch teilte, packte wie immer erst ihr Federmäppchen und ein paar Hefte aus, stellte die Schultasche ordentlich neben das Tischbein und setzte sich dann. Das Käppi, das sie schon gestern nachmittag getragen hatte, ließ sie auf. «Tut's noch weh?» fragte Ehf und zeigte auf Neles Hinterkopf. Ehe Nele antworten konnte, rumpelten die Stuhlbeine über den Boden, und alle standen auf. Sofort erhoben sich auch Nele und Ehf. Musik gehörte dazu, sogar in der Schule, «Guten Morgen, Herr Thalmeyer», sangen die Kinder im Chor. Vorn stand der Klassenlehrer mit dem Rücken zur Tafel und schleuderte seine schwarze Aktentasche auf das Pult. «Guten Morgen», sagte er, «die Hefte heraus. Diktat.»

Ehf bückte sich und kramte in ihrem Rucksack. Das Heft fand sie gleich, aber die Mappe mit den Stiften hatte sie wohl zu Hause vergessen. Sie hob den Kopf. Zwei Tische vor ihr war der Platz leer.

«Hast du einen Stift für mich?» flüsterte sie Nele zu.

«Im Sommer Komma wenn es draußen schon herrlich warm ist Komma», begann Herr Thalmeyer zu diktieren und ging dabei, wie er es immer machte beim Diktat, langsam zwischen den Tischgruppen herum. Nele zog einen Filzstift aus ihrem Federmäppchen.

«Wenn es draußen schon herrlich warm ist Komma freuen wir uns auf ein kühles Bad im Freien Punkt.» Ehf grabschte rasch nach dem Stift. Wie war der Anfang? Im Sommer Komma wenn es draußen... Bei draußen kaute Ehf am Stift. Vorsicht, Falle, hatte sie gelernt. Diktat war Fallenjagd. Ein Eß oder zwei bei draußen? Oder sogar scharfes Eß?

«Wir packen unsere Badesachen zusammen und fahren zum Freibad Punkt.» Herr Thalmeyer stand jetzt hinter ihr. Ehf beugte sich dicht über ihr Heft. Nur nicht nervös machen lassen. Im Freien. Da war das Eff groß. Oder klein? Bei Freibad war es groß. Im Freien war es aber viel größer als im Freibad. Da war nämlich ein Zaun drumherum.

«Manche Leute möchten uns weismachen Komma...» Die Stimme von Herrn Thalmeyer verschwand langsam wieder hinter Ehfs Rücken. Zum Glück hatte er wegen des Filzstiftes nicht gemeckert. Filzstifte beim Diktat waren eigentlich verboten. Diktate und Hausaufgaben mußten mit Füller geschrieben werden. «...weismachen Komma daß ein Bad im Fluß viel erquicklicher ist Punkt.» Bei Weismachen dachte Ehf an ihren Tuschekasten. Den hatte sie auch zu Hause liegenlassen. Sie hatte ja nicht mal gefrühstückt heute morgen. «Daß ein Bad im Fluß...» Im Bad war sie auch nicht gewesen. Hatte sich angezogen und war losgestürzt. Die Mutter war noch im Nachthemd gewesen, als sie Ehf geweckt hatte. Verschlafen. «...erquicklicher ist Punkt.» Über dem Heftrand war die Tischkante und über der Tischkante ein Schülerkopf und neben dem Schülerkopf das Fenster. «Aber wir lassen uns nicht dazu verleiten Komma...»

Aber da war Ehfs Blick schon davongeflogen, hinaus auf die Bäume und immer höher in den Himmel hinauf, und nur ihre Ohren mußten im Klassenzimmer bleiben. «...Komma uns absichtlich in Lebensgefahr zu begeben Punkt.» Ob er dort oben war? Sebastian? Gab es das überhaupt, den Himmel? «Zu begeben Punkt. Das überlassen wir den Regellosen Punkt. Aus. Fräulein Bauer ist wohl nicht ganz mitgekommen, mmh?»

Herr Thalmeyer war neben Ehf stehengeblieben und sah über ihre Hand hinweg in das Heft. «Einsammeln», forderte er Nele auf, und zu Ehf sagte er: «Du kommst nach der Stunde mal vor zu mir. Bücher raus.»

Der letzte Satz galt für alle. Den Rest der Stunde mußten sie laut lesen, jeder kam einmal dran. Die letzte wäre Ehf gewesen. Doch da gongte es. Herr Thalmeyer öffnete seine schwarze Aktentasche. Die ersten Kinder waren schon an der Tür, schoben sie auf, drängten hinaus, und wie immer lockte der kühle Luftzug, der hereinwehte, Ehf nach draußen. Noch ehe sie aufgestanden war, hatten die anderen schon alle das Nadelöhr passiert. Auch Nele ließ Ehf stehen und hüpfte hinaus. Ehf ging langsam nach vorn zum Lehrerpult. Gerade packte Herr Thalmeyer die Hefte ein, darunter ihres mit dem nur halb mitgeschriebenen Diktat.

«Du warst auch dabei, oder?» fragte er, ohne aufzublicken. Ehf sah auf die Tafel. Sie war vor der Stunde frisch abgewischt worden. Graue Rinnsale aus Kreide und Wasser und Staub waren über die grüne Fläche gelaufen und eingetrocknet.

«Er war so ein ruhiger Junge», hörte sie Herrn Thalmeyer in ihrem Rücken sagen. «Ordentlich, immer vorbereitet, fehlte nie. Um den mußte man sich nicht groß kümmern, bei dem lief immer alles so, wie es sein sollte. Hätte doch keiner gedacht, daß der...» Das Pult knarzte. «Daß der sich so in Gefahr begibt.»

Die Regel mit Weh. «Was, um Himmels Willen, ist passiert? Ehf!» Wer sich in Gefahr begibt, kommt darin um. Herr Thalmeyer packte Ehf bei den Schultern und drehte sie um, so daß sie ihn ansehen mußte. Er saß auf dem Pult. Wer sich umdreht oder lacht, der kriegt den Buckel blaugemacht.

«Sie war dabei, habe ich recht?»

Die Nasenflügel des Lehrers bebten. Ehf konnte nichts dagegen machen, sie mußte einfach lachen. Sie wollte das nicht, aber es stand außerhalb ihrer Macht.

«Lilith war dabei, oder? Was habt ihr gemacht? Kinder!»

Er schüttelte sie heftig. Trotzdem konnte Ehf in seinen Augen die Angst erkennen. Der Gong kam gerade recht. Er trieb sie auseinander, ehe Ehf etwas sagen mußte. Trieb die Kinder vom Gang herein, schwemmte sie in den Klassenraum, auf die Stühle, die sie einfingen, festhielten, zur Ruhe zwangen. Gut, daß die Pausen nicht länger dauerten. Womöglich hätte der Gong sonst irgendwann einmal nichts mehr vermocht.

Die Jagd

«Der Alte aus den Wohndosen, kennst du den schon lange?»

Der Vater sah Ehf nicht an. Er hatte sich über den Sarg gebeugt. Lerche. Ehf hatte recht. In drei Tagen war Beerdigung, Termin, wie Ehfs Vater das nannte.

«Ob du den schon lange kennst?!»

Ehf kauerte auf dem Boden, Olga auf dem Schoß, und starrte den Sarg an. Ob die Krümel noch darin waren?

«Seit ich Lilli kenne», murmelte sie. Sie hätte in einer der Stoffalten ein großes Stück Knäckebrot verstecken sollen, dann wäre Sebastian versorgt gewesen für seine Reise.

«Und wenn du ihn siehst, den Alten, wo seid ihr dann?»

Er ließ nicht ab von Sebastian. Letzte Hand anlegen, nannte er das.

«Auf der Treppe im Schloß.»

«Im Schloß?»

Er sah sie nicht einmal an. Er sah nur auf seine Hände und wie sie arbeiteten.

«Die Container. Und manchmal sind wir im Autowrack.»

«Im Autowrack?»

«Das alte kaputte verrostete Auto auf der Engelsalm!» brüllte Ehf und wußte, daß er trotzdem nichts verstand.

«Auf der Engelsalm?» fragte er auch gleich nach. Es gab eine Schwerhörigkeit, wie sie nur bei Eltern vorkommt. Man konnte nichts dagegen machen.

128

«Die ist hinterm Schloß», erklärte Ehf und verbesserte sich gleich: «Hinter den Containern.» Sie vermied den Ausdruck «Wohndosen», sie mochte ihn nicht mehr.

«Ist deine Freundin immer dabei, wenn du den Alten siehst?»

«Lilli?»

«Dieses schreckliche Kind.»

«Lilli ist nicht schrecklich.»

«Von mir aus. Ist sie immer dabei? Verflucht!» Irgend etwas war ihm aus der Hand gerutscht. Ehf schaute nicht hin. Sie zupfte Olga an den filzigen Haaren, zog ihr mal hier eins, mal da eins aus.

«Fast immer», sagte sie. Sie konnte den Vater atmen hören, so still war es jetzt. Angestrengtes Einatmen, kurze Pause, ganz langsames Ausatmen. Er mußte eine ruhige Hand bewahren. Als er wieder sprach, klang es gepreßt: «Und was macht ihr dann so?»

«Wann?»

Angestrengtes Einatmen, etwas längere Pause, stoßweises Ausatmen. «Wenn ihr euch seht, ihr Mädchen und der Alte.»

«Adamczyk erzählt uns ein Märchen.»

«Ein Märchen?»

Man mußte viel Geduld mit ihnen haben. Sie hatten die Ohren auf den Augen, darum verstanden sie nicht viel von der Welt.

«Wir rufen ihn heraus, und dann setzen wir uns auf die Treppe oder in das alte Auto, und Adamczyk erzählt uns ein schönes Märchen.»

«Und dann?»

Manchmal war schon ganz besonders viel Geduld nötig.

«Dann geht Adamczyk wieder rein, und wir laufen zum Spielplatz, oder ich komme nach Hause.»

Sehr angestrengtes Einatmen, lange Pause, Ausatmen in einem Seufzer. «Was sind denn das für Märchen?»

«Märchen halt.» Ehf drehte ein Büschel Puppenhaare zu einem Zopf.

«Ganz normale Märchen?»

Die konnte es gar nicht geben. Entweder war etwas normal, oder es war ein Märchen. Aber das war nicht zu verstehen für einen Vater, der sich auf seine ganz normale Arbeit konzentrieren mußte, und so sagte Ehf: «Rotkäppchen zum Beispiel, oder Hänsel und Gretel.»

Es war immer noch zu schwierig.

«Und wenn der Alte euch die Märchen erzählt», fragte der Vater weiter, langsam und leise, während er die ruhige Hand, diese letzte, an Sebastian legte, «wenn er da also mit euch sitzt und erzählt, macht er währenddessen irgendwas?»

«Was soll er denn machen?» Ehf griff das Zopfende und zog Olga daran hoch.

«Faßt er euch an?»

Ehf dachte an neulich, wie ihr so kalt war und Adamczyk sich zu ihr gesetzt hatte, bis die Härchen auf ihren Armen sich nicht mehr sträubten. Wie sein weicher wunderbarer Geruch sie an den Großvater erinnert hatte.

«Nur mich», sagte sie mit weicher Stimme und lächelte Olga an. Im Aufblicken traf sie der Blick ihres Vaters. Er hatte die Augen weit aufgerissen. Einen Moment lang dachte Ehf, er würde auf sie zuspringen.

«Wo?» fragte er gepreßt. Ehf sah zu, wie sich Olga um das aufgezogene Seil aus Puppenhaar drehte.

«Wo?» fragte ihr Vater. Jetzt kam er auf sie zu, langsam, seine Hände zitterten. Ehf wollte die Haare neu eindrehen, da riß ihr der Vater Olga weg, schleuderte die Puppe in die Ecke und zog Ehf unsanft vom Boden hoch.

«Wo hat er dich angefaßt? Wo genau?» schrie er.

Ehf war zusammengefahren. Sie hatte doch gar nichts gemacht. Sie war zur Schule gegangen und hatte später ihre Hausaufgaben gemacht, und heute war ihr Zimmer sogar einmal aufgeräumt.

«Sag was, Ehf! Rede!»

Das war keine ruhige Hand mehr, die er jetzt an sie legte, an ihre Schultern, um sie zu schütteln. Er packte sie an den Schultern, genau so, wie man Leute packte, die man besiegen will. Was wollte er denn?

«Was kann ich denn dafür, daß ich nicht tot bin?» schrie sie. «Du faßt doch auch immer Kinder an, überall, aber das ist egal, die sind ja tot! Tot!!»

Klatsch! Ihre Wange brannte. Erschrocken starrte ihr Vater seine Hand an. «Entschuldige», stammelte er, «entschuldige. Das wollte ich nicht. Um Himmels Willen, Ehfchen. Entschuldige bitte, Ehfchen. Ehfchen…»

Da war sie schon hinausgerannt. Das stand ihm nicht zu. Ihm nicht. Das durfte nur der Großvater sagen, um sie zu trösten. Ehfchen, das war für den Großvater reserviert.

Eva setzte sich auf die unterste Treppenstufe und legte den Turnbeutel auf das Notebook. Raumschiffe. War einmal ein kleines Mädchen, das flog jede Nacht zu den Sternen, dachte sie. Und kam am Morgen zurück, mit Talern beladen, aber die Währung war falsch. Es gab nichts zu kaufen dafür, dort unten, wo sie zu Hause war. Darum verhungerte das Kind, dachte Eva. Sie legte den Kopf schräg und lauschte. Aus dem Schulgebäude drang kein einziger Laut. Wahrscheinlich hatten sie alles gut isoliert, so richtig schalldicht. Aber Eva wurde das Gefühl nicht los, daß überhaupt keine Kinder mehr da waren.

Mit den nackten Zehen strich sie über den Schulhofasphalt und betrachtete den Turnbeutel. War das nur ein Anfang damals, Sebastian und die anderen Kinder? Und hatten sie immer noch Lilli in Verdacht?

«Ich bin schon so lange tot», sagte Adamczyk, «daß es ganz egal ist, warum.»

Er biß in einen Apfel. Für Brot war es zu heiß heute. «War einmal eine Mutter, die hatte sieben Kinder», fing er an, doch Lilli schüttelte den Kopf, bis die Haare flogen. Für Märchen war es auch zu heiß. Adamczyk schien das nicht zu stören. Er kaute den Apfel, der sehr sauer war, das wußte Ehf, denn sie hatte ihn Adamczyk geschenkt, und als er den Bissen heruntergeschluckt hatte, erzählte er: «War aber in großer Bedrängnis, die Mutter, denn sie mußte in die Stadt, und war keiner da, der bei den Kindern blieb, also nahm sie die Ketten und band die Kinder fest, daß sie still blieben im Haus, bis sie zurück war. Eins band sie ans Bett, zwei an den Kühlschrank, drei vor den Badeofen, und das Jüngste stopfte sie in den Uhrenkasten.»

«Aber Sie müssen sich doch erinnern», drängelte Lilli, «erschossen, erstochen, erhängt, die Kehle aufgeschnitten, mit der Machete durchbohrt, so was merkt man sich doch.»

Adamczyk biß wieder in den Apfel. Ehf starrte auf seinen Mund. Wenn er nur weiter Märchen erzählte. Der Saft lief ihm aus den Mundwinkeln. Doch Lilli war erbarmungslos, trotz der Hitze. «Der Junge gestern», sagte sie, «der ist ertrunken. Unten am Fluß.»

Adamczyk ließ den Apfel sinken. Ehf überfiel ein Zittern. Das kann doch gar nicht sein, dachte sie, es ist doch so heiß. Und neben diesen Gedanken schob sich der an den Füller, den sie heute früh vergessen hatte. Sie saßen auf der Metalltreppe an der Schloßwand, die lag im Schatten, und Ehf bat mit klappernden Zähnen: «Erzählen Sie bitte weiter, Herr Adamczyk.»

Adamczyk zuckte die Achseln. Er sah auf den angebissenen Apfel in seiner Hand, drehte und wendete ihn hin und her. Seine Lippen hielt er zusammengepreßt. Vielleicht wollte er kein Wort verlieren. Ehf zog die Knie heran und drückte das Kinn dagegen. Beinahe verschwand ihr Kopf zwischen Knien und Schultern.

«Sie hätten ihn gemocht», sagte Lilli, »er konnte Flöte spielen.»

Der Apfel fiel Adamczyk aus der Hand, kullerte die Metalltreppe hinunter, rollte am Boden noch ein Stück weiter und blieb neben einem Löwenzahnbüschel liegen.

«Der Tod nimmt, was er kriegen kann», sagte Adamczyk, «da ist er nicht wählerisch, nimmt auch mit Musik oder ohne Zähne. Hunger ist größer als Ehrfurcht. Versteht ihr nicht, was? Kleine Gören.»

Er schmatzte ein paarmal, schob die Zunge zwischen die Zähne, schließlich nahm er die Fingernägel zur Hilfe. Lilli stieg die drei Stufen bis zum Treppenabsatz hoch. Sie schwang sich auf das Geländer. Es war aus Metall, wie die Treppe, und jetzt schepperte es leise, denn natürlich saß Lilli nicht still. Hoffentlich hält es, dachte Ehf. Man mußte so vieles bedenken. Daß man nicht ausrutschte, sich nicht verlief. All diese Regeln. Vielleicht hatten die Eltern doch recht. Wenigstens konnte man sich daran festhalten.

«Der Bengel mit der Flöte ist hier gewesen», sagte Adamczyk und spuckte aus. Lilli stellte die Füße auf die Querstange. Sie war barfuß.

«Wann?» fragte sie.

«Letzte Woche irgendwann. Er hat mir was vorgespielt.» Adamczyk lachte. «Mozart oder so was. Lustige Musik.»

«Wieso denn das? Wer hat ihn denn hergebracht?» Lilli sah Ehf an. Ehf schüttelte den Kopf.

«Lustiger Kerl», sagte Adamczyk, «hatte wohl Spaß an Harpunen. Den hat' s erwischt?»

«Bitte, Herr Adamczyk!» rief Ehf. «Bitte, wie war das mit dem Walfang und wie Sie das Schiff übers Meer gesteuert haben?»

«Schiff?» Adamczyks Stimme überschlug sich. «Was denn nicht noch alles?»

«Und er hatte wirklich seine Flöte dabei?» fragte Lilli überlaut.

«Bitte», flehte Ehf.

Adamczyk senkte den Kopf, daß seine Lider nicht allzu schwer über den Augen lagen. Aschgrau waren seine Augen, verglüht, und sie sahen Ehf an, als könnten sie die Bilder erkennen, die Ehf befallen hatten, den vergessenen Füller, die geprügelten, prügelnden Erstkläßler, Nele auf dem Boden mit blutendem Hinterkopf.

«Was willst du denn wissen?» fragte Adamczyk.

Ehf blickte zu Lilli hinüber. Sie wippte auf dem Geländer vor und zurück und pustete sich die Haare aus der Stirn. Sie vermied es, Ehf anzusehen. «Sie sind doch so viel herumgekommen», stieß Ehf aus. Adamczyk ließ den Blick auf ihr ruhen, als er langsam zu erzählen begann. Er nahm ein wenig von der Hitze dieses Tages in seine Stimme, nur so viel, daß Ehf nicht mehr fror und nach und nach den Griff um ihre Knie lockerte. Anfangs sah sie noch Lilli zu, wie die sich über das Geländer zurücksinken ließ, die Hände löste und kopfunter hing, die Haare wie eine Fahne herabhängend.

«Damals habe ich noch gelebt», erzählte Adamczyk, «und die Erde war kostbarer als heute, und der Mond schlief noch jede Nacht im Meer. Ich habe ihm Wiegenlieder gesungen, damit er schöne Träume hat. Ich habe nachts gelebt.»

«Da hatten Sie wohl die Nachtwachen an Bord?» fragte Ehf.

Adamczyk wiegte seinen Kopf hin und her. «Ja, so kann man es sagen. Die Nachtwachen an Bord. Man kann sogar sagen, daß ich das Ruder in der Hand hielt, damals. Damals ging das noch. Aber vielleicht war das auch alles bloß Einbildung.» Er lachte.

«Wegen dem Bordcomputer?» fragte Ehf.

Adamczyk lachte noch lauter. «Nein, Kind», sagte er, «damals gab es noch keine Computer. Dafür gab es die Sterne. Die gab es noch, verdammt.»

«Und die großen Segelschiffe, nicht wahr?» Ehf heftete ihren Blick fest auf Adamczyk, doch er wich aus. Er sah zum Treppengeländer hoch. Lilli war wieder aufgetaucht. Mit rotem Kopf hockte sie auf dem Geländer. Ihr Blick wanderte umher. Ehf glaubte einen kühlen Wind auf ihrer Haut zu spüren. Die Büsche ringsum blieben reglos, doch die kleinen Härchen auf ihren Armen richteten sich auf.

Adamczyk mußte das auch bemerkt haben. Er rutschte zwei Stufen herunter, bis er neben ihr saß. Ehf saß gern so nah neben ihm. Sie fand, daß er gut roch. Nach einem Duft, der sie an den Großvater erinnerte.

«Kleine Gören», sagte Adamczyk leise. Ehf wurde wohlig warm. «Habt ihr mal nachts den Himmel gesehen? Gestern, vorgestern? Nein, da schlaft ihr natürlich.»

«Quatsch», sagte Lilli, aber Adamczyk achtete nicht auf sie.

«Man kann sie noch nicht wirklich erkennen», erzählte er mit leicht kratziger Stimme, «sie ist aber schon da. Wega, hoch im Süden. Wega im Sternbild der Leier. In ein paar Wochen ist sie ein Diamant. Die Spitze der Triangel am Sommernachtshimmel. Deneb wird sie grüßen, Schwanenfeder. Und zu ihnen gesellt sich Atair, Dritter im Bund. Atair, Hauptstern im Adler. Atair, der Fliegende. Damals, als es sie alle noch gab an meinem Nachthimmel, da bin ich geflogen. Verdammt, das bin ich. Ich flog, als der Schwan auf den Adler zuhielt. In seinem Flug hätte er ihn fast gestreift und mich. Mich auch. Doch Atair ist gnädig. Der Adler knickte seinen Flügel ein.»

Ehf hatte die Augen geschlossen. Sie war ein wenig schläfrig, jetzt, wo ihr wieder warm war und die Angst vorerst gebannt. Solange Adamczyk erzählte, konnte ihr nichts passieren. Sie hörte Lilli auf dem Geländer turnen, hörte von fern die vorbeifahrenden Autos und lehnte sich zurück in Adamczyks Arm.

«Damals war Vela mein liebstes Sternbild», hörte sie ihn erzählen, «Vela, das Segel. Es steht im großen Bild Argo, am südlichen Himmel. Vela hat mich geleitet. Ich lebte in finsteren Zeiten, schon immer. Das ist eben so, wenn du in der Nacht lebst. Natürlich war ich immer auf der Hut. Immer auf der Flucht. Da brauchst du ein gutes Segel. Vela war gut. Wir waren schnell. Aber mein Segel war so weiß. So viel Weiß schreit nach Blut.»

Einen Augenblick lang war es vollkommen still. Keine Autos. Nicht einmal Vögel. Dann würgte Adamczyk, ganz verhalten, um niemanden damit zu stören, und spuckte aus.

«Manchmal traf ich Jonah am Himmel», begann er wieder, «ihr kennt ihn nicht, er ist nicht mehr da. Die hellen Nächte hier löschen die Sterne aus. Du brauchst sie nicht mehr, wenn du die Erde haben kannst. Aber als ich noch lebte, gab es Jonah an meinem Nachthimmel. Jonah stand am Ende eines Taus, das ihr euch von Vela aus ostwärts geworfen denken müßt. Früher hat er Sterne gehaßt. Hat versucht, sie wegzuspucken, aber das ging nicht, klar ging das nicht. Von Schiffen hat er geträumt. Nachts, in seinem Zimmer hinter den Fensterläden, die den Mond aussperrten und die Sterne. Später auch am Tag. Ein Schiff wäre ein Königreich. Mit einem Schiff käme man davon. Er dachte nur noch an Schiffe. Begann zu sammeln. Bretter, die er von Obstkisten riß. Stoffreste für Segel. Hier ein paar Schrauben, da einen Topf mit Leimresten. Aber das beste Stück in seiner Sammlung war ein Walfischknochen. Den hütete er wie nichts sonst. Alles andere hatte er im Garten vergraben, aber den Knochen trug er immer bei sich, an einer Kette um den Hals. Die Sterne sind das Ende, sagte er, alle Geschichten hören mit ihnen auf. Aber der hier erzählt davon, daß mal etwas angefangen hat.»

Das Geländer quietschte von Zeit zu Zeit. Dann setzte

Lilli sich wohl wieder auf. Ehf wußte es nicht. Sie wußte auch nicht, ob sie noch wach war. Sie sog Adamczyks Worte auf und ließ sich davontragen.

«Da war mal einer», erzählte Adamczyk, «der war bei den Walen. Der war weit fortgewesen. Der muß ein Schiff gehabt haben. Dachte Jonah. Der ging hier vor Anker und wußte Geschichten von den Walen und ihren Gesängen und wie sie sich verirren können in ihrem Gesang, daß sie stranden und elendig verrecken. Der den Walfischknochen hiergelassen hat, ist mit seinem Schiff davongesegelt. Der hat seinen Anfang da genommen, wo der Knochen geblieben ist. Der ist davongekommen, der mit dem Schiff. Dachte Jonah. Und als es soweit war, daß aus den Schrauben und Brettern und dem Leim und den Stoffresten ein Schiff entstand, stach Jonah in See und nahm den Kurs auf. Und noch ehe er eingefangen werden konnte, hatte er die Wale gefunden und war geflohen in einem von ihnen. Doch der Wal bekam Schluckauf und spuckte das Menschenkind wieder aus, in hohem Bogen an den Himmel, wo es gefror und ein Stern wurde. Und so hörte wieder eine Geschichte auf.»

Lilli stieß einen leisen Pfiff aus. Das Geländer quietschte. Ehf hörte etwas am Boden aufschlagen. Sie öffnete die Augen und drehte sich um. Lilli war fort. «Jonah war mein Freund», sagte Adamczyk. Er nahm den Arm von Ehfs Schulter und starrte hinüber zum Tor. Am Straßenrand gegenüber hielten Autos, Leute stiegen aus. Ehf sah, wie sie auf das Tor zugingen, Männer und Kinder, wie sie stehenblieben. Sie erkannte ihren Vater, den Vater von Luki und Luki selbst. Jakob war dabei, Marieluisa und zwei Männer, die Ehf nicht kannte. Einer schob jetzt das Tor auf. Der Mann steckte die Hände in die Jackentaschen und ging langsam über den staubigen Weg auf die Treppe zu. Die anderen folgten ihm. Ehf sah, wie ihr Vater das Schloß musterte. Sein Blick wanderte zur Treppe herüber, und dann erkannte er Ehf. Sie sah, wie er erstarrte. «Flieg doch», flüsterte sie Adamczyk zu, «fliegen wir doch einfach von hier weg.»

Aber Adamczyk blieb stumm. Die beiden Männer, die Ehf nicht kannte, hatten die Treppe erreicht. «Kriminalpolizei», sagte der erste und zog eine Karte aus der Tasche, die er Adamczyk entgegenhielt. «Ihren Ausweis», forderte er. Adamczyk sagte immer noch nichts. Luki drängelte sich neben den Polizisten. Er grinste Ehf an. Jakob kickte ein paar Steine auf den Weg. Er stieß auf den angebissenen Apfel und kickte ihn in das Gestrüpp am Wegrand. Marieluisa kniete sich neben den Müllcontainer und machte «Miezmiezmiez». Ehf sah, wie eine kleine Katze langsam und majestätisch auf sie zuschritt, auf halbem Weg haltmachte und sich auf die Hinterpfoten setzte.

«Können Sie sich nicht ausweisen?» fragte der andere Polizist. Adamczyk griff kurz nach Ehfs Hand. «Atair», sagte er leise, «in ein paar Tagen vielleicht, im Wald bei der Lichtung.» Dann ließ er sie los und erhob sich langsam. Stufe für Stufe stieg er hinab. Bei jedem Tritt schepperte die Metalltreppe leise. Wie die Schultreppe, dachte Ehf. Als ob es nur eine Sorte Treppen gäbe. Auf der letzten Stufe blieb Adamczyk stehen. Der Polizist mit der Karte mußte zu ihm aufsehen, als er fragte: «Nix Ausweis?» Adamczyk drückte das Kreuz und die Knie durch und legte die Hände an die Hosennaht. Jakob stieß Luki an und machte mit dem Mund ein furzendes Geräusch. Sie kicherten. Lukis Vater stieß Luki an, und Ehfs Vater starrte auf Adamczyk. Um seinen Mund zuckte es.

«Worum geht's?» fragte Adamczyk.

«Na also», sagte der Polizist unter ihm, und der andere fiel ihm ins Wort: «Wir wollen Ihnen nur ein paar Fragen stellen. Ein Kind ist verunglückt, ein neunjähriger Junge.»

Ehf hörte hinter sich ein Scheppern. Sie drehte sich um. Oben war die Tür geöffnet worden. Köpfe schoben sich durch den Spalt, es wurde getuschelt.

«In den meisten Ländern, die ich kenne», sagte Adamczyk und hob dabei die Schultern, «werden Kinder selten älter als neun, und kein Mensch stellt deswegen irgendwelche Fragen.»

«Jetzt reicht's!»

Ehfs Vater sprang auf Adamczyk zu, doch der Polizist hielt ihn am Arm zurück.

«Hab ich's Ihnen nicht gesagt?» flüsterte Lukis Vater gut hörbar und sah aus, als hätte er einen Preis gewonnen. Luki schielte zu Ehf hinüber. Bestimmt hoffte er, sie heulen zu sehen.

«Wir haben einen Hinweis bekommen und müssen Sie bitten mitzukommen», sagte der andere Polizist. Das Getuschel in Ehfs Rücken schwoll an. Adamczyk schlug die Hacken zusammen, winkelte den rechten Arm an und legte zwei Finger an die Stirn. Dann stieg er die letzte Stufe hinab, bis er auf einer Höhe mit den Polizisten stand. Überrascht bemerkte Ehf, wie klein er eigentlich war. Er schob die Schultern zurück, doch er blieb klein. Die Polizisten nahmen ihn in die Mitte. Lukis Vater trat zur Seite, Ehfs Vater stand ihm gegenüber, Jakob und Luki drängelten sich rechts und links neben Lukis Vater. Wie durch ein

Spalier gingen die Polizisten mit Adamczyk hindurch bis zum Tor, das noch offenstand. Sie überquerten die Straße, geleiteten Adamczyk zum Auto, und dann fuhren sie davon.

«Und Lilli?» fragte Marieluisa. Die Katze hatte sich nicht von ihr anlocken lassen. Gelangweilt hockte sie mitten auf dem Weg und leckte ihre Pfoten. Marieluisa hatte sich gegen den Müllcontainer gelehnt.

«Wer ist Lilli?» Lukis Vater sah auf seinen Sohn. Kurz flackerte so etwas wie Enttäuschung in seinem Blick auf.

«Die Ratte aus meiner Klasse», beeilte Luki sich zu erklären.

«Das schreckliche Kind», sagte Ehfs Vater tonlos. Er umfaßte das Treppengeländer und sah Ehf aus starren Augen an. Als säße sie nicht lebendig da vor ihm.

«Wir räuchern hier die ganze Bude aus, bis wir Bescheid wissen», sagte Lukis Vater, «verlaßt euch drauf. Muß nicht noch mehr passieren. Und jetzt nach Hause mit euch. Müßt ihr nicht noch Hausaufgaben machen?»

Da machte sich auf Lukis Gesicht dieselbe Enttäuschung breit, die eben noch seinen Vater befallen hatte. Vielleicht war sie einfach weitergesprungen, hatte sich festgekrallt, erst hier, dann da. Luki hatte Ehf nicht heulen gesehen, nicht einmal gezittert hatte sie. Und jetzt blieb ihm nichts anderes übrig, als hinter seinem Vater herzugehen, der schon mit Jakob und Marieluisa beim Auto stand. Er ging fast rückwärts, so oft drehte er sich um. Ehf hätte ihm am liebsten die Zunge herausgestreckt, aber sie fand es Adamczyk gegenüber unanständig, auch wenn er nicht mehr da war.

«Muß er jetzt ins Gefängnis?» fragte sie. Aber ihr Vater

antwortete nicht. Er war bleich im Gesicht. Seine Hand umklammerte das Geländer. Ehf drehte sich um. Oben waren die Köpfe verschwunden, die Tür wieder geschlossen. Alles war still. Sogar das Geräusch der vorüberfahrenden Autos war fort. Es fuhren keine Autos mehr vorüber. Lukis Vater stand mit den Kindern immer noch auf der Straße. Sie warteten. Wenn Ehf jetzt nicht aufstand, würde sie in tiefen Schlaf fallen. Ihr Vater sah bereits so aus, als schliefe er. Ehf erhob sich. Langsam stieg sie die Stufen hinunter, so wie Adamczyk eben, nur setzte sie die Sohlen vorsichtiger auf, damit die Treppe nicht gestört würde. Die Treppe schlief schon. Mit dem Zeigefinger berührte Ehf die Hand ihres Vaters. Sie nahm seinen Zeigefinger, löste ihn vom Geländer, löste dann Finger für Finger vom Metall und legte am Ende ihre Hand in seine.

«Komm», sagte sie. Er blieb stehen, als spüre er nichts.

«Ich muß noch Hausaufgaben machen», sagte Ehf, lauter jetzt.

Er blickte auf, starrte sie an.

«Ja», sagte er.

Sie führte ihn den Weg entlang, auf das Tor zu. Als sie auf die Straße hinaustraten, begann hinter ihnen die Hecke zu wachsen. Wuchs und wuchs. Hundertjahr.

Etwas schlug gegen das Fenster. Die Scheibe zitterte. Ehf öffnete das Fenster, beugte sich über den Rahmen und sah hinaus. Unten im Gras lag ein Vogel. «Ach», flüsterte Ehf. Am liebsten wäre sie die Treppe hinuntergerannt, um nachzusehen. Aber sie mußte in ihrem Zimmer bleiben. Natürlich war die Tür nicht abgeschlossen. «Das ist auch nicht nötig», sagte Ehfs Vater immer, «wenn Ehf in ihrem

Zimmer bleiben soll, dann macht sie das auch, nicht wahr, Ehf?»

Der Vogel bewegte sich nicht. Weich schien die Sonne in Ehfs Zimmer. Wenn sie sich vorbeugte, um am Apfelbaum vorbeizusehen, wurde sie geblendet. Es war noch nicht spät, halb sechs vielleicht. Ehf senkte den Kopf. Hinterm Gartenzaun, auf der anderen Straßenseite, sah sie den Jeep von Sebastians Mutter stehen. Er hatte schon dort gestanden, als ihr Vater und sie angekommen waren.

«Sie wartet im Peaceroom», hatte Ehfs Mutter gesagt und Ehf angestarrt, als sei sie ihr fremd. Wen bringst du da, schien ihr Blick zu fragen, als er zum Vater weiterwanderte.

«Wo?»

«Engelsalm.»

«Das schreckliche Kind?»

«Weg.»

«Und?»

«Ein anderer.»

«Von denen?»

«Ja.»

»Und Ehf?»

»I tell you later.»

Immer wenn sie nicht wollten, daß Ehf sie verstand, sprachen sie Englisch miteinander. Oder schickten Ehf auf ihr Zimmer. Diesmal taten sie beides. Was habe ich denn gemacht? grübelte Ehf am offenen Fenster. Nicht die Schule geschwänzt, nicht im Essen gematscht, nicht mit dem Fahrrad über den Rasen gefahren. Sie setzte sich auf die Fensterbank.

Bis auf den Vogel war der Garten leer. Kein Mensch auf der Straße. Nicht einmal Autos. Lilli war weg. Ehf blieb trotzdem auf der Fensterbank sitzen, auch wenn sie wußte, daß sie nicht Lillis schwarze Zotteln über die Gartenzaunspitzen winken sehen würde, daß sie nicht Lillis Pfeifen hören würde.

Sie war nicht im Schloß. Sonst wäre sie längst gekommen. Lilli war nicht so ein Kind, das man mit Drohungen einschüchtern konnte. Da lachte sie nur, und darum wäre sie auch hergekommen, um mit Ehf über die Polizisten zu lachen. Wo waren eigentlich ihre Eltern? Ehf schloß das Fenster. Nie hatte Lilli zugelassen, daß sie ihr folgte, wenn sie hinter der Glastür verschwand, oben am Ende der Metalltreppe. Es mußte Menschen geben, zu denen sie gehörte. Manchmal brachten sie Lilli zum Weinen, das hatte Ehf bemerkt. Hinterher. Immer war sie ein bißchen zu spät, wenn Lilli mit ihren Leuten zu tun hatte.

Sie lehnte sich gegen die Fensterbank. Flache Sonnenstrahlen krochen an ihr vorbei auf den Boden und tanzten, als sei dies ein ganz normaler Sommertag. Mit dem Fuß stieß sie sich von der Wand ab und schlich zum Bett. Im Vorübergehen strich sie über die Tasten des CD-Players, den ihr Vater ihr überlassen hatte, als er einen neuen bekam. Aber sie stellte keine Musik an. Sie hörte selten Musik. Sie nahm den schlaffen Bären vom Bett und ließ sich rückwärts in die Daunendecke fallen.

Mit seiner Flöte sei Sebastian da gewesen, hatte Adamczyk erzählt. Drinnenkinder spielten Flöte. Sie war selbst ein Drinnenkind, bevor sie Lilli kennenlernte. Sie hatte sich nichts getraut, nicht, den Autos auf der Kreuzung ein Schnippchen zu schlagen, und auch nicht, bei Dunkelheit im Wald zu bleiben. Schon gar nicht, allein zur Engelsalm zu gehen. Ehf schloß die Augen und sah den Großvater vor sich, wie er den Drachen gebaut hatte. Der war knallrot gewesen und hatte einen bunten Rautenschwanz gehabt, und es hatte ihn mächtig in Richtung Engelsalm gezogen. «Heute steht der Wind aber schlecht», hatte der Großvater gesagt.

Auf dem Kiesweg im Garten waren Schritte zu hören. Ehf sprang zum Fenster. Aber es war nicht Lilli, es war Sebastians Mutter. Sie ging zu dem Jeep hinüber und kletterte hinein. Sie brauchte dazu keinen Anlauf zu nehmen, aber leicht fiel es ihr auch nicht. Der Sitz lag noch höher als die breite Stoßstange, und die war sehr hoch. «Bullenschieber», sagte Luki dazu. «Der knackt selbst 'nen Elefantenschädel», sagte Ehfs Vater, als der Junge an der Kreuzung von einem Jeep erwischt wurde. Dabei gab es überhaupt keine Bullen in Edering, nicht einmal Kühe.

Sebastians Mutter ließ den Motor an und fuhr los. Inzwischen hatte die Dämmerung eingesetzt. Der Vogel unten lag im Schatten. «Der fliegt nicht mehr», sagte Ehf zu Olga. Lilli war fort.

«Abendbrot!» rief Ehfs Mutter im Treppenhaus.

«Liebe Lilli», schrieb Eva auf der untersten Stufe der Schultreppe, «Du warst weg, Adamczyk hatten die Polizisten mitgenommen, und ich fühlte mich zum ersten Mal im Leben wirklich schuldig. Das hatte nichts mehr mit Schuleschwänzen oder Geschirrzerschlagen zu tun. Ich hatte meinem Vater von Adamczyk erzählt, obwohl Du mich davor gewarnt hattest. Adamczyk nicht preisgeben, lautete Dein Befehl. Ich habe mich nicht wehren können, damals. Ich habe euch verloren, Dich und Adamczyk. Ich mußte Dich finden. Um jeden Preis.»

Keine Kinder. Beim Blumenladen nicht und nicht vor der Bank. Dort ging die Glastür automatisch auf und zu, eine Frau ging hinein und hinter ihr Neles Mutter. Rasch drückte sich Ehf hinter eine der Säulen, die das Vordach trugen. Das durfte keiner entdecken, daß sie durch Edering lief, während Schule war. In der Schule hatte sie gesagt, sie habe Ohrenschmerzen. Nach der zweiten Stunde, als sicher war, daß Lilli nicht mehr kam. Sie bringe morgen eine Entschuldigung mit, hatte sie Herrn Thalmeyer gesagt und war davongerannt.

Neles Mutter kam nicht wieder aus der Bank. Ehf wagte sich hinter der Säule hervor und ging weiter. Sie drückte sich an die Hauswände, behielt jeden Geschäftseingang im Blick. Von Zeit zu Zeit sah sie auf die andere Straßenseite hinüber. Sie hatte keinen Plan. Pläne funktionierten nicht, wenn es um Lilli ging.

Beim Brunnen auf der Spaziergängerbank saß Gott und trank aus einem der kleinen Fläschchen, die er manchmal im Supermarkt kaufte und manchmal auch einfach so einsteckte, je nachdem, wie es so lief mit dem Orgelspiel. Natürlich erkannte er Ehf, aber bei ihm war das egal, ihm glaubte sowieso keiner hier. Ehe er etwas sagen konnte, war Ehf schon weitergerannt.

Vor dem Schuhgeschäft blieb sie stehen. Im Schaufenster waren alle Sommerschuhe mit roten Preisschildern versehen. Drinnen probierte eine alte Frau Halbschuhe an. Ein Dutzend Paare stand vor ihr am Boden, und die Verkäuferin kniete neben dem Fußschemel, um der Dame beim Anziehen zu helfen. Ihr Mann ist gestern abend nicht nach Hause gekommen von der Arbeit, und sie hat die ganze Nacht wachgelegen, hätte Lilli erzählt. Die beiden haben beim Frühstück noch vom Abendessen geredet und was die Schuhverkäuferin einkaufen und kochen soll, und sie beeilte sich besonders nach Ladenschluß, lief heim und kochte, und dann saß sie vor dem gedeckten Tisch, und im Ofen wurde der Braten trocken, aber der Mann kam nicht.

Immer dachte Lilli sich Geschichten aus zu den Leuten, die ihnen auf ihren Steifzügen durch Edering begegneten. Von der alten Frau hätte sie bestimmt erzählt, daß sie einmal vor vielen Jahren ihren ganzen Schmuck in einem Schuhabsatz versteckt hatte, weil ihr Mann alles versoff, was ihm in die Finger kam. Doch dann versetzte er die Schuhe, die noch ganz neu waren, und als sie es bemerkte, nahm sie den hölzernen Schuhspanner und erschlug den Mann, und seitdem verbrachte sie ihre Tage in Schuhgeschäften und probierte und probierte und lauschte auf das Geräusch der Absätze beim Gehen.

Die alte Frau im Schuhgeschäft stand auf, ging ein paarmal auf und ab und schüttelte dann den Kopf. Dabei fiel ihr Blick auf die Schaufensterauslage. Einen Moment lang sahen sich die beiden an, die sich noch nie zuvor gesehen hatten, die Alte drinnen im Laden und draußen vor der Scheibe das Kind. Ehf sah das Erstaunen in den Augen der alten Dame. Aber ich habe mir das alles doch gerade erst ausgedacht, wollte sie sagen. Sie trat einen Schritt zurück. Die Sonnenstrahlen fielen auf das Glas und machten die Scheiben blind, der Vorhang fiel. Eine Frau mit Einkaufskorb ging an Ehf vorbei. «Guten Morgen», sagte sie, und Ehf erschrak. »Morgen», antwortete eine andere Frau, die an Ehf und der Frau mit dem Korb vorbeiging, und erleichtert stellte Ehf fest, daß niemand sie bemerkte. Vielleicht war sie ja unsichtbar, vielleicht, wenn die Sonne sie nur richtig traf, konnte niemand sie erkennen. Fast übermütig sah sie die Bahnhofstraße hinauf, sah viele Frauen und wenige Männer, die dort entlanggingen, sah den alten Orgelspieler noch immer auf der Bank sitzen, der ihr jetzt zuwinkte. Enttäuscht drehte Ehf sich um und lief weiter. Dabei wäre sie fast in ein altes Ehepaar hineingerannt, das eben aus dem Supermarkt kam. «Augen auf!» schimpfte der Mann, und seine Frau sah Ehf böse an. «Entschuldigung», murmelte sie, und weil die Fußgängerampel gerade Grün zeigte, überquerte sie die Straße, die letzten zwei Meter bei Rot, denn die Ampel war schon wieder umgesprungen. «Aufpassen!» hörte sie. War sie gemeint? Mit einem Schiff käme man davon, hatte Adamczyk gesagt. Adamczyk! An den hatte sie seit gestern gar nicht mehr gedacht. Im Fernsehen war mal ein Gefängnis vorgekommen, da saßen die Gefangenen auf Pritschen, hielten verbeulte Schüsseln mit Suppe auf den Knien und starrten traurig durch die Gitterstäbe auf einen kahlen Steinhof. Aber ob es das wirklich gab, wußte Ehf nicht. Wieso war neuerdings alles so folgenschwer? Und wieso waren auf einmal alle so alt?

Ehf war in eine Seitenstraße hineingelaufen, und seitdem begegneten ihr nur noch Alte, manchmal zu zweit, meistens allein mit einem Stock. Manche schoben ein Wägelchen vor sich her. Ein alter Mann wurde von einer alten Frau im Rollstuhl gefahren. Ehf blieb stehen und sah sich um. Nur Greise. Greise, die sie anstarrten. Einer drohte ihr mit dem Stock. Vielleicht war die Tageszeit falsch oder sie selbst. Sie stopfte die Hände in die Hosentaschen und hielt sich nah an der Bordsteinkante. War auf der Hut. Hätte sie einer vom Gehweg schubsen wollen, sie wäre

noch vorher über die Straße gerannt, auf die andere Seite. «Ihr kriegt uns nicht», murmelte sie. «Was?» krächzte die Alte, die gerade an ihr vorbeihumpelte, rechts ein Stock, links ein Stock. Ehf streckte ihr die Zunge heraus und war schon auf die Straße gesprungen. Bremsen quietschten, eine Hupe bellte dreimal. Da war Ehf längst drüben und sah über die Kühlerhaube des stehenden Autos hinweg, wie die Alte trotz ihrer zwei Stöcke schwankte. Auf der Hut sein. Der Autofahrer zeigte Ehf durch die Beifahrerscheibe einen Vogel. Ehf hätte ihm gern dafür den Stinkefinger gezeigt, aber das traute sie sich nicht. Nie.
«Wohl lebensmüde, was?»
Diesen Stimmbruch kannte sie. Wieso war der Boxer hier?

Über den Boxer gab es viele Geschichten.
Daß seine Mutter ihm kein Pausenbrot mitgab. Deshalb trug der Boxer den Wochenanzeiger aus, jeden Donnerstag fuhr er mit dem Fahrrad durch Edering, auf dem Gepäckträger den Zeitungsstapel, bei Regen hatte er den Wochenanzeiger in einer dicken Sporttasche verstaut, blieb bei jedem Briefkasten stehen und stopfte eines der Blättchen hinein, damit er sich beim Hausmeister oder am Bahnhofskiosk Schokoriegel kaufen konnte. Damit er sich coole Sportklamotten kaufen konnte, behauptete Simon, der auch gern solche Naikies wie der Boxer gehabt hätte.
Eigentlich hieß der Boxer Stefan. Sein Vater stand in der Sportvereinskneipe hinter der Theke und zapfte das Bier, und seine Mutter führte die Küche. Immer roch der Boxer nach Mittagessen, nie roch das gut, auf keinen Fall so gut wie am Kiosk. In der Sportvereinskneipe traf sich die Fußballherrenmannschaft nach dem Training, um all das Bier

auszutrinken, das Stefans Vater gezapft hatte, und die Mütter warteten hier auf ihre Kinder, die Tennis lernten oder Taekwondo. Die Mütter rochen nie nach Mittagessen, aber die hatten wohl auch mehr Klamotten als der Boxer. Dafür durfte der jeden Tag Pommes essen, wenn er wollte. Sagte er. Und daß er jeden Tag den Mädchen beim Duschen zusehen konnte. Wenn er wollte. Dabei war er eigentlich am liebsten auf dem Friedhof, wenn er nicht trainierte. Und den Mädchen beim Duschen zusehen, das tat eigentlich sein Vater. Behauptete Marieluisa, die jeden Mittwoch zur Leichtathletik ging. Stefans Vater übernahm neben dem Zapfen immer wieder kleinere Reparaturarbeiten in der Sporthalle und in den Umkleidekabinen. Einmal hatte Marieluisa später als die anderen die Halle verlassen und wollte gerade zum Duschen, als sie in der Ecke der Umkleidekabine Stefans Vater stehen sah. «Der hatte einen Slip in der Hand, ich schwör's euch», erklärte Marieluisa überall, wo mehrere Kinder zusammenstanden, aber von Marieluisa waren sie solche Geschichten gewöhnt.

Der Boxer jedenfalls trainierte hart. Lief jeden Tag im Stadion ein paar Runden und abends noch durch den Wald. Außerdem übte er Schießen. Das erzählte Lenz, der ihn gesehen hatte, auf der Festwiese im Winter. «Er hatte ein Gewehr angelegt und auf eine Dose geschossen, e-hecht», und daß ihm bei dem Schuß der Gewehrkolben gegen den Mund geknallt sei und ihm einen Zahn ausgeschlagen habe. Andere erzählten, den Zahn habe ihm einer der Gebrüder Wetsch ausgeschlagen, als der Boxer im Lottoladen ein Pornoheft klauen wollte. Ehf glaubte, was den Zahn betraf, an die Geschichte mit dem Feuerhaken. Den hatte sein Vater einmal hinter ihm hergeworfen, hieß es.

Auch das mit dem Friedhof erschien ihr unwahrscheinlich. Sie hatte ihn noch nie dort gesehen, und sie war schließlich regelmäßig dort, dienstlich sozusagen, zumindest als der Großvater noch lebte. Da mußte der Boxer schon nachts auf dem Friedhof gewesen sein, und das glaubte Ehf beim besten Willen nicht. Kinder gehörten nachts ins Bett. Selbst solche Kinder wie der Boxer, die in den Gruselgeschichten der anderen herumspukten.

Das einzige, was sich über den Boxer mit Gewißheit sagen ließ, war, daß er das Wochenblatt austrug, auf dem Sportplatz joggte und immer noch auf die Volksschule ging. Wahrscheinlich hatten seine Eltern einfach kein Geld für Nachhilfe. «Wahrscheinlich nützt das bei dem sowieso nichts», sagte Nele.

Auf den hat noch nie einer gewartet, hatte Ehf einmal zu Lilli gesagt. Ob es ihn auch noch trifft? «Den?» Lilli hatte den Kopf geschüttelt. «Den braucht ihr doch alle.»

Der Boxer stand auf der obersten Stufe der Treppe, die zum Eingang eines großen Ziegelbaus gehörte. An seinem Arm hing eine kleine alte Frau wie eine Tasche. «Wär schade, Süße», sagte der Boxer und grinste schief. Was wußte der schon? Ging doch immer noch zur Volksschule. «Deine Oma?» fragte Ehf und zeigte auf die faltige Taschenfrau an seinem Arm. Er nickte. Sah plötzlich traurig aus. «War sie mal», sagte er, «bevor sie hierherkam.» Mit dem Kopf deutete er auf den Eingang hinter sich. «Jetzt weiß sie nicht mal mehr das. Völlig plemplem. Wen holst du ab?»

«Ach, so eine, kennst du eh nicht…», nuschelte Ehf und tat so, als kenne sie sich aus. Der Boxer hob kurz die Hand

151

zum Gruß und zog die Alte an Ehf vorbei. «Bäbäbäbäbä», machte die, und die schlaffen Lippen versanken dabei in ihrem Mund. Ehf sah ihnen nach, wie sie den Gehweg entlangschlichen. Hier war das also. «Nie!» hatte der Großvater erklärt, als der Vater einmal vorgeschlagen hatte, gemeinsam mit ihm das Seniorenstift anzuschauen, «nur mal so, für alle Fälle.» Die Warteliste sei doch so lang. Zu Ehf hatte der Großvater gesagt, wenn er mal seinen Suppenlöffel nicht mehr selbst halten könnte, solle sie ein Brett aus dem Keller holen und ihn damit erschlagen. Zum Glück war er gestorben, ehe es soweit gekommen war. Der böse Mann zwei Häuser weiter lebte seit einem halben Jahr im Seniorenstift, und angeblich war er dort lieb geworden. «Jetzt grüßt er wieder», sagte Ehfs Mutter und daß das vielleicht am Baulärm liege, denn sie bauten gerade an beim Seniorenstift. Leider waren wieder keine Kinder eingezogen, als das Haus vom bösen, jetzt lieben Mann verkauft wurde. «Wahrscheinlich haben sie die verhökert», sagte Ehfs Vater und boxte Ehf in den Arm, «und das werden wir auch bald tun, wenn du noch frecher und teurer wirst.»

Lange war ihr schon keiner mehr entgegengekommen, als Ehf bemerkte, daß sie auf dem Weg zum Schloß war. Den letzten Teil der Strecke rannte sie. Ohne stehenzubleiben, lief Ehf am Müllcontainer vorbei, sprang die Metalltreppe hinauf, daß es schepperte, und schlug oben mit beiden Fäusten gegen die Alutür, hinter der Lilli immer wortlos verschwunden war.

«Aufmachen!» brüllte sie, noch mal und noch mal: «Aufmachen!» Irgendwann bewegte sich die Klinke. Ehf sprang zurück. Beinahe wäre sie gegen das Geländer gefallen, an dem Lilli am Tag zuvor geturnt hatte. Die Tür öffnete sich einen Spaltbreit. Ein Gesicht erschien, ein heller Fleck im Dunkel dahinter. Eine Frau. Sie sah Ehf aus müden Augen an, die waren so teergrau wie die Haare, die ihr strähnig in die Stirn hingen und bis auf die Schultern fielen. Das Gesicht erinnerte Ehf an Spinnweb. Ein staubiges, dichtgewebtes Spinnennetz. Ehf umklammerte das Geländer und erklärte zaghaft: «Ich suche eine Freundin. Sie wohnt hier. Sie heißt Lilith Rifka. Wissen Sie...» Weiter kam sie nicht. Die Frau war auf sie zugesprungen, ihre dünnen langen Finger hatten sich in Ehfs Schultern gekrallt, ihre Augen begannen, Ehf auszusaugen. Dabei zischte sie vor sich hin, ohne Worte, als sammele sie genügend Spucke im Mund, um sie Ehf ins Gesicht zu schleudern. Ehf hob die Arme zum Schutz hoch. «Bitte, ich...», stammelte sie, «ich wollte doch nur, bitte...» Plötzlich ließ die Spinne ab von ihr. Jemand sagte etwas in einer fremden Sprache. Ein Mann stand auf einmal bei ihnen, Adamczyk.

Ehf warf sich in seine Arme und fing an zu schluchzen. Adamczyk hielt sie fest, setzte sich mit ihr auf die oberste Stufe, hielt sie auf dem Schoß. Genauso hatte sie früher der Großvater getröstet. «Kleine Gören», sagte Adamczyk, «ist ja gut, ist alles gut.» Wie zum Trost begann er zu summen. Und Ehf, die unendlich müde war, hatte das Gefühl, gerade erst aus einem bösen Traum erwacht zu sein.

Hinter ihnen raschelte es. Ehf wagte nicht hochzusehen, aber es mußte wohl die Spinne sein. Die war noch immer da. Adamczyk unterbrach sein Summen und redete wieder in dieser fremden Sprache. Ehf wischte sich mit dem Ärmel durchs Gesicht. Sie wollte nicht weinen. Sie war zu groß dafür. «Wo haben sie dich hingebracht?» fragte sie mit belegter Stimme. Adamczyk legte ihr den Finger auf den Mund. «Ist alles gut, Prinzessin», sagte er. Hinter ihnen knallte die Alutür zu. Adamczyk begann wieder zu summen. Er schaukelte mit dem Oberkörper hin und her, wiegte dabei Ehf, als halte er ein Baby in seinen Armen. Am liebsten wäre Ehf einfach eingeschlafen. Von fern hörte sie Adamczyk irgendwann sagen: «Wo ist sie?»

Ehf machte sich los. Das mußte die Spinne ihm eingeredet haben. Wie kam er sonst auf Lilli und darauf, daß Ehf wissen könnte, wo sie war?

«Ich habe sie gewarnt», murmelte er, «ich habe gesagt: Wenn sie dich beim Namen nennen, bist du verloren, kleine Göre.»

«Warum?» fragte Ehf, «was ist mit ihrem Namen?»

Adamczyk wiegte sich immer noch vor und zurück. «Kindstod, Kindstod», stieß er aus, und kleine Spucke-tropfen fielen auf seine verschränkten Arme. «Wer ist schuld? Wer ist schuld? Geht nachts die Dämonin um, holt die Kinder, lirum, larum.»

Ehf stand auf. Er war ihr fremd, der Alte, seine Spucke war ihr widerlich. Vielleicht war er verrückt? Genau wie die Spinne, vor der er sie bewahrt hat.

Sie sprang die Stufen hinunter. Adamczyk schreckte hoch. «Warte!» rief er Ehf nach. «Warte! Bleib doch stehen! Sie wollte dich nicht erschrecken. Sie hat nur Angst um ihr Kind.»

Ehf drehte sich um. «Ist sie …»

Adamczyk nickte. «Lillis Mutter.»

«Du kamst aus dem Krieg, Lilli. Das klang nach Abenteuer für uns Drinnenkinder. Nach Blitz und Donner und Noch-einmal-davongekommen. Wir hatten keine Vorstellung davon, was Krieg im Kopf eines Kindes anrichtet. Wir waren selbst Kinder. War doch alles nur Spiel, haben wir gesagt, den Erwachsenen nachgeplappert, die uns das weismachten. Spielt ihr mal schön. Daß wir selber mittendrin steckten, daß Krieg herrschte, hast nur Du gewußt. Die Ausmaße sehe ich heute. Es gibt keine Kinder mehr in Edering.»

Beinahe blind stolperte Ehf durch den Wald. Sie hatte Lilli aus den Augen verloren, was sollte sie da noch sehen? Die Hitze stach auf dem Kopf, legte sich klebrig auf Arme und Beine. Kann sein, daß es auch an den Tränen lag, daß sie nichts sah. Aber Ehf ließ die Tränen nicht gelten. Wer neun ist, weint nicht mehr. Sie stolperte, fiel, das Knie brannte vor Schmerz. Geschah ihr recht. Eine Freundin wie Lilli verlor man nicht einfach.

«Geh nach Hause», hatte Adamczyk gesagt und sie sanft die Treppe hinuntergeschoben. Bestimmt glaubte er auch, daß Ehf schuld war. Sie durfte nicht auf die Engelsalm, sie brachte nur das Unglück dorthin. «Geh nach Hause», hatte Adamczyk gesagt. Er wußte immer, was er sagte.

Oder die Wolken waren schuld. Sie waren plötzlich aufgetaucht und verfinsterten diesen hohen Julihimmel. Darum konnte Ehf nichts mehr sehen, nicht den Weg vor ihren Füßen und die Füße selbst nicht mehr. Sie stolperte weiter. Wind kam auf, ein Zweig peitschte Ehf ins Gesicht. Aber sie mußte weiter. Sie mußte es doch wiedergutmachen. Das hätte ihr längst einfallen müssen. Beim Nasenbaum erlaubte sie sich eine kurze Pause. Sie umarmte ihn und kratzte sich die Stirn an seiner Rinde auf.

In der Ferne grummelte es. Sie drückte einen Kuß auf den Rand eines Astloches, und dann stolperte sie weiter. Wo waren die Vögel? Ein oder zwei versuchten zaghaft zu zwitschern, es klang jedesmal wie eine Frage. Die anderen schwiegen. Dann tauchte auf einmal der Kriechgang auf. Ehf bückte sich. Seit dem letzten Mal war er völlig zugewuchert. Ehf kroch durch das Gestrüpp. Unter ihren Knien knackte es. Der Boden war strohtrocken. Hölzchen und spitze Nadeln stachen ihr in die Hände. Fliegen setzten sich auf ihre Nase. Sie rieb mit dem Unterarm über das Gesicht, um sie wegzuwischen, aber da klebten schon die nächsten darauf. Endlich hatte sie die Lichtung erreicht. Sie drückte die Zweige der letzten Sträucher zu Boden, zwängte sich hindurch und wollte aufstehen. In dem Augenblick zuckte ein Blitz über die Baumwipfel hinweg. Ehf erstarrte. Am Baumhaus im Blitzlicht, neben der Leiter, hatte sie jemanden hängen sehen. Ein Windstoß fegte über die Lichtung. Hatte sie sich getäuscht? Es blitzte wieder, donnerte dann. Jemand schrie. Das war Ehf. Der Wind hatte die Gestalt ergriffen und schüttelte sie. In dem Moment begann es zu regnen. Das Wasser tropfte aus Ehfs Haaren, tropfte von den Ästen und Zweiglein, und es mußte tropfen von der Gestalt am Baumhaus.

«Geh nach Hause», hatte Adamczyk gesagt. Geh hin, sagte der Regen. Geh zum Baumhaus. Jetzt sah Ehf doch hin. Ein Müllsack, bloß ein alter, ausgeblichener Müllsack hing da vom Baumhaus herab, mit einer Schnur oben am Eingang, neben der Leiter, festgemacht. Wie damals in der Freinacht, am Kirschbaum im Bürgermeistergarten. Der war voll mit nassem Klopapier, ein richtiger Plumpsack. Und dieser hier? Ehf lachte, als sie die Leiter hochkletterte, lachte, als sie abrutschte und wieder auf die feuchten Sprossen stieg. Sie hielt sich fest, schlug mit der freien Hand gegen den Müllsack und lachte, lachte, lachte. Der war leer. Darum blähte der sich auch so auf. Ehf zog und zerrte, bis der Plastikbeutel ihr auf die Schultern fiel. Ein Regenmantel, den sie jetzt auch nicht mehr brauchte, so tropfnaß war sie längst. Ehf lachte in die nächsten Blitze hinein und ließ sich fotografieren, hier auf der Leiter, mit ihrem schicken, beinahe noch blauen Regenmantel.

Erleichtert zog sie sich die letzte Sprosse hoch und schwang sich ins Innere. Den Müllsack zog sie hinter sich her und ließ ihn auf der Schwelle liegen. Hier war lange schon keiner mehr gewesen. Es roch nach feuchtem Holz, der Boden war klamm. Trotzdem setzte Ehf sich hin und zog die Turnschuhe aus. Auch die durchweichten Söckchen streifte sie von den Füßen.

Was waren die Kinder noch klein gewesen, als sie das Baumhaus gebaut hatten, kurz nach Ostern. Ein Unterschlupf, hatte Lilli gesagt. Ha! Damals hatten sie doch bloß gespielt. Obwohl, Lilli hatte nie gespielt. Ihr war immer alles gleich ernst gewesen. Komisch, daß es jetzt, wo sie fort war, wirklich ernst wurde. Sie ließ sich zurücksinken und streckte sich auf dem Boden aus. Der Regen trommelte auf die Holzlatten über ihr. Noch einmal donnerte es. Sie hatte Lilli nicht gefunden. Und wenn jetzt ein Blitz das Baumhaus träfe? Ehf setzte sich wieder auf und griff nach ihren Socken und Schuhen. Sie mußte weitersuchen. Nichts war mehr sicher. Nie wieder.

Große Ferien

Und dann schlug die böse Fee ihren Chiffonschal um die Schulter und trampelte in ihren Reitstiefeln aus dem Saal. Ehf saß in der dritten Reihe der Dreifachturnhalle und langweilte sich. Die Kleinen spielten Dornröschen für die Schulwechsler. Zuschauen durfte die ganze Schule. Vor dem Geräteraum standen bemalte Stellwände und davor ein mit Goldpapier beklebter Campingstuhl, ein Tapeziertisch voll mit Gold beklebten Plastikbechern und in der Ecke, so daß man es die ganze Zeit über schon sah, ein Spinnrad. Neben dem Spinnrad saß Frau Leitner, die Turnlehrerin, und sprach den ganzen Text mit. Theater war ihre Leidenschaft, sagte sie immer am Elternsprechtag. Letztes Jahr hatten sie Rumpelstilzchen gespielt. Ehf war die Müllerstochter gewesen. «Ängstlicher», hatte Frau Leitner ihr immer erklärt, «du mußt viel ängstlicher sein.» Dabei war das gar nicht möglich, weil sie Lenz, der das Rumpelstilzchen spielte, ein Kapuzenmäntelchen verpaßt hatte, mit dem er aussah wie der kleinste Zwerg von Schneewittchen. Den Mantel falsch herum anziehen und zwei Augenlöcher in die Kapuze schneiden, hatte Luki vorgeschlagen, aber Frau Leitner war damit nicht einverstanden gewesen.

Man hörte sie bis in die dritte Reihe, wie sie den Text mitsprach. Manchmal hörte man nur sie. Aber auch ohne ihr Soufflieren hätte Ehf immer gewußt, was als nächstes kommen würde. Sie langweilte sich unendlich. Dornröschen tat so, als hätte es das Spinnrad eben erst entdeckt und stach sich sehr brav an der Spindel, und als Nächstes würde es Zeugnisse geben, die kannten sie auch schon alle. Fast die ganze Klasse sollte nach den Ferien aufs Gymnasium gehen, fast jedes Kind auf ein anderes. Ehf war in der Stadt angemeldet, zehn Kilometer mit dem Bus bis zur Schule.

Dornröschen fiel um und tat so, als ob es schliefe. Und der Koch tat, als ob er den Küchenjungen tatsächlich nicht weiter ohrfeigen könnte. Und alle taten so, als würden sie Frau Leitner einen großen Gefallen tun. Vermutlich taten sie das auch. Inzwischen konnte man sie nicht einmal mehr in der dritten Reihe verstehen, so laut war es in der Dreifachturnhalle. «Ruhe!» rief ab und zu ein Lehrer, aber das nützte nichts, das wußte jeder hier. Das gehörte zum Spiel wie die golden beklebten Plastikbecher und das unübersehbare Spinnrad. Nach den Zeugnissen würden die Schulwechsler auf den Friedhof gehen wegen Sebastian, der heute kein Zeugnis bekam. Und als nächstes wären dann große Ferien.

Da wuchs die Hecke riesenhoch, riesenhoch, riesenhoch. Anderthalb Meter hoch, Bambusrohre mit Kreppapier. Der Prinz trat auf und spielte Reiten ohne Pferd. Ein paar Bambusrohre suchten nach seinem Kopf, und jetzt hätte es spannend werden können, denn er schlug mit seinem Pappschwert auf sie ein, und sie pfiffen durch die Luft um ihn her. «Lücke! Lü-hücke!!» schrie Frau Leitner hysterisch, und die verabredete Lücke tat sich auf. Der Prinz warf sich auf Dornröschen und versuchte, ihr einen Zungenkuß zu geben, den sie mit Kratzen und Spucken ver-

159

hindern wollte. Daraufhin ging der Rest der Vorstellung in einem ohrenbetäubenden Trampeln, Pfeifen und Johlen unter, während Frau Leitner in Tränen ausbrach. Wie jedes Jahr.

Dann gab es Zeugnisse. Die lagen auf den Lehrerpulten in den Klassenzimmern, in die man die Kinder zurückgeschickt hatte. Und die dreizehnte Fee hob das Todesurteil auf und verwandelte es in Schlaf auf Bewährung. Neun Jahre vielleicht, wenn sie Glück hatten. Auf dem Lehrerpult in Ehfs Klassenzimmer fehlten zwei Zeugnisse. Das von Sebastian hatte nicht mehr geschrieben werden müssen, und das von Lilli war von vornherein nicht vorgesehen gewesen. Natürlich war Lilli nicht gekommen. Natürlich hatte niemand damit gerechnet. Bis auf Ehf, die nicht wirklich gerechnet hatte, das lag ihr nicht, aber gehofft hatte sie, wie gestern. Wie sonst. Umsonst, Lilli kam nicht, ließ sich nicht sagen, daß ihre Versetzung nicht vorgesehen war.

«Wir sehen uns dann nachher», sagte Herr Thalmeyer zu Ehf, als er ihr das Zeugnis gab. Einen Augenblick lang sah er so aus, als sei er wirklich traurig oder müde. Schon öfter war Ehf aufgefallen, daß dies für die Erwachsenen das gleiche bedeutete. Sie nickte unter Herrn Thalmeyers müden, traurigen Blicken und steckte das dünne Blättchen in die Klarsichtfolie, die ihr die Mutter am Morgen dafür mitgegeben hatte.

Herr Thalmeyer wollte zum Abschied noch ein Lied singen, schließlich würden sie sich nach den großen Ferien nicht wiedersehen, aber die Kinder hatten keine Lust und Herr Thalmeyer eigentlich auch nicht, das paßte auch überhaupt nicht zu Herrn Thalmeyer, singen. Also taten alle so, als wäre nichts. Vielleicht hatte die gute Fee es doch wieder hingebogen, morgen würde Schule sein wie immer, und alle blieben an ihrem Platz, keiner versetzt, und niemand wäre gestorben. Es gongte.

Die Kinder lärmten, lachten, trampelten auf der Metalltreppe, und dann stand Ehf draußen auf dem Schulhof, mitten im Gedränge. «Beeil dich», hatte die Mutter am Morgen gesagt, als sie ihr die Klarsichtfolie für das Zeugnis in die Schultasche steckte, «wir wollen vorher noch essen, und du mußt dich umziehen.» Die Kinder schubsten und schoben rings um Ehf, jemand stieß sie an die Schulter. «Warte!» brüllte eine Stimme nah an ihrem Ohr. «Bis gleich!» rief Nele ihr hinterher, als sie losrannte, über den Parkplatz und am Bahnhofskiosk vorbei, dann um die Ecke, denn vor der Bahnunterführung machte die Straße einen Knick. Darum konnte sie auch jetzt erst Jakob sehen, der vor der Unterführung wartete. Sofort blieb sie stehen. Jakob hielt etwas in der Hand, etwas Kleines, Blitzendes. Er hatte sie schon gesehen. Jakob trug Trauer, schwarzes Shirt und eine schwarze Hose, so würde er nachher auf die Beerdigung gehen. «Los, heim!» rief er ihr entgegen, «Mama wartet!» Ehf blickte sich um. Da war niemand hinter ihr, niemand auf der anderen Straßenseite. Keine Menschenseele. «Jetzt siehst du ganz schön alt aus, was?» rief Jakob und kam langsam auf sie zu. «Ohne die tolle Lilli, hä?» Ehfs Herz raste.

Fanfaren erklangen, Hufe trappelten, der Prinz kam im gestreckten Galopp und griff, noch vom Pferd aus, nach Jakobs Arm. Der Prinz trug Turnschuhe ohne Schnürsenkel und hatte Pickel im Gesicht, und als Ehf ihn erkannte, war auch das Pferd nicht mehr da. Der Boxer. «Hau ab», sagte er zu Jakob und ließ ihn los. Dabei fiel das blitzende Ding aus Jakobs Hand. Mit einem hellen Ton schlug es auf den Asphalt. Ein Messer. Jakob bückte sich und wollte es aufheben. So schnell, wie Ehf es ihm nie zugetraut hätte, setzte der Boxer einen Fuß darauf. Jakob zog seine Hand zurück und sah den Boxer von unten her an, mit weit aufgerissenen Augen. Der Boxer spuckte aus, der Rotz landete neben Jakobs Knie. Der drehte sich, noch in der Hocke, auf dem Absatz um, machte einen Satz und rannte, den Kopf gesenkt, so schnell er konnte, davon.

Überrascht stellte Ehf fest, daß er ihr leid tat. Der, dem sie Dank schuldete, hob das Messer auf und steckte es ein. «Lieb von dir», murmelte Ehf. Jetzt mußte der Prinz huldvoll nicken, auf sein Pferd springen und davongaloppieren, wild und majestätisch. Aber der Boxer blieb stehen. «Danke», sagte Ehf und tat einen Schritt und noch einen. Wortlos schloß er sich ihr an. Was sollte sie machen, er hatte sie gerettet, sie schuldete ihm was. «Soll ich uns Bonbons holen?» fragte sie und deutete auf die Apotheke. «Was?» fragte der Boxer. Was wollte er? Beim Bäckerladen schwieg sie und schaute nach rechts, dann nach links, bevor sie die Straße überquerte. Er sah immer nur auf seine Schuhe. Ging neben ihr her wie ein Hund, gleich würde er zuschnappen. Ehf ging schneller. Er hielt Schritt. Nebeneinander gingen sie mit schnellen Schritten die kleine Anliegerstraße entlang, fast rannten sie jetzt. Da war der Gartenzaun, endlich, Ehf stürmte auf das kleine Tor zu und griff nach der Klinke. «Also, vielen Dank noch mal», stieß sie aus. «Mmhm», machte der Boxer. Er stand direkt vor ihr, die Hände in den Taschen. Mit der Fußspitze stieß er sacht gegen ihr Schienbein. «Was krieg ich jetzt?»

162

Ihre Blicke trafen sich. Seine Augen blitzten auf wie eben das Messer in Jakobs Hand. Er versuchte ein Lächeln. Ehf überwand sich, streckte sich auf die Zehenspitzen und drückte ihm einen Kuß auf die Wange. Die war rauh und stach an ihren Lippen. Sie drückte die Klinke herunter. «Nicht so billig», sagte der Boxer, seine Stimme klang noch brüchiger als sonst. Er zog die Hände aus den Taschen und faßte nach ihrem Arm. «Ich will was Richtiges.» Warum sah sie denn niemand? Was denn, wollte sie fragen, doch nichts kam über ihre Lippen. Vielleicht, weil ihr die Luft wegblieb, oder war es die Spucke? Die Sprache? Er hatte auch Angst. Seine Hand, mit der er noch immer ihren Arm umklammerte, zitterte leicht. Auch seine Stimme zitterte, als er sagte: «Hab ich noch nie... Wollte ich immer schon... Ist mein größter Wunsch...»

Dann ließ er sie los. Er steckte den Zeigefinger in den Mund, biß auf dem Nagel herum, stieß zwischen den Zähnen aus: «Einen Toten. Du sollst mir einen Toten zeigen.» «Na klar!» rief Ehf, beinahe fröhlich jetzt, «ich sag dir Bescheid, wenn wieder einer da ist.» Sie warf sich gegen das Tor, flog beinahe über den Weg auf die Haustür zu. Vom Kirschbaum flatterte eine erschrockene Schwarzdrossel auf, und oben am Himmel zog ein silbrig dünner Pfeil, der ein Flugzeug war, einen harten, nach hinten zu immer weicher werdenden Strich zwischen die Wolken.

So begannen in diesem Jahr die großen Ferien.

Vom Bahnhof wehte eine Lautsprecheransage herüber. Eva hob den Kopf. Es mußte auf Mittag zugehen. Sie krallte die Zehen zusammen.

Mütterlein war heimgekommen und keines ihrer Kinder

mehr da. War das Weinen groß und die Frage laut, so laut hallte sie über den leeren Schulhof, was habe ich getan? Eva erschrak. Wieder legte sie den Kopf schräg, um zu lauschen, aber da war nichts. Auch der Bahnhofslautsprecher schwieg.

Was haben sie getan, die Ederinger, daß ihre Kinder fort sind?

Genau in dem Moment, als alle fünf Scheinwerfer gleichzeitig aufglühten, schob sich die einzige Wolke dieses Julihimmels vor die Sonne. Aber das dauerte nur so lange, wie der Bürgermeister von Edering brauchte, um sich, beobachtet von einer Fernsehkamera und drei Fotografen, in das Kondolenzbuch einzutragen. Dann strahlte die Sonne wieder mit dem Kunstlicht um die Wette. Es war noch lange nicht ausgemacht, wer sich tiefer einbrennen würde in die Haut der Trauergemeinde.

«Noch mehr als bei dem Gleisunfall», sagte Ehfs Vater gerade zu Herrn Hampel von der freiwilligen Feuerwehr, als Ehf an der Seite ihrer Mutter auf dem Kapellenvorplatz eintraf. Die Strumpfhose juckte unerträglich. Am liebsten hätte Ehf sie sich sofort von den Beinen gerissen. Sie zupfte daran, kratzte, blickte auf und sah in das starre Auge einer Fotokamera.

«Hast du ihn auch gekannt?» fragte eine Stimme neben der Kamera. Die Stimme gehörte zu einer dünnen Frau mit dickem Lippenstift. Sie lächelte Ehf an. «...schon auffällig», hörte sie in ihrem Rücken Herrn Thalmeyer sagen, «hat aber mit der Schule meiner Meinung nach überhaupt nichts...» «Meine Tochter hat den Jungen gefunden», erklärte Ehfs Mutter leicht ungeduldig der Frau mit dem dicken Lippenstift. Die ging in die Knie. «Das war sicher ganz, ganz schlimm für dich.» Mit dem Finger drückte sie auf einen Kugelschreiberkopf. «…noch kein einziger Mord, gottlob», sagte Herr Thalmeyer hinter Ehf. Das schwarze Samtkleid klebte an ihrem Rücken. Die Frau mußte sie für fünf, höchstens sechs halten, so klein machte sie sich. «Hast du jetzt Angst?» fragte sie. «Als Kind, hier in Edering?» Ehf sah ihre Mutter an. Die zog die Mundwinkel herunter, und ihre Augen verengten sich. «So was passiert auch in anderen Orten», sagte sie scharf und zog Ehf an der Hand weiter. Im Gehen drehte Ehf sich um. Sie sah, wie die Lippenstiftfrau sich mit dem Fotografen über die Kamera beugte. Mit der Schulter stieß Ehf gegen etwas Weiches. «Paß doch auf», schimpfte eine heisere Stimme. Sie drehte sich wieder um und erkannte den bösen Nachbarn von früher, der jetzt im Seniorenstift lebte und dort lieb geworden sein sollte. Er erkannte sie nicht. Schimpfend humpelte er an ihr vorbei.

Ehf stellte sich vor, eine Kamera zu sein. Den bösen, sich lieb stellenden Alten blendete ihr Kameraauge weg. Ruhig schweifte es über den Kapellenvorplatz. Zog einen Bogen quer durch den Rahmen, den die Scheinwerfer abgesteckt hatten. Ehf war eine Kamera geworden, und in ihrem Kopf stand der Monitor. Der zeigte ihr die Ausbeute sofort. Sie sah die Kinder der Klasse Vier E in Grüppchen herum-stehen. Das Schwarz ihrer Kleider stand ihnen gut. Ihre Gesichter waren ernst, sie versuchten, aneinander vor-beizusehen, betrachteten den asphaltierten Boden, ihre Schuhspitzen, die Knöpfe an ihren Hemden und Blusen. Die Mitschüler des Jungen, sagte eine gedämpfte Stimme in Ehfs Kopf, dort, wo der Monitor stand. Sie sind fassungslos und vielleicht auch ein wenig verängstigt, denn: Es hätte auch einer von ihnen sein können. Da stehen Nachbarn – die Kamera folgte der Stimme des Kommentators –, Ederinger Mitbürger, die schon wieder hilflos mitansehen müssen, wie eines ihrer Kinder zu Grabe getragen wird. Die Kamera zoomte einen Mann mittleren Alters heran, sein Gesicht füllte den Monitor aus. Es war grau und leer. Der Vater, erklärte der Kommentator den Zuschauern, er lebt getrennt von seiner Frau. Als er von dem Unfall erfuhr, ist er natürlich sofort nach Edering gekommen, aber er wohnt im Hotel. Seine Exfrau – die Kamera trennte sich von dem erstarrten Männergesicht und saugte sich an den leergeweinten Augen von Sebastians Mutter fest –, die Mutter des Jungen, erleidet nach dem Schicksal der Verlassenen und Alleinerziehenden nun auch noch das der Hinterbliebenen. Die ganze Tragik des Geschehens kann man im Gesicht dieser Frau ablesen. Hinterblieben sind sie alle, sagte der Kommentator der Monitorbilder in Ehfs Kopf mit routiniert düsterer Stimme, denn Edering verliert seine Kinder, eins nach dem anderen. Welches wird das nächste sein? Die Kamera wanderte scheinbar wahllos über den Kapellenvorplatz, blieb kurz an Simons Gestalt hängen, krallte sich an Luki fest, zoomte Nele heran. Auf Ehfs Monitor erschien ein Gesicht in Großaufnahme, die Augen niedergeschlagen, die Lippen zusammengepreßt. Ehf konzentrierte sich, da klappten die Augenlider auf, und sie blickte in das Kranzschleifenschwarz der Augen von Lilli.

Eine Kamerafahrt durch die Friedhofskapelle, mit Orgelmusik unterlegt, wurde eingeblendet. Wild und berauschend brandete sie auf, ungewohnt dynamisch nannte der

166

Kommentator das Orgelspiel von Gott, den er nicht kannte, beinahe befremdlich. Die Disharmoniewellen schäumten über die Köpfe der Trauernden hinweg. Erst als die Kamera bei einzelnen verweilte, ebbte das Spiel des alten Orgelspielers langsam ab.

Die Eltern, raunte der Kommentator, hier sitzen sie nebeneinander wie schon lange nicht mehr. Die besten Freunde – die Kamera zeigte nacheinander Jakob, Luki, Simon und Marieluisa. Sie saßen da wie Kinder vorm Fernseher. Die Lehrer. Auf dem Monitor erschien das Gesicht von Herrn Thalmeyer, der aussah, als schliefe er. Es folgte das Gesicht von Frau Leitner. Wie kann so jemand Turnlehrerin sein, mußte man sich beim Anblick des eingefrorenen Häkellächelns fragen. Die Apothekerin und die Lottobrüder kannte der Kommentator nicht, darum ließ er die Gesichter ebenso schweigend vorübergleiten wie die von Ferdinande und Herrn Hampel. Erst beim Schwenk auf die andere Seite ergriff der Kommentator wieder das Wort. Gleich vorne links, in der zweiten Reihe, der ortsansässige Bestattungsunternehmer, der eine traurige Konjunktur zu verzeichnen hat. Neben ihm seine Frau und seine Tochter, ein Kind im Alter des Verunglückten. Ehf war eine Kamera geworden, der Anblick des eigenen Gesichtes auf dem Monitor in ihrem Kopf berührte sie nicht mehr als der des Gesichtes von Frau Leitner. Sie konzentrierte sich auf die gedämpfte Kommentatorenstimme. Wie mag dem Bestatter zumute sein? Als Vater? Als Mitbürger? In der Reihe hinter ihm der Bürgermeister, der Schuldirektor, die Vertreter des Gemeinderats. Der Bürgermeister war der Älteste unter ihnen, ein kleiner dicker Mann ohne Hals. Jetzt setzte die Orgel wieder ein, es erklang «Mitten wir im Leben sind», und auf dem Monitor waren singende Menschen in Kirchenbänken zu sehen, wie bei einer Prinzenhochzeit. Nur gab es kein Bild vom Prinzen. Dann, bei dem «Wer ist, der uns Hilfe bringt», schwenkte die Kamera zum ersten Mal auf den Sarg, ließ ihn links im Bild, leicht angeschnitten und pietätvoll im Hintergrund. Der Kommentator schwieg, denn jetzt trat der Pfarrer an das Pult, ordnete ein paar lose Blätter, öffnete sein Brillenetui, und an dieser Stelle wurde, noch ehe das Lied zu Ende gesungen war, weich ausgeblendet.

«Ein Kind aus unserer Gemeinde», sagte später der Bürgermeister am offenen Grab, «ein Sohn Ederings, aus unserer Mitte herausgerissen, aus dem Leben gerissen», sagte der Bürgermeister, ohne ein einziges Mal die Stimme zu senken, «aus welchem Leben, fragen wir uns, er hatte es doch noch vor sich, das Leben», sagte der Bürgermeister, an dessen Hals es bedrohlich zu pochen begann, «verunglückt, was heißt das überhaupt, ausgerechnet in unserem Fluß, der doch immer ein Glück war für die Gemeinde, der sie entstehen ließ, ihr Wachstum und Gedeihen bescherte», sagte der Bürgermeister, «der das Gewerbe anlockte in diese Gegend, aber er war natürlich auch immer eine Grenze, ein Halte-Ein-Ruf, naturgemäß, der gehört sein wollte, und natürlich gab es immer Mißachter, gab es Verführer, die den Ederingern weismachen wollten, ein Fluß sei ein gütiger Freund, wir brauchten keine Brückenerweiterung, Verführer, die uns weismachen wollten, wir brauchten keine Begradigung und keine Umgehungsstraße, und das sei alles Naturschutzgebiet, aber ich sage Ihnen, liebe Mitbürgerinnen und Mitbürger, die Gewerbeeinnahmen sind bedrohlich rückläufig, lebensbedrohlich geradezu für Edering», sagte der Bürgermeister, und die Kamera fuhr über verwirrte Gesichter, in denen langsam Empörung aufkeimte, während das Gesicht des Bürgermeisters immer mehr anschwoll, «aber wir sind nicht da, um zu richten», sagte der Bürgermeister, «wir tragen ein Kind zu Grabe, einen Sohn Ederings, der zu jung starb, gewiß, aber was heißt das schon, zu jung, ist es nicht vielleicht sogar eine besondere Ehre, jung abberufen zu werden, so wie doch alles geadelt wird dadurch, daß es im Dunstkreis der Jugend geschieht», sagte der Bürgermeister und griff nach dem Schäufelchen neben sich, «und so nehmen wir denn Abschied von diesem guten Jungen, den sein Tod in jungen Jahren adelt, Amen.» Erde auf Holz. Darüber, weit entfernt, das Geräusch eines Jumbos im Landeanflug. Die Kamera suchte vergeblich nach Bäumen, auf denen Vögel hätten klagen können oder wenigstens leise singen. Bäume gab es nicht. Dies war der neue Teil des Friedhofs, und die Trauergäste waren der Julihitze gnadenlos ausgeliefert. Die Kamera zeigte Sommerhutkollektionen auf Damenköpfen, Stroh dominierte, gefolgt von Baumwoll-Canvas im Trapperschnitt. Panama schien ganz aus der Mode gekommen. Herrenhüte waren nicht auszumachen, von einer Ausnahme abgesehen, die zierte das Köpfchen der Tochter des Bestattungsunternehmers. Gerade wurde sie von ihrer Mutter, die tonlos mit ihr zu schimpfen begann, unsanft an der Hand gezogen. Die Tochter riß sich los und lief aus dem Monitorrahmen hinaus, doch die Kamera hatte sie schon wieder, zeigte, wie sie vor dem offenen Grab stand und formvollendet den Hut vom Kopf nahm.

«Der Bub war oft erkältet», sagte die Apothekerin auf dem Bildschirm, «seine Mutter ist eine meiner besten Kundinnen. Zwölfmal Schnupfen im Jahr, ist das denn normal, hat sie mich mal gefragt. Aber ich bitte Sie, das ist doch völlig normal. Die Kinder sind eben heute anfälliger als früher, schon allein wegen der Heizung. In einem unserer Blättchen stand mal, das soll sogar gut sein für die Abwehr, so oft einen Infekt zu haben. Andererseits, irgendwas stimmt dann ja wohl doch nicht mit der Abwehr. Aber bitte, ich bin kein Arzt. Was wollten Sie gleich wissen? Ach ja. Nein, aufgefallen ist mir nichts an dem Buben. Der war, wie sie alle sind. Außer das mit dem Schnupfen vielleicht. Aber den haben die ja auch alle, wie gesagt.»

«Vielversprechend», erklärte der Schuldirektor den Zuschauern, «äußerst vielversprechend. Keine Ausfälle, vor allem in den Kernfächern nicht. Bißchen zaghaft vielleicht im Turnunterricht, bißchen verzärtelt, kein Interesse am Bodenkontakt. Aber Übertritt – spielend geschafft. Wäre ein guter Gymnasiast geworden.»

«Ja, das war ein prima Kerl», sagte Herr Hampel von der freiwilligen Feuerwehr, «ich weiß noch, da war er noch ganz klein, da ist mal der Kindergarten zu uns gekommen ins Gerätehaus, da war er dabei. Mach mal tatütata, hat er gesagt, mach doch mal tatütata. Ja, und so ist er dann selbst abgeholt worden, mit Tatütata und Blaulicht und dem ganzen Programm. Rennt der kleine Kerl vor ein Auto, unten an der Kreuzung. Diese Jeeps gehören verboten.»

«Ich weiß nicht», sagte der kleinere der Gebrüder Wetsch, und sein Gesicht füllte den ganzen Monitor aus, so beständig wiegte er den Kopf hin und her, «ich weiß ja wirklich nicht, aber jedesmal, wenn wieder ein Kind umkommt, ist dieses Mädchen in der Nähe. Wissen Sie, so ein schwarzes Ding aus dem Asylheim da hinten Richtung See. Ich will nicht sagen, daß die schuld ist. Darf man ja nicht mehr sagen, so was. Aber die redet den Kindern solchen Quatsch ein. Im Fluß baden. Gibt doch ein Freibad. Gibt so viel für Kinder hier. Den schönen Spielplatz. Und so weiter. Der Bürgermeister sieht das ja auch so.»

«Kinder?» sagte der böse Nachbar, der im Altenheim lieb geworden sein soll, «was denn für Kinder?»

Im Straßenstaub lag ein Schnuller. Eva fand ihn, als sie vor dem Schultor vergeblich versuchte, die Straße zu überqueren. Der Verkehr hatte zugenommen, sie kam nicht hinüber, es schien, als sei ihr der Weg nach Hause versperrt.

Mit dem großen Zeh kickte sie den Schnuller in den nächsten Gully. Er wurde ja doch nicht gebraucht. Und was blieb ihr nun anderes übrig, als auf dieser Seite der Straße in die Ortsmitte zu gehen? Zwei Ziele waren auf die Art zu erreichen: der Friedhof, wenn sie über die Ampelkreuzung ging, und die Engelsalm, wenn sie dort auf ihrer Straßenseite nach rechts abbiegen würde.

Eva beschloß, die Ampel entscheiden zu lassen. Wenn sie auf Grün schaltete im Moment ihrer Ankunft, würde sie zum Friedhof gehen. Wenn nicht, dann...

Später würden sich die Ederinger daheim beim Trauern zusehen. Später sahen sich die Ederinger immer auf dem Fernsehbildschirm an, was sie gerade erlebt hatten.

Bauers besaßen einen ganzen Stapel Videos von Ehf. Ehfs erster Geburtstag, Ehf an ihrem ersten Weihnachtsfest, Ehf an ihrem zweiten Weihnachtsfest, an allen folgenden

Geburtstagen und Weihnachtsfesten ihres bisherigen Lebens. «Da sieht man so schön, wie sie wachsen», hatte Ehfs Mutter einmal zu Neles Mutter gesagt, als sie sich zusammen «Ehfs vierter Geburtstag» und danach «Ehfs erster Schultag» angesehen hatten. Es gab sogar ein Video von Ehfs Geburt, aber das mochte Ehf nicht so gern. Sie mochte es nicht, wenn ihre Mutter so schrie.

Am liebsten sah Ehf das Video «Ehfs erste Schritte». Sie sah, wie zwei weiche kleine Füßchen auf das Gras gesetzt wurden, wie die Zehen sich festkrallten, wie eines dieser an Plätzchenteig erinnernden kleinen Klümpchen aufschwebte, zitterte, hinabstieß, aufprallte am Boden und dann der Zwilling es ihm nachtat. Sie sah, wie die ganze mühsam eroberte Balance ins Wanken geriet, der Boden vibrierte und nachgab und ein kugeliges Windelpaket im Steilflug nach unten donnerte. Wie das Kind in der Windel sich wieder aufzurichten versuchte, die Hände vorn aufstützte, die Knie durchdrückte, losließ und weiter, immer weiter wankte. Sie konnte sich nicht erinnern. Der Garten kam ins Bild, das Kind darin eine kleine Prinzessin, und wie haben sie jedesmal gelacht, wenn wie aus dem Nichts die Hand des Vaters anflog und vor den Füßchen der Prinzessin ein Stöckchen aufhob und dann noch eins und noch eins, bis der Weg freigeräumt war, der noch gar nicht da war, den der Vater so erst schuf. Eine Schneise quer durch den Garten, gesäumt von herumliegenden Stöckchen. Und der König verkündete, daß er Stöckchen verbieten lasse im ganzen Königreich. Aber ein böser Fluch ließ eine Baumwurzel der Prinzessin direkt vor den Füßen aus dem Boden entspringen, so daß sie fiel und brüllte und sogar ein bißchen am Knie blutete. Bestimmt hundertmal hatte Ehf das gesehen, wie sie Kreise um den Kirschbaum zog, die groß, immer größer wurden. Man konnte schon erkennen, daß der Garten bald zu klein sein würde. «Andere wären froh, wenn sie so einen großen Garten hätten», sagte Ehfs Vater, als sie ihn einmal darauf aufmerksam gemacht hatte. Ihn störte es lediglich, daß das Tor immer quietschte, er konnte es ölen, soviel er wollte. Aber das Quietschen war nicht zu hören auf dem Video «Ehfs erste Schritte». Damals reichte ihr Arm noch nicht bis zur Klinke.

Inzwischen gab es andere Geschäfte. Das Sportgeschäft war einem Sanitärbedarf gewichen, der Wäscheladen hatte sein Sortiment auf Mieder und Stützstrümpfe verlagert, und wo früher der Spielzeugladen Spritzpistolen im Schaufenster gezeigt hatte, warb jetzt ein großes Bild für einen mobilen Pflegedienst. Nur das kleine Café gab es noch. Eva warf einen Blick durch das Fenster. Die vergilbten Gardinen waren nicht sehr blickdicht, so daß sie die Gäste gut erkennen konnte. Sie kannte niemanden. Da saßen fast ausschließlich alte Frauen, nur vereinzelt mal ein alter Mann mit am Tisch. Eva verlor augenblicklich die Lust hineinzugehen. Es wäre ein Aufschub gewesen. Es war nicht möglich.

Den Hut in der Hand, stand Ehf vor dem Grab. Großvaters Diensthut. Als wäre sie einfach stehengeblieben, nach der Zeremonie, nachdem die Reporter und Kameraleute, die Lehrer, Mitschüler, die ganze Trauergemeinde verschwunden waren. Der Erdhaufen zwischen den Blumen und Kränzen war größer als eben noch und nicht mehr ganz so frisch, und das Schäufelchen, mit dem Ehf Erde auf den Kindersarg geworfen hatte, war fort. Ein bereitetes Feld.

«Wie viele will sie denn noch?» hatten die Sargträger gegröhlt, als sie vorhin, auf dem Weg hierher, am Kiosk vorbeigelaufen war. Der Schreck steckte ihr noch in den Gliedern. Es hatte so hungrig geklungen. Wenn sie Lilli etwas angetan hatten?

Leise begann Ehf zu singen. «Wir lagen vor Madagaskar…» Es war immer noch heiß. Ein paar Vögel am Rande des Friedhofs, hinten bei den Mulden für verwelkte Blumen, empörten sich. «…und hatten die Pest an Bord.» Sie mußte doch singen. Musik gehörte bei den Bauers doch dazu, kaum waren sie nach der Beerdigung wieder zu Hause gewesen, hatte der Vater die Demo-CD seiner Band eingeschoben und dazu auf der Gitarre herumgezupft. Ohne Strom, die Gitarre. Nach einer Weile war die Mutter hinausgegangen und hatte ihr Motorrad aus der Garage geschoben. Sie liebte den satten Klang des Motors. Bis zum Abendbrot sei sie wieder da, hatte sie noch gesagt. Natürlich hatte sie gewonnen, das Motorrad hatte alles übertönt. «In den Tonnen, da faulte das Wasser, und jeden Tag ging einer über Bord.» Ehf sang jetzt lauter. Die Vögel waren zwar verstummt, aber auf der Straße fuhr ein Auto nach dem anderen vorüber. Ehf sang gegen den Krach an, sang für Sebastian, für den Großvater, dem das Lied eigentlich gehörte, für Liv und den Jungen von der Kreuzung und für alle, die ein anständiges Ritual verdient hatten. Sang für Lilli, für sie auch. «Ahoi, Kameraden, ahoi, ahoi!»

Und wenn die Mutter jetzt draußen auf der Straße unter

ihrem Motorrad verblutete, würde Ehfs Lied auch für sie
gelten? Würde sie sehr trauern um ihre Eltern, wenn sie
einst beerdigt würden, womöglich von ihr, Ehf? So wie sie
um den Großvater getrauert hatte? Wie sie ihn vermißte.
Aber seit seinem Tod starben keine Erwachsenen mehr.
Und der Vater würde inzwischen längst seine E-Gitarre
eingestöpselt und die Mutter ihre Lieblingsstelle am See
erreicht haben. Und selbstverständlich würden beide zum
Abendbrot am Küchentisch sitzen.

«Und wenn das Schifferklavier an Bord ertönt», sang Ehf.
Sang aus vollem Hals, den Hut als Steuerrad in der Hand.
Eine große Ruhe füllte sie aus, trug ihre Stimme über das
frische Grab und all die anderen Gräber hinweg. Und als
das Lied zu Ende gesungen war, legte sie den Großvater auf
diese tragende Ruhe und sah zu, wie er davonschwebte,
kleiner und kleiner wurde, ein winziger Punkt am Himmel,
ein Viertelpünktchen, Achtelpünktchen, gar nichts mehr.

«Keine Angst!» sagte Lilli hinter ihr.

Lilli? Ehf fuhr herum. Da stand sie. Die Kaiserin. Wirre
Strähnen im Gesicht, das nach wenig Schlaf aussah, mit
einer Sonnenblume in der Hand.

«Vor gar nichts», ergänzte Ehf die Losung. Sie sahen sich
an, stundenlang, schien es Ehf. Tasteten einander mit
Blicken ab, was trägst du bei dir, bist du noch dieselbe? Bis
Lilli die Hände hob und langsam, erst seitlich, dann rückwärts, ohne Ehf aus den Augen zu lassen, um den Erdhaufen herumging, unter dem Sebastian begraben worden
war. Sie deutete auf die Sonnenblume, ließ die Hand sinken und die Blume auf das Grab fallen. Erst jetzt senkte sie
den Blick.

«Wo warst du?» fragte Ehf.

175

«Geht dich nichts an.»

«Ich habe wirklich niemandem etwas verraten», murmelte sie. Lilli schnaubte verächtlich.

«Was ist mit Adamczyk?» fragte sie.

«Er geht ihm gut», beeilte Ehf sich zu erklären, «sie haben ihn erst mitgenommen, aber dann wieder laufenlassen.»

«Sie haben ihn mitgenommen?»

«Er ist wieder da», sagte Ehf fest.

«Mitgenommen!» stieß Lilli aus. Ihr Mund zuckte. Ihr Körper spannte sich, und ehe Ehf noch etwas sagen konnte, hatte Lilli einen Satz über den Erdhügel gemacht und Ehf umgerissen. Mit Schultern und Steiß schlug Ehf auf dem Weg auf. Es tat so höllisch weh, daß ihr die Luft wegblieb. Lilli umschlang sie, krallte sich fest an ihr. «Mitgenommen», zischte sie, «mitgenommen.» Und Ehf versuchte vergeblich, sie abzuwehren. Sie wälzten sich am Boden. Ehf verlor den Hut aus den Händen. Hektisch tastete sie danach, während sie gleichzeitig versuchte, Lilli abzuwehren. «Nie wieder», keuchte Lilli, «mach das nie wieder mit mir, ja? Hörst du: nie mehr!» Sie holte weit aus. Dabei geriet ihre Hand in den Erdhaufen auf dem frischen Grab. Sie erstarrte. Ließ ab von Ehf. Drehte sich weg von ihr.

Müde, mit aufgeschürfter Haut und schmerzenden Schultern, rappelte Ehf sich hoch. Auf dem Grab gegenüber, zwischen Stiefmütterchen und Alpenveilchen, lag Großvaters Hut. Sie bückte sich und hob ihn auf. Da hörte sie hinter sich ein Würgen. Ehf drehte sich um. Eine Armlänge von ihr entfernt kniete Lilli am Boden, den Kopf vorgebeugt. Sie kotzte. Angewidert sprang Ehf zurück. «Nicht, laß das!» rief sie, «das geht nicht. Hier doch nicht.» Am liebsten hätte sie Lilli fortgezogen, weg von dem frischen

Grab, aber sie wagte nicht, sich ihr zu nähern. Unschlüssig stand sie da, hielt sich den Hut vor die Nase. Endlich war es vorbei. Lilli ließ sich zurückfallen. Die Augen geschlossen, lag sie quer auf dem Weg. Ehf steckte die Nase tief in Großvaters Hut und ging auf Zehenspitzen bis zu der Stelle, wo Lilli gekniet hatte. Ohne hinzusehen, schob sie mit der Schuhspitze frische Erde auf das Erbrochene.

«Weißt du, wie das ist, nachts auf dem Spielplatz?» hörte sie Lilli fragen. Sie schüttelte den Kopf.

«Finster», sagte Lilli, «finster und schrecklich. So, daß du lieber gar nicht einschlafen willst. Aber du mußt. Weil du dich den ganzen Tag am Fluß versteckt hast. Weil du erst nachts zum Spielplatz schleichst, wenn keiner mehr da ist, der dumme Fragen stellen kann. Du kriechst in das Häuschen bei der Rutsche, und dir fällt der Kopf auf die Brust, und du streckst dich unter dem kleinen Holztisch aus und willst gleich einschlafen. Obwohl es knistert im Gebüsch und der Fuchs herumschleicht und der Mann aus dem Auto steigt und so tut, als ob er Pipi muß. Trotzdem schläfst du, weil schon ganz früh die Leute in den Schlafanzügen mit ihren Hunden kommen und das Reinigungsauto und du vorher verschwinden mußt, runter an den Fluß. Du schläfst schneller, und neben dir kratzt es, über dir heult es und schreit, so ist das nachts auf dem Spielplatz.»

Das Gesicht mit den geschlossenen Augen war blaß, beinahe grau. Vorsichtig näherte sich Ehf dem Mädchen am Boden. «Was hast du denn gegessen?» fragte sie leise. Lilli schlug die Augen auf und sah sie an. Zwei ausgekratzte Fruchtzwerge, so sahen sie aus, ihre Augen. «Mülleimermenü», sagte sie und grinste schief, «hab ich von Gott gelernt.»

Ehf ließ sich neben ihr am Boden nieder. Am liebsten hätte sie Lillis Kopf genommen und in ihren Schoß gebettet. Aber das stand ihr wohl nicht zu. Doch dann sah sie zwei dünne Rinnsale, die klebten sich an den grauen Wangen fest. Da machte sie es doch, nahm vorsichtig den Kopf, legte ihn auf ihre Schenkel und strich die wirren, drahtigen Strähnen aus der Stirn. «Kinder gehören doch nachts ins Bett», sagte sie, «das hat mein Großvater immer gesagt, wenn ich nicht einschlafen wollte. Kinder gehören doch nachts ins Bett.»

Lilli schwieg. Aber ihre Augen wanderten umher, suchten den Himmel ab, trafen auf Ehfs Blick und blieben dort hängen, erzählten vom Dunkel. Ehf kannte das aus den Augen der Mutter von Lenz und Liv, von Sebastians Mutter.

«Hast du denn gar nicht die Sterne gesehen?» fragte sie in das Dunkel hinein. «Das ist doch so, wenn du nachts lebst. Hat Adamczyk doch erzählt. Weißt du noch? Das Sternbild vom Segel.»

Ein schwaches Licht glomm in Lillis Augen auf. «Ein paar Nächte noch», bemühte Ehf sich weiter, «dann werden wir sie alle sehen können. Den Adler. Die Leier. Bestimmt auch das Segel. Die ganzen Sterne am Sommernachtshimmel.» Froh bemerkte sie das Flackern in dem Gesicht auf ihrem Schoß. Langsam kehrte auch die Farbe darin zurück.

«Ein Schiff», flüsterte Lilli, «mit einem Schiff käme man davon.»

Sie setzte sich so rasch auf, daß sie dabei an Ehfs Kinn stieß. Ehf rieb sich die Stelle, und Lilli rieb sich die Stirn. In dem Augenblick hörten sie in der Ferne die Glocken läuten. Ehf kicherte. Lillis Mund wurde breiter und breiter, dann lachte sie los. «Abendbrotzeit», sangen sie synchron und prusteten und lachten. «Wir brauchen ein Schiff», rief Lilli. Ehf stand auf. «Ich muß nach Hause.» «Wir brauchen ein Schiff», beharrte Lilli, sehr ernst jetzt. Das Glockenläuten wurde schwächer. «Bretter und Leim, Ehf, und Holzschrauben. Wir müssen sie haben. Wir brauchen ein Schiff. Für Adamczyk.»

Ehf hob den Kopf, um zu lauschen. Da war es, einmal noch und ganz entfernt, das Läuten. «Adamczyk war nie Kapitän», sagte Ehf, «das hast du dir nur ausgedacht. Ich muß jetzt gehen.»

«Warte noch.»

Lilli zog die Knie an und sah zu Ehf hoch. Es sah aus, als friere sie, dabei war es immer noch brütend warm. «Ich habe mir das nicht ausgedacht, Ehf», sagte sie fast bittend. «Ich weiß, daß er Kapitän ist. Vielleicht weiß er das nicht. Aber ich weiß es. Bestimmt.»

Ehf dachte an die faulen Bananenschalen und die durchgeweichten Salzbrezeln in den Mülleimern auf dem Spielplatz. Sie nickte.

«Und darum müssen wir die Sachen haben», beharrte Lilli, «wir müssen Adamczyk ein Schiff verschaffen. Mit einem Schiff kommt man davon.»

Ehf hob ein letztes Mal den Kopf, um zu lauschen. Doch das Läuten war verweht. «Du mußt zu deiner Mutter, Lilli», sagte sie. Lilli drehte den Kopf weg. «Meine Mutter ist nicht hier», erklärte sie barsch, «sie ist in unserem Lager geblieben.»

Ehf sah das bleiche Gesicht der Frau im Türspalt unter der Metalltreppe vor sich, aber sie sagte nichts. Sie streckte Lilli die Hand entgegen. Lilli zögerte. Dann griff sie zu.

Die Flucht

Grün.

Gerade als Eva die Ampelkreuzung erreichte, war die Ampel umgesprungen. Das bedeutete: Friedhof. Eigentlich war sie erleichtert. Sie überquerte die Straße und ging vor bis zur Brücke. Auto um Auto schob sich darüber. Es war jetzt schon so viel Verkehr wie damals zur Spätnachmittagsstunde. Wie spät war es eigentlich? Eva hatte das Gefühl für Zeit vollkommen verloren.

Sie legte die Arme auf die Brückenbrüstung und sah in das Flußwasser. Ein dickes Bündel Schlingpflanzen wurde von der Strömung flachgedrückt. Sie bekam Lust, den nackten Fuß ins Grün zu tauchen und die Kraft des fließenden Wassers zu spüren. Doch das war nicht möglich. Der Fluß lag zu tief. Und Eva mußte zum Friedhof. Die Ampel hatte entschieden.

«Und das hier?»

«Ein Spargelschäler.» Ehf gab Salz und Öl zum kochenden Wasser auf dem Herd und summte ein Lied aus der Nudelwerbung. Es war niemand zu Hause gewesen, als die Mädchen bei Bauers ankamen. Kein Abendbrot stand auf dem Küchentisch. «Sogar draußen waren Scheinwerfer», erzählte Ehf, während sie Nudeln in den Topf schüttete, «dabei schien doch die Sonne, und wie. Gib mir mal einen Holzlöffel.»

Lilli kniete auf einem Stuhl vor der Besteckschublade und glitt mit den Fingern über den Inhalt. «Gibt's hier nicht», sagte sie und drehte ein verchromtes Käsemesser vor ihrer Nase hin und her.

«Oben. Im Tontopf. Laß mal.» Ehf sprang neben Lilli und angelte sich einen hölzernen Kochlöffel von der Anrichte.

«Mit Jakob haben sie geredet und mit Luki und Simon», erzählte sie weiter, während sie im Topf rührte, «und mit mir auch, aber nur die von der Zeitung.»

«Wozu soll das gut sein?» Lilli hatte ein langes Messer mit abgerundeter Spitze aus der Schublade gezogen.

«Das ist ein Fischmesser. Den Bürgermeister haben sie natürlich alle haben wollen. Den haben sie sogar drinnen beim Singen gefilmt. Und beim Beten.»

«So 'n Blödsinn. Extra ein Messer bloß für Fisch.» Lilli drückte die Schublade zu, glitt vom Stuhl und ging langsam durch die Küche. Als ob sie ein Museum besuchte. Ehf folgte ihr mit den Augen, sah das Poster mit den vielen Nudelsorten neu und die Vitrine voller Gläser.

«Wieso waren die da?» fragte Lilli und rieb die Nase am Vitrinenglas. Ehf öffnete den Kühlschrank. «Weil die das für ihre Zuschauer brauchen. Für die Leser. Pesto? Oder einfach Ketchup?»

«Ketchup. Nicht so 'n Kram.» Lilli drehte am Schlüssel der Vitrine. Ehf fischte eine Nudel aus dem Topf und schob sie in den Mund. Es knackte leise, als sie zubiß. «Dauert noch», erklärte sie und begann wieder zu summen. Nach einer Weile brach sie ab.

«Weißt du, was traurig war?» Sie zog einen Stuhl heran und setzte sich verkehrt herum, die Arme legte sie auf die Stuhllehne. Lilli sah sie abwartend an.

«Keiner hat ihm was mitgebracht», sagte Ehf leise. «Kränze natürlich und Blumen, aber nichts, was ihm gefallen hätte. Nicht wie bei dem Jungen von der Kreuzung. Oder wie bei Liv. Weißt du noch? Wie Lenz das Windrad in die Erde gesteckt hat?»

Lilli nickte. Eine Zeitlang war nichts als das Brodeln des Wassers zu hören. Irgendwann stand Ehf auf. «Wenigstens haben wir ihm das Lied gesungen», sagte sie und probierte noch eine Nudel. Sie war beinahe weich. Während Ehf Teller aus dem Schrank nahm, zog Lilli die Vitrinentür auf. Vorsichtig nahm sie ein langstieliges Weinglas mit ballongroßem Kelch heraus. Sie drehte den Stiel zwischen den Fingern und probierte dann, wieviel von ihrem Gesicht in den Weinkelch paßte.

«Was ist denn hier los?»

Spindelstich. Die Zeit drehte sich um und versteinerte. Im Türrahmen die Eltern, erstarrt. Der Vater, den Gurt der Gitarre um den Hals, ein Plektrum zwischen den Zähnen. Die Mutter mit wirrem Haar, offenem Mund, den Motorradhelm in den Händen. Erstarrt auch die Kinder, die Nudeln im Topf, die Fliegen an der Wand. Aus der Zeit gefallen. Der Tisch gedeckt, das Essen fertig, Abendbrotzeit. Ein paar Kerzenflammen über den Tellern, ein fröhliches «Guten Appetit». Oder die Kinder verschwänden leise auf Zehenspitzen die Treppe hinauf, die Eltern hinunter in den Peaceroom zu Fingerfarben und Musik, auch das wäre denkbar gewesen. Sie hätten sich auch im Wohnzimmer auf Kissen hocken, vor den Kamin kuscheln können, und einer hätte Geschichten erzählt.

Statt dessen klirrte Glas. Ein Scherbenhaufen am Boden. Und die Zeit kehrte zurück, mit Aufregung und Geschrei.

«Nicht mehr lieferbar!» schrie Ehfs Mutter. «Bescheid sagen!» forderte Ehfs Vater. «Bloß Hunger gehabt», versuchte Ehf zu erklären. Da hatte der Vater schon das Telefon in der Hand, kehrte die Mutter die Scherben zusammen, wich Lilli zurück bis zum Fenster, einen gehetzten Ausdruck in den Augen.

«Nicht versichert natürlich.»

«Nicht zu fassen!»

«Nicht auflegen, bitte, Sie werden verbunden.»

Und während die Mutter sich über den Mülleimer, der Vater mit dem Telefon am Ohr auf der Küchenbank über die eigenen Knie beugte, schnellte Lilli hoch, schwang sich auf den Fenstersims und sprang durch das geöffnete Fenster in den Garten. Ehf blieb der Mund offenstehen. Die Mutter schlug den Mülleimerdeckel zu. Der Vater ließ die Hand mit dem Telefon sinken. «Wo ist sie?»

Ehf sah von einem zum andern. Sie sah die gleiche Enttäuschung in beiden Gesichtern. Als ob die deutsche Mannschaft verloren hätte. Ob sie singen würden am Grab ihres Kindes?

«Macht doch endlich den Fernseher an!» brüllte sie. «Vielleicht ist ja schon wieder eins umgekommen!»

Sie nahm Anlauf, sprang auf den Stuhl unterm Fenster und von dort kopfüber in den Garten.

Der Friedhof war ein Park. Sträucher und Beetpflanzen praßten mit Farben, maßlos blühte alles, der Hitze zum Trotz. Den Rücken gekrümmt, schleppte ein alter Mann zwei Gießkannen an Eva vorbei. Es war schön hier. Die Grabsteine waren Kunstwerke, die Bepflanzungen waren es ohnehin. Ein marmorner Engel saß vor Eva, ein Buch auf den Knien. Sie bückte sich, um darin lesen zu können. Aber es gab keine Schrift, nicht mal einen Namen.

Hinter sich hörte Eva Schritte auf dem Kies. Der Alte war zurückgekehrt, die Gießkannen in seinen Händen waren offensichtlich leer. «Entschuldigen Sie», Eva stand auf. Der Alte blieb stehen und sah sie an. «Entschuldigung», begann Eva noch einmal, «ich suche ein Kindergrab. Sebastian.»

«Sebastian», wiederholte er und stellte seine Gießkannen ab. «Ist das nicht der Junge aus dem Fluß?» Eva nickte.

«Da vorn und dann links, den Weg ganz durch bis zum Ende.» Der Kies knirschte unter Evas Sohlen. Es roch nach warmer, feuchter Erde. Der alte Mann schien ganze Arbeit geleistet zu haben.

Am Ende des Weges war Sebastians Grab. Eva erkannte es sofort. Da vorn hatten die Scheinwerfer gestanden, und hier, an der Ecke, hatte der Mann mit der Mikrophonangel auf einem Klapphocker gesessen. Und da, wo sie jetzt stand, rechts und links von ihr, waren die Kameras aufgebaut gewesen.

Eva ließ sich auf der schmalen Steinbegrenzung nieder. Die Kanten schnitten ihr in die nackte Haut. Sie legte das Notebook, das sie immer noch unter dem Arm hielt, auf den Kiesweg und verschränkte die Hände im Schoß. Sollte sie beten?

Hinter ihr knirschten Schritte auf dem Kies. Sie drehte sich um. Der alte Mann war gekommen. Schwer schleppte er an den beiden Gießkannen. «Ich dachte mir», stieß er kurzatmig aus, «daß Sie die vielleicht brauchen.»

«Kümmert sich denn sonst niemand um das Grab?» fragte Eva.

184

«Doch», sagte der Alte, «die Mutter wohl. Aber wenn Sie schon mal da sind, können Sie sich doch gleich ein wenig nützlich machen.»

Eva nickte. Gehorsam griff sie nach einer der Kannen und goß den Rosenstrauch, der Alte goß die Bodendeckerpflanzen. Schweigend knieten sie im Beet, zupften trockene Blätter von den Sträuchern.

«Wir sind die Trauerbauer», sagte Ehf und wischte sich den Schweiß von der Stirn. Die Luft im Baumhaus war stickig, und sie hatten den ganzen Weg über rennen müssen, bis auf das letzte Stück durch den Kriechbusch natürlich. Von da bis zur Leiter waren es drei, vier Sprünge. Lilli saß im Schneidersitz da, Ehf kniete ihr gegenüber. Manchmal berührten sich ihre Hände flüchtig. Sie wußten nicht weiter.

«Meine Mutter hat immer einen Plan», hatte Ehf gesagt und dann gleich mehr von ihrer Mutter erzählt. Daß sie einen Plan für den Betrieb hatte, allerdings nichts mit Möbeln. Ein Begräbnis sollte ein Fest sein, erklärte sie in der letzten Zeit häufig und schwärmte von Fackeln, Rosenmeer und Tango. «Früher ist sie mit dem Motorrad durch die Wüste gefahren», erzählte Ehf, «und zu jedem Konzert mit Stromgitarren, da hat sie auch meinen Vater kennengelernt. Seit ich auf der Welt bin, fährt sie nur noch in die Stadt, ab und zu. Sie will so gern meine Freundin sein, sagt sie immer. Und deine Mutter?»

Lilli fuhr zusammen. Kurz flackerte etwas in ihren Augen auf. Dann streckte sie die Beine aus und legte sich hin, die Hände hinter dem Kopf verschränkt. Ehf blieb auf den Knien hocken, obwohl ihre Beine schon zu kribbeln begannen. Vorsichtig betastete sie ihre Stirn, auf der sich eine klopfende Beule wölbte. In der anderen Hand hielt sie Sauerampfer, den sie sich von Zeit zu Zeit in den Mund schob. Unterwegs hatte sie das Kraut noch ausgerupft, «Vorräte!» hatte sie Lilli zugerufen. Die kannte keinen Sauerampfer.

«Ich habe sie gesehen», sagte Ehf und bemühte sich, das Grünzeug hinunterzuschlucken, ehe sie weitersprach, «gestern habe ich deine Mutter gesehen. Im Schloß, als ich dich gesucht habe.»

Lilli schwieg. Ehfs Beine kribbelten jetzt so stark, daß sie sich vorbeugen mußte. Auf den Schenkeln kroch sie bis zum Eingang. Als das Kribbeln endlich nachließ, beugte sie sich vor, um in den Himmel zu sehen. Es dämmerte, aber ganz oben war der Himmel noch ungetrübt blau. Wie lange war das her, daß sie nach dem Abendbrot mit dem Fahrrad ihre Straße auf- und abgefahren war, «aber nur so lange, bis es dunkel wird, Ehf», große Ferien, den ganzen Sommer lang. Vorbei, das kam nie wieder. Aber das hier gefiel ihr auch fast. Vielleicht waren sie ja erwachsen jetzt.

«Sie wollte Eier besorgen, für den Sonntagskuchen», hörte sie Lilli in ihrem Rücken sagen, ein wenig heiser und sehr leise, «wie wahnsinnig: ein Sonntagskuchen im Krieg. Ein Granatsplitterkuchen, haha. Sie ging mittags fort, und nachmittags wurden die Männer geholt, da war sie noch nicht zurück. Wir saßen am Küchentisch, mein Vater und ich, und warteten. Wir hörten das kommen, Hütte für Hütte, wie ein Gewitter. Fünf Hütten weiter, dann vier, dann noch drei. Als die Nachbarn dran waren, stand mein Vater auf und ging zur Tür, ehe sie klopften. ‹Versteck dich›, flüsterte er, aber ich fand so schnell kein Versteck.

Also kroch ich in den Ofen. Und dann war er weg. Mit der Dunkelheit war meine Mutter zurück. Zehn Eier lagen in ihrem Korb.»

Lilli war regungslos liegengeblieben, und Ehf hatte sich während ihrer Erzählung nicht umgedreht. Hatte den Himmel für keine Sekunde aus den Augen gelassen.

«Nachts buk meine Mutter den Kuchen. Sagte kein Wort und wog Mehl ab, Zucker, zerschlug die Eier, eins nach dem andern, alle zehn. Strich alles in die Form und schob die Form in den Ofen, wo sie mich fand. Es war um Mitternacht, da saßen wir vor der Ofenscheibe und sahen zu, wie der Kuchen wuchs und wuchs. Ehe er ganz dunkel war, stellte meine Mutter den Ofen aus und nahm ihn heraus. Stürzte ihn auf einen Teller, wartete, bis er kalt war. Und dann warf sie ihn weg. Wir haben seitdem nicht mehr miteinander gesprochen. Sie hat nie gefragt, was passiert ist, während sie weg war. Aber ich bin sicher, sie hat was gesehen. Sie muß an dem Feld vorbeigekommen sein, von dem die Schüsse kamen, am Abend, als es dämmerte. Am nächsten Abend holten sie dann die Frauen ab, aber das haben wir erst hier erfahren, da waren wir längst weg.»

Ehf drehte den Kopf hin und her. Der Nacken war ihr ein wenig steif geworden. Hinter ihr blieb es lange ruhig. Doch bevor Ehf sich umdrehte, hörte sie Lilli kurz husten, ein-, zweimal.

«Meine Mutter ist ein Koffer», sagte sie, «ein leerer, zugeschnürter Koffer. So stand sie neben mir, als die Helfer kamen. So nahm ich sie mit in den Bus, bis hierher. Sie war nicht da, als ich in den Ofen kriechen mußte.»

Vom Wald wehte ein Vogelschrei herüber. Ehf erschrak. Sie suchte die Baumwipfel ab, doch die Konturen zerflossen langsam in der aufsteigenden Dunkelheit. Noch einmal blickte sie zum Himmel hoch. Kein Stern weit und breit. Wo sie wohl suchten? Am Fluß natürlich, am Bahngleis entlang, bei der Kreuzung. Es gab nicht mehr viele Möglichkeiten. Doch. Es gab unzählige.

«Wir brauchen ein Schiff», sagte Lilli hinter ihr.

Die Urlaubsfotos. Das Bild vom Staudamm, den sie am Strand gebaut hatten, der Vater und Ehf. Das Bild von Ehf im Wasser. Da hatte sie gerade Schwimmen gelernt. Wie glücklich sie war, daß das Wasser sie trug, und wie weich war das Meer unterm Bauch, weich und klar bis auf den Grund.

Das Bild, wie sie alle drei unter der Sonnenschirmpinie sitzen, und hinter ihnen glitzerte das Meer. Eine Frau im roten Bikini hatte sie fotografiert und zuerst nicht den Auslöser gefunden.

Das Bild, auf dem nur noch der Vaterkopf aus dem Sand ragt. Ehf neben dem Sandhaufen, die Schaufel in der Hand.

Oder wie sie mit der Mutter quer auf der Luftmatratze liegt. Der Drachen, den sie steigen ließen am Strand.

Das Wasser, wie es die nackten Füße umspült und den Sand unter den Sohlen fortreißt.

Die Jolle weit hinten auf den Wellen.

Die Möwen.

Der Himmel.

Als Ehf die Augen wieder aufschlug, waren die Sterne im Nachthimmelviereck gemalte Punkte. Sie lag auf der Seite, den Kopf auf dem Arm, das Gesicht zum Eingang. Neben ihr lag Lilli und schlief. Wie spät war es? Sie setzte sich auf, rutschte bis zur Leiter vor und lehnte sich gegen den Brettereingang. Die kühle Nachtluft legte sich seidig auf ihre Wangen. Ein Engel. Sieh nur, sagte er und gab den Sternen ein Zeichen. Da funkelten sie und drehten sich in all ihrem Glanz. Nickten sich zu, nickten Ehf zu, die den Kopf in den Nacken gelegt hatte und sie bewunderte. Adler und Leier und Schwan. Sosehr sie sich auch bemühte, sie konnte in dem blinkenden Gewirr kein Bild erkennen. Adamczyk sollte hier sein. Und dies sollte ein Ausguck sein und sie alle miteinander auf dem Meer.

Ehf ließ sich ins Baumhaus zurückfallen wie in eine Hängematte. Sie rüttelte Lilli. «Wach auf! Los!» Lilli seufzte, schlug die Augen auf, blinzelte. «Wir müssen los», forderte Ehf und war schon auf der Treppe. Lilli setzte sich auf. «Wohin?»

«Ans Meer. Zum Schiff.»

Sie arbeiteten eine Weile stumm nebeneinander, Eva und der alte Mann, als ob sie das immer schon getan hätten. Irgendwann war alles, was vertrocknet war, gezupft.

«Warum machen Sie das?» fragte Eva.

«Was denn?»

«Fremde Gräber pflegen.»

Der Alte sah sie verwundert an. «Wer soll es denn sonst tun? Ist doch keiner mehr da, bei euch wird das mal noch schlimmer. Am besten, ihr laßt euch alle verbrennen.»

«Aber es sieht doch alles sehr gepflegt aus hier», entgegnete Eva.

«Macht der Friedhofsgärtner. Aber den mußt du dir leisten können.»

Er drückte Evas Hand, dann nahm er die Gießkannen und hinkte davon. In den Fingerspitzen spürte sie noch die Berührung mit der feuchten Erde. Sie legte sie an die Nase und roch daran. Vielleicht sollte sie doch ins Geschäft einsteigen.

Wer soll es denn sonst tun?

Eva drehte sich um. Der steinerne Flötenspieler fixierte sie mit seinen gemeißelten Augen. Er hielt die Flöte fest in beiden Händen, die Lippen umschlossen das Mundstück, und über den Rand der Flöte hielt er Eva im Blick.

Sie wich ihm aus. Sah sich nach dem Notebook um.

«Sie dachten, Du hättest die Kinder verführt. Vom rechten Weg abgebracht. Dem Tod in die Arme getrieben. Weil eine Schule nicht draußen ist und weil man mit verbundenen Augen von niemandem aufgefangen wird. Und weil man schon gar nicht auf der Engelsalm leben kann. Du bist der Flötenspieler, Lilli. Du hast die Kinder geholt. Hast Du sie auf die Engelsalm gebracht?»

In der Stadt bei Barbie

Gott der Herr hat sie gezählet. Alle. Die ganze große Zahl. Ehf ging voran. Lilli folgte ihr, schlief schon beinahe, der Abstand zwischen den beiden Kindern wuchs. Am Ortsausgangsschild blieb Ehf stehen und wartete auf Lilli. Sie lehnte sich gegen den Pfahl und sah hinauf zu den Sternen. Daß ihm auch nicht eines fehlet.

«Und wozu, Ehf? Wozu das?»

«Wegen dem Schiff.»

«Warum zu Fuß?»

«Hast du ein Auto?»

Ein Geräusch kam näher, zwei Lichtkegel fraßen sich durch die Dunkelheit, wuchsen, genau wie das Geräusch. Im Gehen drehte Lilli sich um und streckte den Daumen hinaus.

«Nein!» Ehf sprang auf sie zu und riß sie zurück. Sie fielen auf den Gehweg. Das Auto raste vorüber. Sie rappelten sich hoch, sahen hinter den Rücklichtern her, die zu roten Pünktchen schrumpften, bis sie verschwanden. Lilli atmete schwer, war einfach zu müde, um zu kämpfen.

«Wozu, Ehf?»

«Zum Meer.»

«Zu Fuß?»

«Wenigstens bis in die Stadt.»

Ehf umfaßte den Pfahl mit der Hand und ließ sich kreisen, immer schneller. Lilli starrte auf die drei letzten Häuser gegenüber. Sie waren stockfinster wie alle, an denen sie vorübergegangen waren.

Ehf faßte nach Lillis Hand, ließ sich mit der anderen los und zog die Freundin unter dem Ortsausgangsschild hindurch. «So», sagte sie, und eine große Befriedigung lag in ihrer Stimme, «jetzt sind wir wirklich draußen.»

Sterne kann keiner zählen. Und wieso überhaupt blaues Himmelszelt? Schwarz war diese Nacht, lillihaarschwarz, und wenn überhaupt, dann war das ein oben offenes Hochhaus und kein Zelt, dieser Himmel. Mit winzigen Halogenstrahlern, aufgereiht an Schnüren, die mächtig durcheinandergeraten waren. «Wie lange noch?» fragte Lilli immer wieder, und Ehf antwortete wie ihr Vater auf der Fahrt in den Urlaub: «Gleich. Eine Kurve noch, und dann bloß noch ein kleines bißchen.»

Durch den Nachbarort waren sie schon gegangen, jetzt kam freies Feld. An dessen Ende tauchten, wuchtige Schatten, die nächsten Häuser auf. Täuschte es, oder hinkte Lilli wirklich? Ehf blieb stehen, wieder einmal.

«Was ist jetzt? Besorgen wir Adamczyk ein Schiff, oder nicht?»

Lilli zuckte die Achseln. Vielleicht sah es auch bloß so aus, weil sie den Kopf hängenließ. «Weiter!» kommandierte Ehf. Es ging ihr beinahe gut. Zum ersten Mal folgte Lilli *ihr*. Wenn es nur nicht so weit wäre.

Weithin über alle Welt. Ehf trug Lilli huckepack, schon seit dem letzten Ort. Daß die so schwer sein konnte. Sie sah gar nicht danach aus. In Ehfs Ohren rauschte es. So hörte sie das Motorengeräusch erst, als Lilli den Arm von ihrer Schulter nahm. Das Auto fuhr heran und blieb auf ihrer Höhe stehen. Ehf ging weiter, schleppte Lilli mit. Das Auto fuhr im Schrittempo neben ihnen her. Ehf versuchte, es zu ignorieren. Lilli nicht, sie winkte. Sofort glitt die Scheibe auf der Beifahrerseite herunter. Ehf sah es aus dem Augenwinkel.

«Hey», sagte Lilli.

Ehf umklammerte ihre Beine und ging einfach weiter.

«Hey!» brüllte ihr Lilli ins Ohr und begann, heftig zu strampeln. Mit quietschenden Reifen fuhr das Auto an ihnen vorbei, blieb dann nach ein paar Metern wieder stehen und wartete. Ehf blieb auch stehen. Das nutzte Lilli, um sich loszumachen. Sie rutschte von Ehfs Rücken herunter und sprang auf das Auto zu. Ehf sah, wie sie sich in das offene Beifahrerfenster stützte und redete. Sie war neugierig, gleichzeitig hatte sie ein bißchen Angst. Die Neugierde siegte. Wozu waren sie Draußenkinder? Langsam ging sie auf das Auto zu und stellte sich neben Lilli.

«Das ist ja praktisch», sagte die gerade und drehte sich um zu Ehf: «Er fährt ans Meer.»

Ehf bückte sich und versuchte, ins Innere des Wagens zu blicken. Der Mann am Steuer hatte ein karamellfarbenes Kindergesicht mit einem Lächeln, das auf den Fotografen wartete. «Ich habe mich auch davongemacht», sagte er, und seine Stimme klang hell, «als ich so alt war wie ihr.» War er jetzt älter? Der Lächler beugte sich seitlich zur Beifahrertür hinüber und öffnete sie. «Wer will vorne sitzen?» Da saß Lilli schon, und Ehf mußte die Hintertür noch selbst aufmachen, ehe sie auf die Rückbank schlüpfen konnte. Weiche Polster, die beinahe so tief waren wie im Autowrack hinter dem Schloß.

«Wollt ihr fliegen?» fragte der Lächler. Die Antwort wartete er gar nicht erst ab, sondern drückte ein paar leuchtende Knöpfe am Armaturenbrett. Musik dröhnte auf. Dann gab er Gas. Und sie flogen.

Die Musik war anders als die im Peaceroom und noch viel lauter. Nie hatte Ehf in einem Auto so laute Musik gehört. Es war inzwischen heller geworden, rotes, gelbes, blinkendes Licht draußen. Buchstaben glommen auf und erloschen wieder. «L-A-M-P-E-N-D-A-H-L», buchstabierte Ehf, und ehe das einen Sinn ergab, waren alle Buchstaben verschwunden. Einer nach dem anderen leuchteten sie wieder auf. Ehf kniete auf der Rückbank und sah durch die Heckscheibe. Den Sicherheitsgurt hatte sie nicht schließen können. M-E-R-C-E-D-E-S-B-E-N-Z. Diese Buchstaben leuchteten immer. 21°, glomm daneben auf, abwechselnd mit 23:53, dann 23:54.
Im Wagen war noch kein Wort gefallen, seit sie eingestiegen waren. Oder vielleicht doch, vorn, Ehf hätte es gar nicht hören können bei der Lautstärke. S-E-X-S-E-X-S-E. Sie drehte sich um und begegnete den Fahreraugen im Rückspiegel. Eiswürfelaugen. Sie paßten nicht zu dem eingravierten Lächeln, das Ehf sah, wenn sie sich ein wenig reckte, aus dem Polster hochstemmte.
«Alles klar?»
Sie nickte. Sah wieder aus dem Fenster. A-L-L-N-I-G-H-T-L-O-N-G. «Wo ist denn die Autobahnauffahrt?» fragte sie. Die Ersatzfrage für «Wann sind wir da?», seit die Eltern ihr die verboten hatten. Die Eiswürfelaugen sahen sie fragend an. «Die Autobahn!» brüllte Ehf. Neben der Fahrerkopfstütze zuckten zwei Schultern. Schwarze Locken

fielen darüber. War er ein Kind? Ein Engel? Aber die Musik war falsch. Ehf rutschte vor bis zur Sitzkante, sah dabei immer wieder in den Rückspiegel, aber die Augen waren auf die Straße gerichtet. Vorsichtig schob sie die Hand unter die Beifahrerkopfstütze und versuchte, Lilli zu erreichen. Die war abgetaucht. Ehf versuchte es von der Seite. Erwischte den Stoff von Lillis Pullover, als sie gegen die Lehne vom Beifahrersitz geschleudert wurde. Der Wagen stand. Die Ampel war rot. Die Musik verklang. F-R-E-I-H-E-I-T. Der Mann mit der Zigarette vor meerblauem Himmel, und daneben das riesige Bild mit dem Segelschiff, große, schilfgrüne Segel. Das war doch der richtige Weg. Ehf tastete nach dem Türgriff. Klick, machte es, ganz sanft. Trotzdem zog Ehf versuchsweise an dem Türgriff. Nichts tat sich. Sie waren gefangen. Sie sah hoch in den Rückspiegel, sah das Lächeln jetzt auch in den Augen. Ganz freundlich. «Zauberei», sagte der Mann. «Was?» fragte Lilli verschlafen. Ehf rückte wieder bis zur Sitzkante vor und schob ihre Hand am Beifahrersitz vorbei, bis sie Lillis Hand erreichte. Die Ampel sprang auf Grün. Der Wagen raste los. Ehf wurde zurück in die Polster geschleudert. Trotzdem hielt sie Lillis Hand fest und zog sich wieder vor. Das grüne Segelschiff versank im Seitenfenster, tausend Lichter regneten wie Sternschnuppen darüber hin. «Wo sind wir?» fragte Lilli. Ehf lenkte Lillis Hand zum Griff der Beifahrertür, zog vergeblich. Sofort ließ Lilli sie los. Ehf sah, wie sie den Kopf zum Fahrer drehte. Wenn er kein Kind war und kein Engel, was war er dann? Einer von denen, die auf den Aussteigertrick hereinfielen? Ehf schlug die Hand vor den Mund und fing an, heftig zu würgen. «Mir ist schlecht», stieß sie aus. Sie wurde wieder

195

gegen den Beifahrersitz gepreßt. Der Wagen stand. Die Eiswürfelaugen im Rückspiegel waren zu Speerspitzen zusammengeschmolzen. Vorsichtshalber blähte Ehf noch die Backen auf.

«Raus!» brüllte der Fahrer. Sein Lächeln hatte er verschluckt. Er drückte auf einen Knopf im Zündschlüssel, beugte sich über Lilli und stieß die Beifahrertür auf. «Raus, alle beide!»

Hinein in den Kometenhagel. Ehf stand als erste auf dem Pflaster. Schleuderte die Wagentür zu, zog Lilli vorn heraus, rannte mit ihr in die Lichter hinein. Hupen, aufheulende Motoren, es stank. Aber vor ihren Füßen tanzten die Sterne über den Asphalt.

Sie stand wieder draußen auf der Straße. Jetzt gab es nur noch ein Ziel. Ein weiteres Mal zwang der Autoverkehr sie, auf dieser Straßenseite zu bleiben, darum ging sie den gleichen Weg zurück bis zur Brücke. Das Notebook wog schwer, aber das mußte so sein.

Wackersteine, dachte Eva, als sie über die Brüstung hinunter in den Fluß sah.

Wer hatte der Geißenmutter das beigebracht?

Barbie war da, mit ihren Schwestern. Da schlenderten sie vor den Schaufenstern auf und ab und wetteiferten, wer die längsten Beine hatte. Sie waren auch so vollmundig, so blond wie Barbie, hatten Haare bis zum Po. «Na, ihr Süßen, habt ihr euch verlaufen?» fragte eine von ihnen und strich Ehf übers Haar. «Und du?» fragte Lilli. Sie war jetzt überhaupt nicht mehr müde, wach und wendig sah sie sich um. Barbie aber war müde, ihre Lider hingen schwer und düster über den Augen wie bei Adamczyk, nur daß sie jünger war. Oder nicht? Ehe Ehf genau hinschauen konnte, hatte Lilli sie vor ein Imbißschaufenster gezogen. Sie sahen knusprige, riesige Fleischstücke, rochen den Duft von Gegrilltem. Wann war Ehf zuletzt so hungrig gewesen?

Es waren ausschließlich Männer in diesem Lokal, und sie erinnerten Ehf alle ein wenig an Gott. Vorn an der Scheibe, vor ihrer Nase, drehte sich an einem Spieß ein gehäutetes Tier, kopflos, dunkelbraun gegrillt. Von Zeit zu Zeit säbelte der Koch mit einem Elektromesser dünne Scheibchen davon auf eine kleine Schaufel herunter, die er, wenn sie voll war, in eine weiße Schale kippte und daraus in ein aufgeschnittenes Weißbrot lud. Jedesmal, wenn er ein solches Fleischbrot über den Tresen reichte, riß es in Ehfs Bauch. Das mußte wohl der Sauerampfer sein.

Drinnen zeigte einer der Männer auf die Kinder. Der Koch sah zur Scheibe, seine Augen verengten sich. Er schlug mit der Gabel kurz gegen die Fensterscheibe und bedeutete ihnen mit der Hand, daß sie sich davonmachen sollten. Lilli streckte ihm die Zunge heraus.

«Was haben wir denn hier für Frischfleisch?» Eine Männerstimme war das, direkt hinter ihnen. Polizei, dachte Ehf und zog Lilli weg von der Scheibe. Sie rannten um die nächste Ecke, blieben aber stehen. Viel zu hungrig war Ehf, als daß sie hätte weiterlaufen können, darum drückte sie sich fest an die Hauswand. Vorsichtig spähte sie um die Ecke. Barbies Schwestern spazierten immer noch vor den Autos entlang. Vielleicht wollten sie eins kaufen, so ein teures mit getönten Scheiben. Wo war Barbie?

Vor dem Dönerladen standen ein paar junge Leute und zählten ihr Geld. Dann legten sie alles in die Hand eines

Jungen mit Stoppelhaaren, und der ging in den Laden. Ein großes, silbergraues Auto hielt in zweiter Reihe kurz hinter dem Laden. Lenz hätte sagen könne, welche Marke das war. «Wohin jetzt?» fragte Lilli hinter Ehf. «Scht», machte Ehf. Sie sah, wie die Beifahrertür sich öffnete und Barbie ihre langen Beine herausstreckte, eins nach dem anderen, dann folgte der Rest. Mitfahren in fremden Autos. War das Erwachsensein? Barbie schlug die Beifahrertür zu. In der Hand hielt sie ein paar Geldscheine. Ehf sah, wie ihr einer davon auf die Straße fiel, als sie sich umdrehte, sah, wie Barbie sich den engen Rock zurechtschob und zwischen den parkenden Wagen hindurch auf den Gehweg schritt. Der Geldschein hinter ihr flatterte zaghaft auf, als wolle er ihr folgen, sank wieder zu Boden, flatterte noch mal auf und schwebte dann hinter Barbie her in Richtung Straßengraben. Niemand schien das zu bemerken. Ehf sprintete los, stieß im Laufen gegen Barbie. «Schon wieder du?» sagte die, eigentlich sehr freundlich, obwohl Ehf sie mit der Schulter getroffen hatte. Wo war das Geld? Im Laufen hielt Ehf sich die Stirn und suchte, leicht vorgebeugt, mit den Augen den Rinnstein ab. War es hier? Sie legte sich flach auf den Bürgersteig, streckte den Arm unter das parkende Auto vor sich und tastete herum. Da spürte sie Papier zwischen ihren Fingern. Schnell griff sie zu und stand wieder auf.

Lilli stand hinter ihr. Über ihre Schulter hinweg sah Ehf, wie Barbie in einem Hauseingang stehenblieb, wie sie ihr Geld zählte, stutzte, wieder zählte. Jetzt drehte sie sich um. Ihr Blick streifte hastig über den Boden, wanderte hoch und traf auf Ehfs Blick. Eine Frage lag in Barbies großen Augen. Ehf hielt das aus, blieb einfach stehen, den Kopf erhoben, schaute Barbie direkt ins Gesicht, einfach so, bis Barbie lächelte, beinahe entschuldigend, das Lächeln wieder verlor und sich schulterzuckend abwandte. So einfach war das. «Ich habe geklaut», sagte Ehf leise zu Lilli.

Lilli forschte in ihrem Gesicht. Da ließ Ehf den Kopf hängen. Ehe der Knoten im Hals zu eng wurde, stürmte sie in den Dönerladen. «Zweimal!» forderte sie und legte sofort das Geld auf den Tresen. Der Koch sah auf sie, auf den Geldschein, griff zu, und mit versteinertem Gesicht nahm er das elektrische Messer auf. Jetzt surrte es für sie, fiel das Fleisch herab auf die Schaufel für sie, wurde das Brot aufgeschnitten und bis zum Überlaufen beladen für sie. Beinahe hätte Ehf das Wechselgeld vergessen, so groß schien ihr die Beute, als sie sie entgegennahm. Aber Lilli war ja auch noch da. Rasch schob sie das Geld vom Tresen und steckte es ein.

An der Tür hielt Ehf kurz Ausschau nach der Langbeinigen, aber sie war nicht zu sehen. Lilli lief quer über die Straße, zwischen den hupenden Autos hindurch auf eine breite Treppe zu. Ehf kam kaum hinterher. H-O-T-E-L, las sie an der Fassade. Sie setzten sich auf die unterste Stufe und fielen über ihr Essen her.

«So soll mein Geburtstag sein», sagte Ehf, «so knusprig. So spät.» Der Bissen quoll ihr im Mund auf. Ihr nächster Geburtstag würde nichts mit Kerzenkranz und Glückwunschlied zu tun haben. Das war in vier Wochen. Und die Winde wehten nicht so leicht heimwärts. Seefahrt war hart. So ganz spaßig schien es nicht zu werden, das Erwachsensein. Ehf versuchte zu schlucken, dabei geriet ihr ein Zwiebelring quer in den Schlund, und sie mußte husten. Lilli klopfte ihr ein paarmal auf den Rücken, bis es vorbei war. Einen Moment lang herrschte Stille. Dann hörten sie etwas entfernt Zugbremsen, Lautsprecher. Sie sahen sich an. «Der Hauptbahnhof», sagte Ehf. Sie konnte sich nicht erinnern, wann sie zuletzt hier gewesen war. Ihre Eltern fuhren immer mit dem Auto.

Lilli stand auf und sah sich suchend um. «Ich glaub, da lang», sagte sie und deutete auf die nächste Kreuzung. Ehf erhob sich. Lilli lief los, und sie bemerkte mit Erleichterung, daß die ihre Majestätshaltung zurückgewonnen hatte. Satt und bleimüde ging sie mit gebührendem Abstand hinter der Kaiserin her, den Blick an deren Fersen geheftet. Da leuchtete es ihnen schon entgegen: U-Bahn-Schilder, S-Bahn-Schilder, Taxis, grelle Straßenlampen und dahinter das weit offene Bahnhofsgebäude.

«Wann hast *du* eigentlich Geburtstag, Lilli?»

Lilli drehte sich um und strahlte. «Heute, du liebes Puppengesicht.»

Die Fußgängerampel schaltete auf Grün, als Eva die Kreuzung erreichte. Gerade so, als wollte sie ihre vorige Entscheidung korrigieren. Langsam überquerte Eva die Straße. Ihre nackten Sohlen brannten.

Über dem Wald stand die Sonne schon tiefer. Die Strahlen blendeten Eva, sie mußte blinzeln, hörte die Kinder lachen, so viele waren sie damals, eine ganze Horde. «Komm», sagte Lilli, «ich zeige dir mein Schloß.» Und Eva folgte ihr, auf die tiefstehende Sonne zu, knapp zwanzig Jahre später, auf dem verbotenen Weg. Zur Engelsalm durfte sie früher nicht alleine gehen, sie hat es trotzdem getan, als sie Lilli kannte.

Eva setzte Fuß vor Fuß. Das Gehen war sehr schmerzhaft

geworden, und sie hatte wahnsinnigen Durst. Aber warum sollte sie es sich leichtmachen? Es ging um ihr Leben.

Als sie den Kopf hob, sah sie das Ortsausgangsschild vor sich, ein heller Stern am Horizont. Links davon erkannte sie das Drachenfeld. «Leine geben», hörte sie den Großvater sagen, «sieh nur, wie hoch er steigt.» Der Großvater hatte nie auf die Engelsalm gehen wollen. «Dort tragen die Engel Ederings Kinder gen Himmel», hörte Eva ihn sagen.

Im Sarg

«Auf Gleis zehn erhält Einfahrt der ICE...»

«Bitte Vorsicht an der Bahnsteigkante – zu-rückbleiben!»

«ICE Kaspar Hauser hat voraussichtlich fünfzehn Minuten Verspätung.»

Es quietschte und rasselte, jemand rief etwas, es ratterte, Türen knallten, etwas zischte und pfiff, und dann war Ehf wach. Im ersten bewußten Moment hörte sie nichts als den eigenen Herzschlag. Alles tat weh. War wohl wieder mal eingeschlafen im Vorführraum, vielleicht war jetzt passiert, was ihr die Mutter immer prophezeit hatte, wenn sie mal wieder Ehf im Vorführraum erwischt hatte: «Eines Tages kommst du auf diese Weise noch lebendig unter die Erde, verflixt.»

Ehf holte tief Luft. Wo war überhaupt Olga? «Mama», wollte sie rufen und merkte, daß ihr dieser Ruf nicht mehr über die Lippen kommen mochte. Und Olga lag nicht neben ihr, und sie selbst lag mit dem Kopf auf den Armen und fühlte sich armlos, kopflos, bodenlos, und dann hörte sie es wieder quietschen, Türen knallten, es zischte, pfiff, «Aufgleiszehnerhält...»

Mühsam versuchte sie, trotz der Enge, in die sie gepreßt war, die Hände unter dem Hinterkopf herauszuziehen. Sie fühlten sich wattig an. Sie legte sie auf das Gesicht, nein, sie hatte keines mehr. Aber die Augen mußte es doch geben. Die sahen längst das kleine Lichtloch über dem rechten

Knie. Das Loch ließ die Erinnerung herein zu Ehf. Den Pappkarton hatte Lilli entdeckt, weil Ehf schon viel zu müde gewesen war und sowieso kein Zug mehr fuhr. Gleich mußte Lilli zurück sein mit den frischen Brezen. Ehf stemmte die Hände gegen die Kartondecke und schob sie auf. Gleißend strömte das Licht herein und brachte Ehf zum Blinzeln. Als sie die Augen wieder öffnen konnte, sah sie in den makellos blauen Himmel hinein.

Der Karton schwankte. Ehf stemmte sich vorsichtig hoch und stieg hinaus. Schotter, so weit sie sehen konnte. Sie drehte sich langsam im Kreis, die Hand über die Augen gelegt, sah in weiter Entfernung Lastwagen und Busse stehen. Und sie sah einen Drahtzaun, der nur ein paar Armlängen vor ihr entfernt lag und den Platz von den Gleisen trennte.

Sie ließ den Karton stehen und ging auf den Drahtzaun zu. Da war das Loch, durch das sie vor ein paar Stunden geklettert waren. Ehf zwängte sich hindurch. Direkt vor ihren Füßen lag ein Gleis, das nach ein paar Metern in einen abfallenden Bahnsteig mündete. Auf dem Hinweg war es dunkel gewesen, und alle Züge hatten still gestanden. «Aufgleisviererhält…» Ehf begann zu rennen. Wo blieb nur Lilli mit den Brezen?

Eine schlafende weiße Schlange, so lag der Zug neben ihr auf dem Gleis. Ehf versuchte, hineinzusehen, aber sie erkannte nichts als Schatten. «Hier», sagte eine Frauenstimme hinter ihr, «Wagen sechs.» Ehf drehte sich um. Die Frau zog einen Koffer auf Rollen, und dahinter schob ein Mann einen beladenen Kofferkuli. Oben auf den Koffern saßen zwei Kinder. Das Gefährt kam neben Ehf zum Stehen, und der Mann begann, die Koffer abzuladen. Dabei rutschten die Kinder lachend immer einen Koffer tiefer, am Ende saßen sie auf dem blanken Metall. «Welche Platznummer?» fragte der Mann. «Zweiunddreißig, am Fenster.» Der Mann nahm zwei Koffer und schleppte sie in den Zug. Ehf trat einen Schritt zurück und suchte nach der Tafel, auf der das Ziel stand. Die Tafel hing direkt über ihr. «Hamburg», stand da, und die Uhr daneben zeigte auf viertel vor eins. So war sie früher mit der Mutter nach Norddeutschland zu den Verwandten gefahren, wie diese Frau mit ihren Kindern. Der Vater hatte sie mit allen Koffern zum Bahnsteig gebracht und das Gepäck verstaut, hatte gewunken, wenn der Zug anfuhr.

«Und laß dich hier nie wieder blicken», sagte der Mann und schob die Frau mit dem Rollenkoffer in den Zug. «Nie wieder, hörst du?» Damit drehte er sich um, griff nach dem Schieber des Kofferkulis und schob mit den lachenden Kindern davon.

«Ausgeschlafen?»

Da stand Lilli. Ehf umarmte sie, so froh war sie, die Freundin zu sehen. Lilli hielt ihr eine Papiertüte unter die Nase. «Frühstück.» «Ist doch schon Mittag», sagte Ehf. »Ist doch egal», sagte Lilli. Nachdenklich sah Ehf auf den Zug. Die Türen waren alle noch offen. In den Vorräumen stapelte sich das Gepäck. »Der Zug geht nach Hamburg», sagte sie, «zum Meer.» «Achtung!» zischte Lilli und zog sie hinter eine Anzeigetafel. Zwei Polizisten gingen vorüber. Ehf sah Lilli fragend an. Lilli nickte. Die Polizisten schlenderten bis zum Bahnsteigende, machten dort kehrt und gingen auf der anderen Seite des Bahnsteigs zurück. Die Mädchen wechselten die Deckungsseite. Ehf sah auf den Zug. Irgendwo hinter den blinden Fenstern saß die

Frau mit dem Rollenkoffer und fuhr ohne Kinder nach Norddeutschland. Traurig hob Ehf die Hand. Der Zug rollte langsam vorüber, und aus jedem Fenster winkte Ehf sich selbst zu. Zum ersten Mal im Leben hatte sie das Gefühl, tatsächlich etwas verpaßt zu haben. Da war es auch schon egal, daß Lilli sie weiterzog, tiefer unter das Dach und in die Halle hinein, über die Rolltreppe ins Freie, in einen dreckigen, stickigen Mittag hinein.

Lilli wollte ein Auto finden. Sie fanden viele in einem staubigen Schaufenster drei Ecken weiter. Viele kleine Modellautos. Nebeneinander aufgereiht, hintereinander, ganz ordentlich, ein übervoller Miniaturparkplatz. Im Schaufenster nebenan glänzten Messer und Speere und sogar eine echte Ritterrüstung, und noch eins weiter gab es Uhren in rot, gelb, lila, getigert, gestreift. Lilli blieb stehen und saugte sich fest daran. Ehf ging weiter. Sah über die Straße. Auf der anderen Seite stand eine Urne im Schaufenster, eine schlichte, matte, schnörkellose Urne. Darin sollte die Zukunft liegen, glaubte man dem Großvater, der selbst keinesfalls darin liegen wollte. So schnell sie konnte, stürzte Ehf auf das Fenster zu. Es war grau ausgelegt, Fotos rahmten die Urne ein, Fotos von edlen Särgen, bestes Material, das sah Ehf sofort. Sie mußte schlucken.

Wann hatte sie zuletzt «Mama» gerufen, als sie Hilfe benötigte? Das war lange her, ein ganzes Leben, damals ging sie noch nicht zur Schule. Gut fünf war sie wohl, es war im Frühling, Regen fiel, von den Blüten tropfte es und vom frischen Grün, da hatten die Schnecken die Macht über den Garten, fette Nacktschnecken, sie schoben sich über die Steine am Beetrand, nebeneinander, übereinander, lagen auf der feuchten Erde, von der sie sich kaum unterschieden, mühten sich durch den Schlamm, braune, klebrige Klumpen.

Im Gras stand das Kind und betrachtete sie, die Hände im Rücken verschränkt, den Kopf leicht vorgebeugt, die Füße in neuen Gummistiefeln, reglos und gebannt.

Warum sind sie so häßlich, dachte Ehf, welchen Sinn hat das? Müssen sie etwas verbergen? Die wollen wohl nicht, daß man sie anschaut, weil sie etwas vorhaben, im verborgenen. Die ziehen ein Netz aus Schleim über den Boden, über die ganze Welt. Und waren das nicht Hände, da unterm Bauch? Waren sie nicht riesengroß, und griffen sie nicht schon längst nach der Saat, streckten sich aus nach der kommenden Ernte? Und Augen, oder? Augen waren auch da, sahen alles, auch unter der Erde. War da nicht schon lange dieses Grollen zu hören, als stampften Riesenfüße durch die Erde? Gleich würden sie sich erheben, würden die Köpfe wenden, sie ansehen, diese Hände nach ihr ausstrecken und sie in ihren klebrigen Schleim hinabziehen, und dann gnade ihr...

«Mama!!»

Das Kind schlug um sich, trat wild nach allen Seiten und schrie, schrie, schrie. «Hilfe! Mama! Hilfe!!» Ein Fenster wurde aufgerissen, und Sekunden später stand die Mutter bei ihr. «Was ist denn passiert, Ehf? Kind, was ist denn los mit dir?» Zitternd deutete das Kind auf die Schnecken im Beet. Die Mutter verstand erst nicht, sah auf das Beet, auf das Kind, wieder auf das Beet. Auf einmal lachte sie los. «Ach, wie süß!» rief sie, «Schnecken! Du fürchtest dich vor Schnecken. Ach, Maus, die beißen doch nicht. Nur die Saat, die sollten sie nicht holen.»

Lachend lief sie ins Haus und kam kurz darauf mit der Salzdose zurück. Die leerte sie über den Schnecken aus. Ein Pfeifen und Zischen erhob sich, es war unerträglich, Ehf hielt sich die Ohren zu. «Was ist das?» rief sie.
«Der Tod!» rief ihre Mutter zurück.
Zum Abendbrot gab es Eibrot mit Salz, und Ehf wunderte sich, daß sie Hunger hatte. Aber meistens war der Tod viel leiser.

«Ein Fest», schwärmte die Mutter immer häufiger, «ein ungeheures Ereignis, das sich in die Erinnerung einbrennt. Stilvoll. Randvoll. Prall.»
Ehf starrte auf die schnörkellose Urne im Schaufenster. Bunte Seidentücher und Duftöle und Tangorhythmen – sie versuchte, sich das vorzustellen. Funeralmaster, hieß der Traum ihrer Mutter. Sie haßte die Ehrfurcht. «Das ist nichts als eine geregelte Form von Angst», erklärte sie dem Vater, wann immer das Gespräch darauf kam. Jetzt würde sie Angst haben. Wild und ungeregelt. Ehf hauchte die Scheibe an. Einen Nebelkreis malte ihr Atem, einen Schweißfleck. Sie würde neben dem Telefon sitzen oder unruhig durch das Haus wandern, oder vielleicht würde sie auch mit dem Motorrad durch Edering fahren und die vertrauten Orte absuchen, jede Toreinfahrt zu einer früheren Freundin, jeden Busch am Spielplatz. «Das wird sich einbrennen in die Erinnerung», sprach Ehf gegen die Scheibe, «ungeheuer, unheimlich. Prall.» Mit der Schuhspitze stieß sie den Rhythmus der Worte gegen die Hauswand. Lilli, die neben ihr stand, sah die Urne an, sah auf Ehf, dann wieder auf die Urne.
«Sie werden es überleben», sagte sie und drehte sich um.

Mit den Schultern lehnte sie sich gegen die Scheibe. «Auch wenn es für sie natürlich viel schwerer ist, bei all den Särgen und Beerdigungen. Aber so ist das nun mal im Krieg. Da gibt es keinen Stein zum Erinnern. Keinen Ort, der bleibt.»

Ein riesiger Lkw hielt vor dem Schaufenster. Ehf drehte sich um und lehnte sich neben Lilli. Der Fahrer des Lkw öffnete die Tür, beugte sich halb heraus und suchte die Hauswände ab. Achselzuckend sah er auf einen Zettel in seiner Hand. Dabei entdeckte er die Mädchen. «Trauerpflege Haupt?» fragte er. Ehf nickte heftig. «Das Tor?» Mit dem Zettel deutete der Mann auf die Hauseinfahrt neben dem Schaufenster. Ehf nickte wieder. «Macht doch mal auf!» Damit schlug der Mann die Fahrertür zu und ließ den Lkw ein paar Meter weiter rollen, an der Einfahrt vorbei. Ehf lief auf das Tor zu und drückte. Das Tor gab nach. «Was machst du da?» rief Lilli. Ehf schob das Tor ganz auf. Es tat gut, wieder etwas ganz Normales zu tun.

Hinter der Einfahrt führte ein breiter Durchgang auf den Innenhof. Umsäumt von meterhohen Wänden wie ein Burghof. Ehf drückte sich an die Hauswand neben dem Tor und sah zu, wie das Heck des Lkw sich millimetergenau auf die Öffnung zubewegte. Bevor sich der Laster in die Einfahrt schob, rannte Lilli nach vorn und stellte sich dann neben Ehf. «Frankfurter Kennzeichen», sagte sie, «das nutzt uns nichts, oder?» Ehf antwortete nicht, denn direkt vor ihren Schuhspitzen rollten jetzt die mächtigen Räder vorbei. Beide spürten im ganzen Körper die gewaltige Schwerkraft des vorbeirollenden Fahrzeugs. Den Fahrer sahen sie nicht, so hoch saß er über ihnen. Mit der Stoßstange auf der Höhe der Mädchen blieb der Lkw stehen. Die Fahrertür öffnete sich und versperrte den Kindern den Blick zur Straße. Sie hörten, wie der Fahrer hinaussprang, wie er um den Lkw herumging, wie er hinten die Ladetüren öffnete. Dann entfernten sich seine Schritte im Hof. Ehf kniete sich hin, um unter der Tür hindurchzusehen.

«Und?» fragte Lilli.

«Nichts.» Und dann, nach einer Weile: «Er kommt zurück.»

Der Fahrer kam aber nicht allein zurück, Ehf sah, wie zwei Paar Beine auf den Laster zugingen und dahinter stehenblieben, um gleich darauf wieder davonzueilen.

«Ich glaube, sie laden was aus», flüsterte Ehf.

«Los», zischte Lilli, «steigen wir auf.»

Sie bückte sich und kroch unter der geöffneten Fahrertür hindurch in den Hof. Ehf kroch hinterher. Lilli schlich um den Laster herum und kletterte hinten auf die Ladefläche. Von dort reichte sie Ehf die Hand und zog sie hoch. Noch hatte Ehf sich nicht an das Dunkel im Innern des Lasters gewöhnt, als Lilli sie am Arm packte. «Sieh dir das an.» Mehr gerufen als geflüstert war das, und ohne zu überlegen, preßte Ehf der Freundin die Hand auf den Mund. Sie spürte ihren Atem in der Handinnenfläche.

Langsam gewann die Fracht Konturen, und das Gefühl, heimgekommen zu sein, erfaßte Ehf mit großer Macht. Sie nahm die Hand von Lillis Mund und strich beinahe zärtlich über das Holz. «Erle», flüsterte sie, «nein: Kirsche. Oder doch eine sehr feine Buche?»

Die Engelsalm.

Das mußte sie sein. Eva blieb stehen. Eine übermannshohe dichte Hecke versperrte ihr die Sicht. Dahinter hörte sie einen Rasenmäher. Etwas Pompöses ging von dem Anwesen aus. Eva sah an sich herab. Staubige, verschwitzte Kleider, barfuß, dann dieses Notebook unter ihrem Arm, sie hatte hier nichts zu suchen, so, wie sie aussah. Sie ging trotzdem weiter, langsam, Tempo ließen die wunden Füße nicht mehr zu. Die Hecke ging in ein großes, weißes, verschlossenes Tor über. Zwanzig, fünfundzwanzig Schritte dahinter bog die Hecke im rechten Winkel ab. Ein schmaler Pfad führte zwischen ihr und dem angrenzenden Grundstück zum Wald hinüber. Eva ging ihn ein paar Schritte.

Hier war es schattig und kühl. Die Müdigkeit kroch ihr allmählich von den Beinen hoch in den Kopf. Auf halbem Weg zum Wald ließ Eva sich einfach fallen, legte das Notebook auf die Knie und lehnte sich gegen die Hecke.

«Wie viele noch?» fragte der andere Mann.

«Steht in den Papieren», brummte der Fahrer, «nee, steht doch nicht drin. Klären wir.»

Sie zogen einen Sarg heraus und schleppten ihn davon. Lilli starrte ins hintere dunkle Eck der Ladefläche. «Was kostet eigentlich so ein Teil?»

«Eins in der Woche langt.» Ehf versuchte, aus der Deckung in den Hof zu schauen. «Hat mein Großvater immer gesagt.»

«Ich hab noch was gut», sagte Lilli, «von gestern nacht.» Und ehe Ehf sie daran hindern konnte, war sie vom Laster gesprungen und zog an einem der Särge, genau wie die Männer, zog und zerrte, bis er schließlich nachgab und sich auf Lilli zu bewegte. «Vorsicht!» rief Ehf, doch zu spät. Polternd und rumpelnd landete das Modell vor Lillis Füßen. Sofort sprang Ehf vom Lkw hinunter. «Abhauen», zischte sie. Lilli nickte. Ehf drückte sich seitlich an dem Laster vorbei auf die Straße. An die Hauswand gelehnt, wartete sie und lauschte. Erst kam Lilli nicht, und Ehf wurde schon ganz unruhig, aber dann hörte sie ein Keuchen und Schürfen, ein Kratzen und Zerren, und Lilli kroch neben ihr unter dem Lkw hervor. Noch auf den Knien, drehte sie sich um und zerrte das Unterteil des Sarges heraus.

«Faß an», sagte Lilli.

Weißt Du noch, Lilli, wie wir in dem alten Autowrack saßen? Hier irgendwo muß es gewesen sein. Wir ließen uns in die Sitze fallen, Du immer hinter dem Lenkrad, ich auf dem Beifahrersitz.

Erinnerst Du Dich an das Pärchen, das wir mit der Hupe in die Flucht jagten? Einmal war ich allein im Auto, als wieder eine Frau hier nackt am Boden lag. Das war in der Freinacht, und die Frau war keineswegs freiwillig hier. So viel verstand ich schon damals davon.

Hier im Autowrack erzählte uns Adamczyk von Hänsel und Gretel und noch ein paar andere Märchen. Ich habe Adamczyks Märchen geliebt, sie waren ehrlich und ohne Absicht. Nur ein Märchen hat er uns nicht zu Ende erzählt, und den Schluß suche ich noch heute.

«Ahoi, Kameraden...»

Sie gaben ihr Bestes, sangen, wie sie noch nie gesungen hatten, zweistimmig, ganz ohne Probe. Inzwischen hatte sich eine kleine Menschentraube um Lilli und Ehf gebildet. Die Mädchen saßen rittlings auf der umgedrehten Holzkiste und schmetterten die Lieder, die Ehfs Großvater immer gesungen hatte. Vor der Kiste hatte Lilli ihr Stofftaschentuch am Boden ausgebreitet, von dem Ehf bis dahin gar nicht gewußt hatte, daß Lilli es besaß. Auf dem nicht mehr ganz sauberen Tuch mit der krausen Häkelspitze lagen zahlreiche Münzen.

Im Gänsemarsch, die Kiste über den Köpfen, so waren sie der Bahnhofsgegend entkommen. So trugen Ruderer ihre Kanus, am Ufer entlang auf das Wasser zu. In den Schaufenstern eines Kaufhauses konnten sie sich bewundern. «Adamczyk wäre glücklich, wenn er das sehen könnte», behauptete Lilli. Dann waren sie unter der Erde, in einer grellen, bunten Unterführung, wo sie mit ihrer sperrigen Fracht ins Gedränge gerieten, zwischen Käsestangen und billige Pullover. «Schulschwänzer!» beschimpfte sie ein Alter mit Hut, «und wer zahlts? Wir!» Sie fanden sich auf der Rolltreppe wieder, ließen sich tragen, hineinfahren ins Tageslicht, den Sarg über den Köpfen.

Mit der Andeutung einer kleinen Verbeugung nahm Ehf nun den Applaus der Umstehenden entgegen und überlegte fieberhaft, welches Lied aus Großvaters Repertoire ihr Publikum sich jetzt wohl wünschen würde. In der Fußgängerzone, die Ehf vom Hosenkaufen, Schuhekaufen her kannte – «du bist ja schon wieder aus allem herausgewachsen, Maus!» -, herrschte genauso ein Gedränge wie in der Unterführung, aber hier bekam sie wenigstens Luft. Eben noch, auf dem Herweg, hatte Ehf einen Mann auf einem Podest gesehen, von Kopf bis Fuß und auch die Kleider mit Goldfarbe eingeschmiert und vollkommen unbeweglich. Die Mädchen waren weitergegangen, ihr seltsames

Dach über sich. Flötenklänge, ein lockender Rhythmus hatten sie in ein anderes Publikum hineingerufen, Gitarren und kleine Trommeln, fünf Indios ohne Alter sangen traurig schöne Lieder, die viel Begeisterung und Kleingeld fanden in der Menschentraube ringsum. Das war Ehf im Kopf herumgegangen, als sie vor einer Kirche stehenblieben, die zwischen den Kaufhäusern eigentlich nicht zu erkennen war. Erschöpft hatten sie ihre Last fallen lassen und sich darauf ausgeruht, und Ehf hatte überlegt, warum Menschen, die schon wieder aus allem herausgewachsen waren, ihr Geld für Sänger hergaben. Lilli hatte als erste die erwartungsvollen Gesichter ringsum bemerkt, die plötzlich aufgetaucht, immer mehr geworden waren, hatte Ehf angestoßen, und so kam es zu «Madagaskar» und «Junge, komm bald wieder».

«So schöne Stimmen.»

«Bestimmt Zigeunerkinder.»

«Die gibt's doch gar nicht mehr.»

Männer, Frauen, vielen war gar nicht anzusehen, was von beidem sie waren. Alterslos waren sie, wie vorhin die Indios. Verharrten mitten im Gehen, ein Bein vorgestellt, um den Weg jederzeit wieder aufnehmen zu können.

«Wahrscheinlich Polen, die singen doch jetzt überall hier bei uns», sagte ein alter Mann und begann, heftig zu husten. Ehf sah ihn lange an, weil er sie an den Großvater erinnerte und weil sie ohnehin gerade fertig waren mit dem letzten Lied. Die Leute applaudierten, bis auf den Alten, der sich die Hände vor den Mund hielt vor lauter Husten. Jetzt mußte Ehf an ihren Vater denken und daß er auch mal so alt sein würde wie der Mann hier, wie der Großvater. Wie lange würde das noch dauern, und würde sie das miterleben? Seefahrt war langwierig, vielleicht sah sie die Eltern nie wieder. Und was sollten sie eigentlich noch singen? Die ersten der Zuschauer gingen schon wieder, Münzen hatte beim letzten Lied keiner mehr auf das Taschentuch geworfen. Da begann Lilli neben ihr plötzlich mit einem neuen Lied. Fremde, hart klingende Wörter in einer fremden Weise. Mit offenem Mund starrte Ehf sie an. Sie hatte Lilli bisher noch nie singen gehört.

«Polen, sag ich doch», brummte der Alte, der aufgehört hatte zu husten, und warf hastig eine Handvoll Münzen auf das Taschentuch. Es klimperte lustig und paßte gar nicht zu Lillis traurigem Lied. Lilli schien nichts wahrzunehmen, sie hatte die Augen geschlossen und sang, und Ehf fand es wunderschön, wie sie sang und wie sie dabei aussah. Stolz blickte sie ins Publikum, suchte Verbündete und schoß jedem einen bösen Blick hinterher, der einfach weiterging. Vorn stand ein kleiner Junge und starrte Lilli an, genau wie Ehf. Er war vielleicht drei Jahre alt, und um seinen Mund bildeten die Reste eines Schokoladeneis einen schmierigen Bart. Jetzt lächelte er. Ehf sah zu Lilli, die die Augen jetzt wieder geöffnet hatte und ihr Lied nur für den kleinen Jungen sang.

«Spinnst denn total?!»

Eine hohe Frauenstimme unterbrach Lillis Lied. Hinter dem Jungen teilte sich die Menge, und eine Hand zerrte ihn an den Trägern seiner Latzhose fort. «Einfach weglaufen!» Der Kleine fing an zu brüllen, doch erbarmungslos wurde er aus dem Publikum gezerrt. Lilli hörte auf zu singen, und auch Ehf verlor die Lust. Sie sah zu, wie Lilli das Taschentuch an den Enden zusammenknotete. Sofort zerstreute sich die Menge der Zuhörer.

Gerade als die Mädchen den Sarg hochstemmen wollten, tauchten drei Indios auf und begannen, Ehf und Lilli auf einen Kaufhauseingang zuzudrängen. Ehf erschrak. Verstohlen blickte sie nach dem Taschentuch in Lillis Hand. «Ksch, ksch», machte einer der drahtigen, kleinen Männer und drängte Ehf mit scheuchenden Handbewegungen weiter. Sie fing einen beruhigenden Blick von Lilli auf. Trotzdem bereute Ehf zum ersten Mal, seit sie hinter Lilli aus dem Küchenfenster gesprungen war, daß sie statt dessen nicht doch einfach mitgeholfen hatte, die Glassplitter am Boden aufzusammeln.

«Luft wieder rein», hörte sie einen der Männer sagen. Lilli atmete hörbar auf. «Von hinten sind sie mir lieber», sagte sie und deutete auf zwei Gestalten in der Fußgängerzone, die sich langsam entfernten. Polizisten. So rasch, wie sie aufgetaucht waren, verschwanden die Indios wieder. Den Mädchen blieb nicht einmal die Zeit, sich zu bedanken.

Sie hoben die Kiste, ihr Boot, wieder über die Köpfe. Lilli ging vor. Ehf sah auf ihre trauerfarbenen Haare, die ihr lang über die Schultern hingen. Sie ging irgendwohin, und Ehf mußte mit. Fragte nicht, wohin. Sie hatte gar keine Lust zu fragen, einfach keine Lust mehr. Vielleicht würden sie ja den Fluß wiederfinden oder irgendeinen anderen Fluß. Alle Flüsse führten irgendwann ans Meer. Und das war doch ihr Ziel, das Meer. Das war es doch, oder? Oder, Lilli? Sie hätte nur den Arm ausstrecken müssen, um sie zu berühren. Aber das war nicht mehr möglich. Lilli war weg, so weit weg, daß ein Arm nicht mehr ausgereicht hätte. Schon gar nicht Ehfs Arm, der war doch klein. War doch noch klein. Ein bißchen zu klein. Asphalt unter ihren Schuhen, das ewig gleiche Grau. Und darüber dämmerte es allmählich. Fuß vor Fuß vor Fuß. Autolärm. Hupen. Noch nie so müde, niemals zuvor.

Das erste Märchen, das Ehf von Adamczyk erzählt bekam, war das Märchen vom Rumpelstilzchen. September, die Schule hatte wieder begonnen, und sie saßen das allererste Mal zu dritt auf der Metalltreppe, Adamczyk oben, eine Karotte in der Hand, die Mädchen zwei Stufen unter ihm.

«War einmal ein Müller, mit seiner Mühle ging es zu Ende, keiner brauchte mehr Mehl von ihm, aber er hatte ein Kind, eine Tochter, die wollte essen.»

Die Mutter hatte Ehf hergebracht, allein durfte sie nicht zur Engelsalm, und außerdem war die Neugierde der Mutter größer als ihr Mißtrauen. «Starkes Motorrad», hatte Lilli gestaunt, als Ehfs Mutter davongebraust war.

«Ging zu jener Zeit der König durchs Land und tat so, als wollte er Steuern eintreiben. Wollte aber in Wirklichkeit nur nachsehen, wer die Kinder im Land waren. Ob sie das konnten: sein Schloß erhalten.»

«Eine Neue? Wo kommt sie denn her?» Die Eltern waren noch sehr interessiert damals beim Mittagessen, am ersten Schultag nach den großen Ferien. «Aus dem Krieg?» hatten sie wiederholt, als Ehf berichtete, was Herr Thalmeyer ihnen gesagt hatte.

«So kam der König auch zur Mühle. Hatte der Müller aber nichts da, um die Steuern zu bezahlen, die der König scheinbar forderte. Nichts als sein Kind. Das rief er herbei und ließ es vor dem König tanzen und singenn gerade so, wie es ihn selber so freute. Hoffte, der König würde die Steuern vergessen. Eine schöne Tochter hat er, sagte der König, was kann sie? Singen und tanzen, antwortete der

Müller erstaunt, dachte, das sieht man doch. Ach, sagte der König, kann sie denn nichts Besonderes?»

«Aus den Wohndosen?»

«Von der Engelsalm?»

«Ein Kriegsflüchtling?» «Ach, du liebe Zeit. Ist sie dafür nicht noch ein bißchen zu klein, unsere Kleine?»

«Soll sie sich ruhig mal umsehen da. Soll sie ruhig sehen, daß es Schlimmeres gibt als einmal die Woche das eigene Zimmer aufzuräumen.»

«Natürlich kann sie was Besonderes, sagte der Müller, der nichts mehr schaffte mit seinen eigenen Händen. Sie kann, sagte er und besann sich verzweifelt, sie kann, kann, jetzt fiel ihm was ein, stolz sprach er weiter und glaubte es schon selbst, sie kann Stroh zu Gold spinnen. Das gefiel dem König. Singen und Tanzen konnten sie doch alle, und Stroh hatte er genug, seit die Mühlen stillstanden im Land, weil das Mehl jenseits der Grenze billiger war. Alle Kammern im Schloß waren voll Stroh. Gold wollte er haben. Also band er dem Mädchen die Beine zusammen, daß es nicht mehr tanzte, stopfte ihm einen Knebel in den Mund, daß es nicht mehr sang, und schaffte es auf sein Schloß.»

«Vielleicht kann sie das Mädchen ja erst mal hierher einladen. Damit wir sie kennenlernen.»

«Das wäre ja auch für uns mal ganz interessant, so ein Bericht aus erster Hand.»

«Seit wann interessierst du dich denn für Frontberichterstattung?»

«Seit mein Großvater in Rußland gefallen ist.»

«Da warst du doch noch gar nicht auf der Welt.»

«Eben.»

«Im Schloß aber wurde die Müllerstochter in eine Kammer gesperrt, die war voll Stroh. Saß sie da in ihrem Unglück, die schöne Sängerin, und konnte sich gar nicht mehr rühren vor Schreck und Fesseln. Kam der hinkende Zwerg, mit dem sie in der Mühle immer getanzt hatte, wie hieß er doch? Hatte sie seinen Namen schon vergessen hier im Schloß. Ich kann dir helfen, sagte der Zwerg, was gibst du mir dafür? Wußte sie gar nichts zu antworten darauf und war froh über den Knebel im Mund. Ich will dein Kind, sagte der Zwerg, und sie nickte, war ja selbst noch ein Kind. Also spann der Zwerg all das Stroh zu Gold und verschwand wieder.»

Aber Ehf hatte Lilli nicht zu sich einladen wollen, als hätte sie geahnt, daß dabei etwas zu Bruch gehen würde. Vielmehr wollte sie wissen, wie eine wohnt, die aus dem Krieg kommt, wie eine in der Dose wohnt. Das ginge nicht mit dem Besuchen, hatte sie behauptet, das dürfe Lilli nicht. Sie wollte die Neue auf der Engelsalm besuchen.

«Am andern Tag sah der König das Gold und wollte es gar nicht glauben. Er roch daran, und es roch nach Gold, und er biß darauf, und es schmeckte nach Gold. Da glänzten seine Augen von all dem Gold, und er packte die Müllerstochter und schleifte sie in die nächste Kammer voll Stroh. Kam wieder der hinkende Zwerg und erinnerte die Müllerstochter an ihr Versprechen und machte Gold aus dem Stroh. Am andern Tag erschien dann der König und schleifte sie in die nächste Kammer, und das ging so fort, bis das ganze Schloß voll Gold war.»

Die Mutter hatte darauf bestanden, Ehf mit dem Auto zur Engelsalm zu fahren. Ehf war das sehr peinlich gewesen. Gottlob war das Auto dann gar nicht erst angesprungen, und Ehfs Mutter hatte das Motorrad aus der Garage geholt.

«Aus lauter Freude am ganzen Golde heiratete der König die Müllerstochter, und bald schon sollte sie ein Kind bekommen. Da kam in der Nacht vor der Geburt der hinkende Zwerg und forderte seinen Lohn. Die Müllerin wußte nicht, was zu tun, also riß ihr der Zwerg das Kind aus dem Leib. Da fiel ihr sein Name wieder ein. Vater, flüsterte sie, doch es war zu spät, sie stürzte tief, tief in das Loch in ihrem Leib. Der König und der Müller aber tanzten die ganze Nacht lang, und das Kind der Müllerin war nicht mehr zu retten.»

«Darf ich mal kurz deine Mutter sprechen?» hatte Ehfs Mutter Lilli gefragt. «Nein, darfst du nicht», hatte die Kaiserin geantwortet. Darauf war Ehfs Mutter nicht vorbereitet gewesen. «Zum Abendbrot bist du wieder da», hatte sie zu Ehf gesagt, hatte sich auf das Motorrad gesetzt und war davongefahren.

«Bei meinem Großvater hat das Märchen aber ganz anders aufgehört», sagte Ehf zu Adamczyk, der in die Karotte biß. «Dein Großvater liegt in seinem Meisterstück», sagte Lilli, «hast du mir doch neulich erst erzählt.»

Ehf nickte. Die Tränen schossen ihr in die Augen. Lilli warf den Kopf in den Nacken. «Adamczyk ist schon viel länger tot», erklärte sie, «aber er sitzt immer noch hier und erzählt seine Märchen.»

Krachend zermalmte Adamczyk die Karotte zwischen seinen restlichen Zähnen.

So einen wie Adamczyk gibt es nie wieder, erzählte Lilli. So einen zerknüllten und wieder auseinandergefalteten alten Seemann. So eine Schatzkarte, erzählte Lilli. Hast du jemals so viele Falten gesehen? Früher hatte Ehf sich vor

Greisen gefürchtet. Vor ihrem Geruch. Gespensterge-
sicht, erzählte Lilli und lehnte sich zurück. Die Holzkiste
knarrte. Lillis Augen glänzten.

Früher hatte Ehf gelacht, wenn einer verliebt war. Früher
war gestern, und Ehf war auch schon verliebt gewesen, aber
das hatte keiner gemerkt. Aber Adamczyk? Er war immer
da, erzählte Lilli. Als wir ankamen in Edering, als man uns
vor dem Schloß auslud, als wir dastanden auf dem Kies,
meine Mutter, der Koffer und ich, war Adamczyk einfach
da. Als ob er uns erwartet hätte, erzählte Lilli. Ehf sah sie
dort stehen, die Müllcontainer im Rücken, das Kind mit
den schleifenschwarzen Augen, neben ihr die Spinne. Und
Adamczyk, ihnen gegenüber, den Kopf gesenkt, so daß die
schweren Lider beinahe auf den Wangenknochen lagen,
und durch den schmalen Schlitz zwischen den Lidern betrachtete er sie, das Kind und die Spinne, den leeren Koffer.
Ehf lehnte sich nicht zurück in der Holzkiste, sie saß aufrecht, Lilli gegenüber, und hörte nur noch zu.

Ein Zimmer hätte man ihnen im Schloß zugeteilt, einen
hellhörigen Zweibettraum, aber ob das mehr war, als sie
erwartet hatte, oder weniger, darüber verlor Lillis Mutter
kein Wort. Sie blieb zwischen den Betten stehen und sah
stumm aus dem Fenster und merkte nicht einmal, wie Lilli
hinausging, auf die Treppe. Es war Sommer, die Ederinger
Kinder genossen den letzten Tag der großen Ferien, und
was tat Ehf in jenem Moment vor einem Jahr, als Lilli
kam? Saß im Garten unter Luftballons und aß Kuchen, es
war ihr Geburtstag, der neunte. Nele war da, Simon, Lenz,
Liv. Und Sebastian.

Da waren Kinder, kleine und größere, die spielten zwischen den Tonnen im Kies, erzählte Lilli, und daß sie sich

auf die Metalltreppe gesetzt habe, um von oben zuzusehen, denn zum Mitspielen hatte sie keine Lust. Da
tauchte er wieder auf, der Greis, das Gespenst. Er kam aus
dem Schloß, blieb eine Weile oben auf dem Treppenabsatz
stehen und musterte das neue Mädchen. Sie musterte ihn
auch. Und ohne zu wissen, warum, war sie froh, daß er da
war. Gerade, als sie darüber nachdachte, zogen sich all die
Falten und Fältchen in seinem müden Gesicht zusammen,
und der Mann lächelte. Er stieg mühsam die fünf Stufen
hinab, bis er neben Lilli stand. Dann setzte er sich, eine
Stufe über ihr, griff in die Tasche und zog ein Messer heraus. Den Atem habe sie angehalten, erzählte Lilli, und
dann sei er noch mit dem Zeigefinger über die Klinge gefahren. Dabei habe er sich geschnitten, ein hauchdünner
Spalt sei in der Haut zu sehen gewesen, aber er habe nicht
geblutet. Erzählte Lilli. Und wie er dann die Hartwurst
aus der anderen Tasche gezogen und ein Stück davon ab-
geschnitten habe. Die Pelle eingeritzt wie zuvor den eigenen Finger, die Pelle abgezogen und das Wurststück auf
die Messerspitze gespießt. «Wie heißt du?»
«Lilith.»
Er pfiff durch die Zähne und hielt ihr das Messer hin.
«Magst du?»
Natürlich mochte sie, verführerisch roch die Wurst, und
als sie zugriff, bemerkte sie die Tätowierung auf seinem
Arm. «Wie bei einem Seemann, verstehst du?»
Ehf legte die Arme auf die Kanten des Sarges, als säße sie
in der Badewanne, und Lilli ihr gegenüber machte es genauso. Ihr Boot war gestrandet, der Grund unter ihnen
vertrocknetes Gras, und der Himmel über ihnen nacht-
schwarz. Sie waren Schiffbrüchige, das Meer der Ge-

schäfte und Geschäftigen hatte sie ausgespuckt auf diese Insel. Mit Lillis Geschichte hielten sie sich wach und mit der Cola, die sie gekauft hatten von ihrem ersungenen Geld. Lilli nahm die Plastikflasche auf, trank zwei, drei Schlucke und reichte sie Ehf.

Adamczyks Geschichte. Er hatte sie Lilli erzählt, damals auf der Treppe. Von dem Zoologischen Garten, in den sie ihn nicht hineinließen, damals, als er ein kleiner Junge war. Jeden Tag schlich er vor den Mauern herum, denn er wohnte nicht weit vom Zoologischen Garten entfernt, aus dem diese fremden und geheimnisvollen Geräusche drangen, das Brüllen und dieses Trompeten kam wohl von den Elefanten, und dann schnatterte und kreischte es, aber es war ihm verboten hineinzugehen, er verstand selbst nicht, warum. Tag für Tag kreisten all seine Gedanken um nichts als den verbotenen Zoologischen Garten. Aber die Mauern waren viel zu hoch. Bis der Krieg kam. In der Nacht, als die Stadt brannte, in der er geboren war, verließ er das Versteck, von dem seine Eltern seit zwei Wintern sagten, es sei nur übergangsweise, und lief, ohne haltzumachen, bis vor das große Eingangsportal des Zoologischen Gartens. Auch hier brannte es, aber diesmal half ihm das Feuer, öffnete ihm die Türen zum Zoologischen Garten. Der Junge wanderte mit großen Augen durch den verbotenen Garten, fand die Löwen, die Elefanten, die Papageien. Aber sie waren alle gefangen. Was ihm verboten gewesen war, entpuppte sich als Gefängnis, als Folterkammer. Denn die Flammen beschränkten sich nicht sehr lange auf den Eingang, sondern sprangen auf Gitter und Käfige über, erfaßten Hütten und Stroh und zuletzt die brüllenden, kreischenden, in die hintersten Winkel fliehenden Tiere. Er konnte überhaupt nichts machen. Von einer Minute auf die andere mußte er erwachsen werden in diesem Zoologischen Garten, über dessen Mauern er seine ganze Kindheit lang nicht hatte blicken dürfen.

Damals bekam er seine erste Falte, erzählte Lilli. Sie schloß die Augen und lächelte. Ehf war, als begänne ihr Boot sacht zu schaukeln. Wenn sie etwas davon verstünden, könnten sie jetzt Segel setzen. Wind wehte. Sterne schienen. Ehf hatte sich nun doch zurückgelehnt und bewunderte ihren Glanz. Wenn du ein Sternenlicht siehst, hatte ihr Simon einmal erklärt, ist der Stern selbst schon gar nicht mehr da. Sein Licht hat er vor unzähligen Jahren ausgeschickt, und du bemerkst es erst heute. Ehf sah zu Lilli, die noch immer mit geschlossenen Augen in ihrem Bootseck lehnte. Vielleicht schlief sie schon. «Liebst du ihn?» fragte Ehf leise.

Lilli schlug die Augen auf. Sah Ehf kurz an, senkte dann den Blick. «Er hat gesagt, ich sollte seine Frau sein.» Ein rauher Klang schwang in Lillis Stimme mit.

«Aber das geht nicht, natürlich. Das weiß er auch. Lilith heißt du? hat er gefragt. Und daß ich es niemandem verraten soll. Sie machen dich sonst zum Dämon. Hat er gesagt.»

Sie zog die halbleere Colaflasche heran und setzte sie an den Mund. Stumm reichte sie Ehf dann die Flasche, die den Rest herunterstürzte. Über die Schulter warf sie die Flasche nach draußen. «Du hättest einen Brief hineinstecken sollen», sagte Lilli, «eine Flaschenpost. Vielleicht hätten sie uns dann gerettet.»

Sie fing an zu lachen. Ehf konnte nicht anders und fiel mit ein. Ich lade dich ein, hätte sie gerne gesagt, zu meinem Geburtstag am Ende der Ferien. Aber sie sagte es nicht. Weil es nicht so kommen würde. In dem Augenblick, als sie das dachte, hörte sie auf zu lachen. Sie starrte Lilli an. Lilli verstummte sofort. Sie fing Ehfs Blick auf und gab ihn zurück. Das Boot löste sich auf, und sie trieben fort, immer weiter auseinander.

Auf einmal war es still hinter dem Zaun in Evas Rücken. Sie bemerkte nicht sofort, was sich verändert hatte. «Soll ich das wirklich tun, die Toten begraben?» schrieb sie gerade, als ihr die Stille im Rücken auffiel. Sie drehte sich um. Über ihr war ein Gesicht aufgetaucht. Sie sprang auf und taumelte zwei, drei Schritte rückwärts. Ein Mann stand auf der anderen Seite, offenbar auf einer Leiter, er blickte forschend über die Hecke, Eva direkt in die Augen. Sie kannte dieses zerfurchte Gesicht, und an seinen Augen bemerkte sie, daß auch der Mann sie erkannt hatte.

«Sieh mal einer an», sagte er und lächelte breit. Die Zahnlücke war geschlossen.

«Stefan», sagt Eva, «bist du…?»

Sie konnte es gar nicht fassen. Das makellos weiße Tor, die mannshohe akkurat geschnittene Hecke und dahinter dieser Boxer.

«Was bin ich?» fragte er. Dann lachte er dröhnend auf und schüttelte den Kopf. «Ich kümmere mich hier bloß um den Garten.»

Sein Lachen verstummte so plötzlich, wie er eben über Eva aufgetaucht war. Sie starrten sich an, sie mit in den

Nacken gelegtem Kopf, er von oben über die Hecke hinweg. «Ehf», sagte er, «Ehf Bauer.»

Sie wollte ihn korrigieren, doch dann ließ sie es. Er zog die Nase kraus. «Die Tochter vom Grubenheber.»

IN EINEM SARG AUF DEM MITTLEREN RING.

MAKABER: ZWEI KINDER IN SARG AUFGEGRIFFEN.

Ringsum tobte der Nachtverkehr.

KINDER ALLEIN AUF GRÜNSTREIFEN.

SCHON WIEDER ZWEI AUSREISSER AM RING. Der Sarg war geklaut.

ASYLANTENNACHWUCHS ZWISCHEN NÄCHTLICHEN RASERN: DEN SARG SCHON DABEI.

SARGKINDER AUS TODESDORF EDERING.

Tochter des Bestattungsunternehmers mit Kriegsflüchtling auf Diebestour. Vater: Warum meine Tochter? Konkurrenz vermutet PR-Gag.

SARGKINDER VOM RING SCHWEIGEN.

KRIEGSKIND LILITH: ZURÜCK INS KRISENGEBIET?

AUS DER TRAUM. BAYERN VERLIERT MEISTERSCHAFT.

Der zehnte Geburtstag

Gesundheit und Frohsinn sei auch mit dabei. Das weiße Tischtuch hing bis ins Gras hinunter, und sieben Stühle standen um die Tafel. Sieben leere Stühle warteten auf die Kinder, die eingeladen waren, und auf Ehf natürlich. Ehf, die am Gartentor stand, ordentlich abgestellt in ihrem pinkfarbenen T-Shirt mit dem Glitzerherz, um auf die Gäste zu warten. Erst wollte sie lieber ihr schwarzes Samtkleid anziehen, heute paßte es so gut wie noch nie, wie angegossen, fand sie. Aber dann fiel ihr das enge Shirt in die Hände. Sie streifte es über und fühlte sich wie ein Himbeerbonbon, eins mit klebriger Füllung, die sie so eklig fand. Das paßte zum zehnten Geburtstag, fand sie.

Aus dem Haus kam die Mutter mit der Kirschtorte, fett mit Sahnecreme bestrichen. Sie trug das Prachtstück, ihren Stolz, zur Tafel, schob ein paar der bunten Pappbecher und den Teller mit den Mohrenköpfen zur Seite und platzierte die Torte in der Mitte des Tisches. Sie spielte das gut, fand Ehf, die Mutter aus der Werbung. Bestimmt freute sie sich schon darauf, am Abend das sahnetortenverschmierte T-Shirt des Geburtstagskindes zu waschen. Vom Kirschbaum löste sich ein Luftballon und flog sanft in die Sahnecreme. «Scheiße», sagte die Mutter und sah sofort verstohlen zu Ehf. Ehf betrachtete die Luftballons im Kirschbaum. Der Vater hatte gemeint, das müßte sein. Auch die Lampions dazwischen und die Kreppapierschlei-

fen in den Büschen mußten sein und das lustige Pappge-
schirr. *Sei auch mit dabei.*

Morgens hatten sie an ihrem Bett gestanden und gesungen. *Viel Glück und viel Segen.* Hatten den Guglhupf mit
der dicken Kerze in der Mitte dabei und der Vater sogar die
Gitarre, servierten ihr das Frühstück im Bett, führten sie
anschließend an den Geburtstagstisch und bestanden darauf, daß sie sofort die Kerzen ausblies. Eine knallrote 10
leuchtete auf dem Kerzenkranz. Zum ersten Mal waren
zwei Ziffern nötig. «Auspacken!» riefen die Eltern und sahen mit glänzenden Augen zu, wie Ehf sich über die Päckchen hermachte. Sie bekam einen Pullover, eine Jacke,
eine neue Schultasche mit Federmäppchen, ein Portemon-
naie mit Geld und eine Brotzeitdose und noch ein Päckchen. Darin war ein Amulett. «Damit du uns von nun an
immer bei dir hast, wenn du allein bist.» Verwundert sah
Ehf von einem zum andern. Eine merkwürdige Ruhe war
über diesem Geburtstagsmorgen, ein Tuch, das sich immer schwerer auf sie legte.

Den ganzen Vormittag über war Ehf in ihrem Zimmer geblieben. Das Amulett hatte sie auf den Schreibtisch gelegt,
ungeöffnet. War sie allein? War doch wieder zu Hause,
war doch alles in Ordnung. *Ich freue mich daß ich geboren
bin*, hatten sie gesungen am Morgen. Dieser Tick der Erwachsenen, im Namen der Kinder zu sprechen. Herr
Thalmeyer hatte das auch geliebt. Ich nehme jetzt mein
Heft heraus und schreibe über meine Ferien, hatte er gesagt und sich dabei auf sein Pult gesetzt, um zuzusehen,
wie die Kinder ihre Hefte aus der Tasche zogen.

Autos hielten vor dem Gartenzaun, und Ehf trat zwei
Schritte zurück. «Sie kommen!» rief die Mutter überflüs-

sigerweise und bezog Posten neben dem vordersten Stuhl. Es sind deine Gäste, hieß diese Geste. Sie kamen alle auf einmal, einzeln traten sie durch das Gartentor, Ehf nahm die Parade mit Würde ab, nahm die Geschenke entgegen, die bald einen Turm in ihren verschränkten Händen bildeten. Die Mütter, die Fahrerinnen, drückten Ehfs Mutter die Hand und brachen dann rasch wieder auf. «Wir bringen alle heim», rief der Vater vom Küchenfenster aus, und Ehf dachte an das schwarze Samtkleid. Es hätte so gut gepaßt.

Aber die anderen waren auf Spaß eingestellt. Lärmend und lachend suchten sie ihre Plätze an der Tafel, bunte Namensschildchen waren vorbereitet, und wie immer erklärte Sofie umständlich, daß man sie nicht mit Pehah schrieb. Die Kinder schoben sich dicke Tortenstücke in den Mund, stopften Mohrenköpfe hinterher, kein Platz für ein Wort über die, die letztes Jahr nochdabei gewesen waren, Liv, Sebastian. Die Regel mit K: kein Wort über Abtrünnige. Das galt auch für Lilli, dabei war sie gar nicht abtrünnig, war verjagt worden, verstoßen.

Ausreißer. Das klang beinahe niedlich, nach Kuscheltier und Trostpflaster. Sie hatten ihr Olga mitgebracht in jener Nacht vor vier Wochen, als sie Lilli zum letzten Mal gesehen hatte. Überall Blaulicht, aber im Polizeiauto durfte sie nicht mitfahren, das blieb Lilli vorbehalten, Ehf wurde auf die Rückbank des Familienwagens geschoben wie eine kostbare Vase. Den Gurt löste sie sofort wieder und kniete sich auf die Sitzerhöhung und sah durch die Heckscheibe, wie Lilli in das Polizeiauto verfrachtet wurde. Hatte sie versucht, sich umzudrehen, wie Ehf? Gewunken vielleicht? Sosehr sie sich auch bemühte, sie konnte sich nicht

228

erinnern. Da war nur Dunkel, die getönten Scheiben des Polizeiwagens, die Finsternis ringsum.

«Überraschung!» rief die Mutter und begann zu klatschen. Ein Clown mit roter Pappnase sprang durch das Küchenfenster hinaus in den Garten. Ehf fand das abscheulich, aber trotzdem sah sie geduldig zu, wie der Clown bunte Bälle aus der Tasche zog und zu jonglieren begann. Anschließend tanzte er auf den Händen um die Kaffeetafel herum. Simon stand auf. «Wo ist das Klo?» fragte er. Ehfs Mutter zeigte ihm bereitwillig den Weg, obwohl er nicht zum ersten Mal hier war, und nahm auf einem Weg die Geschenke mit ins Haus. Nele warf einen Mohrenkopf auf Lenz, und Marieluisa kletterte von ihrem Stuhl aus in den Kirschbaum. Nur Sofie und Jakob schauten höflich zu, was der Clown vorführte. Ehf war es äußerst peinlich, daß die Mutter sie noch für so klein hielt. Sie sah sie prüfend an. Ihre Lippen waren so schmal wie damals, als die Geschäfte schlecht liefen. Vielleicht sollte sie ihr den Trick mit den Vogelbeeren verraten.

Aber Simon kam Ehf zuvor. Zurück vom Klo, fragte er noch auf dem Weg: «Wann können wir tanzen?» Er stellte sich direkt vor den Clown, der gerade einen Becher voll Apfelschorle auf seiner Pappnase balancieren wollte. Achselzuckend trat der Clown zur Seite, klappte die rote Nase hoch und sah sich nach Ehfs Mutter um.

«Mama!» rief Ehf, und ihre Mutter kam im Laufschritt herbeigeeilt. Fragend sah sie von einem zum andern, zuletzt auf den Clown, der unschlüssig neben der halb aufgegessenen Torte stand und ohne seine Nase beinahe nackt aussah.

«Wir wollen tanzen!» forderte Ehf.

«Gleich, mein Schatz», murmelte die Mutter, drückte dem Clown einen Geldschein in die Hand und schob ihn zum Gartentor hinaus. «Papa kommt sofort.»

«Wieso Papa?»

Aber da war er schon, die Gitarre im Anschlag, stellte einen Fuß auf den zunächst stehenden Stuhl und begann zu spielen. Marieluisa spuckte Kirschkerne vom Baum herab. «Das meine ich nicht», erklärte Simon geduldig, «das habe ich selbst zu Hause.» Und Lenz brummelte, was das eigentlich für eine Party sein sollte. Unbeirrt spielte Ehfs Vater weiter. «Stones», warf er Lenz entgegen, «gibt mal was Anständiges auf eure kaputten Ohren.»

Sie hatten eine neue Taktik seit der Geschichte mit dem Sarg. Sie waren jetzt immer da. Selbst wenn Ehf sicher war, endlich allein zu sein, tauchten sie wie aus dem Nichts auf und hatten irgendeinen Vorschlag. Sie ließen Ehf nicht mehr in Ruhe. Vielleicht war das eine Strafe, vielleicht aber auch der Versuch, etwas wiedergutzumachen. Das wäre schlimmer gewesen. Denn jetzt war es endgültig, daß sie Lilli von ihr fernhielten. Sie erwähnten sie nicht mal mehr.

«Geil», sagte Nele, als Ehfs Vater das Licht im Peaceroom andrehte, drei Gitarrennummern später, nachdem Simon angefangen hatte, mit den flachen Händen auf dem Tisch zu trommeln. Jetzt ging er quer durch den Raum zur Stereoanlage. Die anderen drückten sich an den Wänden herum und beobachteten verstohlen Ehfs Eltern. Die Mutter stellte ein Tablett mit Knabberzeug und ein paar Flaschen Limo in die Mitte auf den Boden. Der Vater legte gerade eine CD ein, als im Büro das Telefon klingelte. Die Mutter ging hinaus. Musik erklang. Lenz verdrehte die Augen. In der Tür erschien der Kopf der Mutter, die Lippen eine dünne Sichel zwischen Nase und Kinn. «Peter, kommst du mal?» sagte sie. Überrascht sah er auf, sah sie an, dann folgte er ihr. Ehf schob die Tür hinter ihnen zu. Simon nahm die CD heraus und legte eine andere ein, die er mitgebracht hatte. Vorsichtig drehte er lauter.

«Hier, trink», sagte Lenz und hielt Ehf eine Weinflasche unter die Nase. Es roch widerlich, aber Ehf nahm einen Schluck. Lenz half nach. «Die muß leer werden», erklärte er, «die brauchen wir jetzt.»

«Flaschendrehen?» fragte Nele. Anstelle einer Antwort dimmte Lenz das Licht herunter.

Simons Musik kribbelte im Bauch, und Ehf hatte das seit Lukis Geburtstag nicht mehr gemacht, sich von jemandem die Zunge in den Mund schieben zu lassen, aber Lenz schmeckte gut, und Simon schmeckte nach dem Wein und Jakob nach Mohrenköpfen, und sie alle waren gewachsen seit dem Tortenessen, gewaltig waren sie jetzt.

«Wozu sind die denn hier?» fragte Nele und hielt zwei Töpfe mit Fingerfarben unter die Lampe. Ehf sah einen nach dem anderen an.

«Okay», sagte sie, «dann paßt mal auf.»

Sie nahm Nele die Töpfe ab.

Das große weiße Tor öffnete sich nahezu geräuschlos. Mitten auf der kiesbedeckten Auffahrt stand der Boxer, die Arme vor der Brust verschränkt. «Willkommen in der Residenz Engel», sagt er. Eva fiel auf, daß seine Stimme immer noch brüchig klang, ganz so wie damals, als er dreizehn, vierzehn war. Unschlüssig stand sie auf der Schwelle. «Du kannst ruhig reinkommen.» Er zog sie ungelenk auf das Grundstück. «Den Alten habe ich hier noch nie gesehen», erklärte er. Hinter Eva schloß sich das Tor. «Er lebt in der Schweiz», hörte sie den Boxer weiterreden, «das einzige, was ich von ihm sehe, ist seine monatliche Überweisung.»

Das Haus war größer, als Eva erwartet hatte. Eine große geschwungene Treppe führte zu einem Eingangsportal, darüber wölbte sich ein Balkon mit verschnörkeltem Gitter. Aus dem dunklen Dach wuchsen immer wieder Gauben mit Sprossenfenstern.

«Früher war hier mal ein Lager», sagte der Boxer, «für Desperados, die der Krieg ausgekotzt hatte.»

Eva nickte. «Ich war ein paarmal da in der Zeit.»

Der Boxer zog eine Augenbraue hoch. «Kann nicht sein», erklärte er, «das war vor deiner Zeit.»

Eva musterte ihn. Sein Hemd, seine Hose waren farblos und erdverkrustet, an den Füßen trug er helle Turnschuhe mit Grasflecken. «Was machst du so?» fragte sie.

Er steckte die Hände in die Hosentaschen. «Gärtnern. Hier und bei ein paar anderen leerstehenden Villen. Ich werde so weitergereicht. Aber hauptsächlich arbeite ich drüben auf dem Friedhof.»

Sie standen ein wenig unbeholfen voreinander. «Da war ich eben», erklärte Eva und umklammerte das Notebook. «Auf dem Friedhof. Sieht gut aus da, die Wege und so. Hier aber auch. Darf ich?» Sie deutete auf den schmalen Weg, der um das Haus herumführte. Der Boxer nickte. Eva ging voran. Nichts erinnerte mehr an Lillis Schloß. Sie gingen langsam um das Gebäude.

«Was wolltest du auf dem Friedhof?» fragte der Boxer hinter ihr.

«Ach, nichts Besonderes.» Eva strich über die Hauswand. Sie mußte etwas spüren, mit der Hand fassen, um sicherzugehen, daß das Haus echt war. Es sah so sehr nach Filmkulisse aus. «Ich war bei Sebastian», fügte sie leise hinzu.

«Sebastian, Sebastian», murmelte der Boxer, «war das nicht das Kind, das im Fluß ertrunken ist?»

«Genau.»

«Das war merkwürdig damals», redete der Boxer weiter, «der soll ja ein Tuch um die Augen gehabt haben.»

Eva blieb stehen, drehte sich um, starrte den Boxer an. «Woher weißt du das?»

Das Licht war jetzt völlig heruntergedimmt. Mitten im Raum stand der Kerzenleuchter, die Flammen zitterten. Die Musik war so laut, daß jedes andere Geräusch davon verschluckt wurde, selbst das Klatschen der Farben auf die nackten Körper. Als Ehf anfing, sich auszuziehen, hatten es ihr alle nachgemacht. Im Halbdunkel schien sich keiner zu schämen, und vielleicht lag es auch an der lauten Musik, die sie in Bann schlug, sie betäubte. Sie hatten die Flasche als Orakel genommen. Auf wen der Hals zeigte, der mußte Ballast abwerfen. Bald türmte sich neben dem Leuchter ein Kleiderberg, und Ehf hatte längst damit begonnen, die Farben auf Simon zu werfen. Im Takt der Musik begannen sie, sich mit dem Blau, dem Grün, dem Rot einzuseifen. Sie sahen sich nicht an, sahen nur auf die Farben an ihren Fingern, auf die Muster an Armen, Beinen, auf Rücken und Bäuchen. Bis plötzlich das Deckenlicht aufflammte. Erstarrt hielten sie inne. Lenz stellte die Musik ab. In der Tür standen die Eltern.

«Was macht ihr denn da?»

Die Kinder rannten über die Wiese auf das Flußufer zu. «Am Mühlrad», hatte der alte Orgelspieler gesagt, nachdem Simon ihm das Bonbonpapier vor die Füße geworfen hatte, «so endet ihr alle mal, seht es euch nur an.» Dann hatte er gekichert, der Alte, den sie Gott nannten, er war verrückt, das wußte jeder in Edering.

Sie rannten, so schnell sie konnten, es war später Nachmittag, die Zeit des Feierabendverkehrs, und die letzten rannten in Lilli hinein, die plötzlich stehengeblieben war, oben am Uferhang. Dicht beisammen standen sie dort oben und sahen auf den roten Leinenschuh, der zwischen den Mühlradschaufeln steckte, vollgesogen mit Wasser. Sie sahen Sebastian, die Arme um den Kopf gelegt wie einen Kranz, wie ein schlafendes Kind bäuchlings auf weicher Wiese. Um die Augen war ein Tuch gebunden, das war so naß wie der Leinenschuh.

Niemand rührte sich. Sie hatten alle die Warnung des alten Orgelspielers im Ohr.

«Sebastian», flüsterte Nele, «Sebastian, lasch dasch.»

«Komm da raus», sagte Lilli tonlos. Aber der kam nicht wieder heraus, das wußte Ehf. Sie kannte sich aus mit dem Tod. Ihre Eltern lebten davon. Langsam ging sie in die Hocke und rutschte den Uferhang hinunter. Lilli folgte ihr. Nebeneinander blieben sie im feuchten Gras sitzen. Bald saßen auch die anderen neben ihnen. Das Motorengeräusch der Heimfahrer wehte zu ihnen herüber, das Schnattern der Enten weiter hinten im Fluß webte sich hinein, und dann läuteten auch schon die Glocken von Sankt Quirin an die Abendbrottische.

«Der kommt wieder raus», sagte Lilli flehend.

Ehf schüttelte den Kopf. Stumm deutete sie auf die Augen-

234

binde. Neles Zahnspange klickte. Lilli stand auf. Suchend sah sie sich um, zog einen Ast unter Lenz' Beinen hervor und ging damit zum Wasser. Sie beugte sich vor und löste geschickt mit dem Stock die Augenbinde. Wie ein toter Fisch hing sie am Ast, und Lilli angelte sie zu sich herüber. «Der bleibt für immer neun», erklärte sie, wrang das Tuch aus und stopfte es in die Hosentasche.

«Es hätte jeden von uns treffen können», sagte Eva.
Sie saßen auf einer Teakholzbank unter einem Holunderstrauch, der seine reifen Beeren tief hängen ließ. Eva hatte das Notebook neben sich auf die Bank gelegt. Der Boxer sah sie fragend an.
«Wegen dem Tuch», erklärte Eva. «Wir haben das oft gemacht, uns die Augen verbunden, und sind so am Flußufer entlanggewandert. Es muß möglich sein, hat Lilli gesagt.»
«Was?»
«Blind zu vertrauen.»
Der Boxer schnaubte verächtlich. Eva sah auf das verschlossene Villenportal ihnen gegenüber. «Am Morgen des Tages, als Sebastian ertrank, hat ein Junge in unserer Klasse gerade das Gegenteil bewiesen. Er hat das Vertrauensspiel mit uns auf dem Schulhof gespielt. Kennst du das?»
Der Boxer schüttelte den Kopf.
«Alle stellen sich im Kreis auf», erklärte Eva, «einer geht in die Mitte, bekommt die Augen verbunden und muß sich fallen lassen.»
«Scheißspiel», brummelte der Boxer, «fängt dich doch nie einer auf.»
Eva nickte. «Genauso war es. Das muß Sebastian wohl

nicht aus dem Kopf gegangen sein. Er wollte beweisen, daß es doch möglich ist.»

Eine Weile saßen sie schweigend nebeneinander. Dann schüttelte der Boxer den Kopf. «Idiotisch», sagte er, «blind vertrauen. Habt wohl gedacht, ihr seid der liebe Gott, was?»

Eva legte den Kopf in den Nacken. Sie griff nach dem Holunder und zupfte ein paar Beeren ab. «Das war es wohl. Wir haben Gott gespielt.» Nachdenklich legte sie die schwarzen Beeren nebeneinander in eine Hand und betrachtete sie.

«Du doch nicht», sagte der Boxer. Er nahm ihr eine Beere aus der Hand und zerquetschte sie zwischen Daumen und Zeigefinger. Dunkler, traniger Saft quoll heraus, lief ihm über die Hand, den Arm hinunter. «Das war die schwarze Teufelin. Die hat euch das eingeredet.»

«Unsinn», erklärte Eva, «das hätte jedem von uns genauso einfallen können.»

«Nein», beharrte der Boxer, «die schwarze Teufelin war's. Die hat sich die Kinder geholt.»

«Ach, was weißt du denn!» Ärgerlich ließ Eva die Beeren fallen. Der Boxer rückte näher. «Was ich weiß? Eine ganze Menge.» Er war so nah, daß sie seinen Atem an ihrem Hals spürte. Er roch nach Erde und frischem Gras, überhaupt nicht mehr nach abgestandenem Wirtshausdunst.

«Soll ich dir erzählen, was ich weiß?»

Glockenläuten wehte herüber. Das mußte das Abendgeläut von Sankt Quirin sein. Es klang so vertraut, es rief nach ihr, und zum ersten Mal, seit sie denken konnte, wollte Eva sofort nach Hause an den Abendbrottisch. Sie wollte aufstehen, doch er hielt sie am Arm fest.

«Was gibst du mir, wenn ich dir etwas erzähle von der Engelsalm?»

«Laß mich los, dann fällt mir schon was ein.»

«Du linkst mich nicht noch mal.» Er hielt ihren Arm fester. Es tat weh. «Erst dein Angebot, Lady.»

Erde und frisches Gras. Er würde sie nicht gehen lassen. Sie küßte ihn. Er schob seine Zunge in ihren Mund. Sie kannte das, der Ablauf war immer der gleiche, als nächstes würde er seine Hand unter ihr T-Shirt schieben. Er tat es nicht, er ließ sie los. «Sieh mal an», sagte er, «die Grubenheberin versteht was von Geschäften.»

Er stand auf, steckte die Hände in die Hosentaschen und machte zwei Schritte auf die Villa zu. Dann blieb er stehen. Mit der Schuhspitze kickte er in den Rasen.

«Hier war das», sagte er, «hier hat er die Kleine abgeknallt. Mitten auf der Engelsalm.»

Eva wurde es eiskalt. «Wer?»

Der Boxer drehte sich auf dem Absatz um. Er sah sie lange schweigend an.

«Wer?» fragte Eva noch einmal.

Der Boxer senkte den Blick. «Dein Großvater.»

Zischend fuhren die Raketen auf und zerplatzten funkensprühend am beinahe dunklen Himmel. Die Kinder jubelten. Sie sahen zu, wie Ehfs Vater die in Flaschen steckenden Raketen anzündete, eine nach der anderen.

Das Feuerwerk sollte der krönende Abschluß des Geburtstagsfestes sein, und Ehfs Vater hatte sich alle Mühe gegeben. Ehf war wieder da, das ließ er sich gern etwas kosten. Über die Szene im Peaceroom verloren ihre Eltern kein Wort. «Die Musik!» rief die Mutter. «Ach, herrje!» rief der Vater. Die letzte Rakete schrieb eine Null aus Rauch an den Himmel. Die Kinder applaudierten. «Eigentlich sollte noch Musik dabei sein», sagte der Vater, «war alles vorbereitet.» Enttäuscht räumte er die Flaschen zusammmen. Die Mutter trat hinter ihn und legte ihm die Arme um die Schultern. «Ist alles ein bißchen viel in letzter Zeit, Peter. Ich fahre die Kinder heim.» Er nickte.

Ehf hatte noch einmal an der Kuchentafel Platz genommen, die inzwischen die Grilltafel geworden und längst leergegessen war. Sie winkte nur kurz, als sich die Gäste verabschiedeten. Eigentlich war sie froh, daß sie gingen. «Bis bald dann, im Schulbus!» rief Marieluisa ihr im Gehen noch zu, und dann fiel das Gartentörchen hinter ihnen zu. Der Vater ging hinterher und schloß es ab, heimlich, wie er glaubte. Mit einer gewissen Genugtuung bemerkte Ehf, daß die Eltern zu den Schlüsseln zurückgekehrt waren.

Kein Wort war über ihre Flucht gefallen, seit sie wieder zu Hause war. «Unsere kleine Ausreißerin ist wieder da», hörte sie die Mutter bei der Apothekerin, im Bäckerladen sagen, und alle nickten dann, andächtig und voll Verständnis. Beim Abendbrot saßen die Eltern erwartungsvoll da, sahen sie aufmunternd an, so schien es Ehf, die das Gefühl hatte, in eine Falle getappt zu sein. Du bist dran, sagten die Mienen der Eltern, wir warten jetzt mal ab. Aber die Schlüssel waren wieder da, immerhin, steckten in Schlüssellöchern, wurden viel benutzt, das gab ihr Sicherheit.

Der Vater hatte sich zu ihr an den verwüsteten Tisch gesetzt, war sofort wieder aufgestanden und hatte zwei Lampions im Kirschbaum, deren Kerzen niedergebrannt waren, neu bestückt und die Dochte entzündet. Noch einmal setzte er sich. Legte die Arme auf den Tisch neben einen ketchupbeschmierten Pappteller und sah auf seine Hände, schwieg, sagte irgendwann «Tja», schwieg weiter. Ehf sah ihn an, aber er blickte starr auf seine Hände. Vielleicht sollte sie etwas sagen? Fieberhaft überlegte Ehf, welchen Satz ihr Vater von ihr erwartete. «Schönen Dank», stieß sie aus, «für das schöne Fest und diesen ganzen schönen Geburtstag.»

Endlich blickte ihr Vater auf. Aber er sah nicht glücklich aus. Vielmehr schien ihm Ehfs Satz entsetzliche Schmerzen zu bereiten, so gequält zuckte sein Mund. «Schon gut», murmelte er, nahm die Hände vom Tisch und stand so rasch auf, daß der Stuhl umkippte. «Räumst du bitte ab, Ehfchen, ich habe noch zu tun.» Unbeholfen hob er den Stuhl wieder auf und ging, den Kopf vorgebeugt und mit hängenden Schultern, ins Haus.

Ehf lehnte sich in ihrem Stuhl zurück. Die Lampions im Kirschbaum flackerten sacht. Es war ein schöner Spätsommerabend, die Luft lau, hinterm Haus zirpten Grillen. Daß sie so ganz ohne Strafe davonkam, war sie schon gewöhnt. Einmal hatte sie eine Wunderkerze in ihrem Zimmer angezündet, und dabei hatte die Bettdecke Feuer gefangen. «Du weißt doch», hatten sie gesagt, «Messer, Schere, Feuer, Licht…» «Aber ich bin doch nicht mehr klein», war sie ihnen ins Wort gefallen, und sie hatten es mit einem Lächeln quittiert. Ein anderes Mal hatte sie ein braunes Fläschchen mit Liebesperlen leergegessen, und dann mußte ihr im Krankenhaus der Magen ausgepumpt werden, weil die Mutter das leere Apothekerfläschchen im Müll entdeckt und laut herumgeschrien hatte, der Vater hätte mal wieder die Pillen im Peaceroom liegengelassen.

Mit Ehf hatten sie beide nie geschrien. Damals waren sie einfach nur froh gewesen, Ehf gesund zurückzuhaben, genau wie jetzt. «Sie ist ein Wunschkind», hatte die Mutter mal am Telefon gesagt, «und es war schwer genug, dieses eine zu bekommen.»

Ein bißchen, dachte Ehf, während sie in das flackernde Lampionlicht schaute, wirken sie so, als wenn sie ein schlechtes Gewissen hätten und hofften, daß niemand es bemerkt. Nur ein einziges Mal hatte Ehf richtig Ärger bekommen, im Frühsommer, als herauskam, daß sie einige Male wegen Lillis Draußenschule den Unterricht geschwänzt hatte, weshalb sie zwei Arbeiten mit einer Fünf zurückbekommen hatte und es beinahe so aussah, als würde sie doch nicht auf das Gymnasium kommen. «Das ist doch deine Zukunft!» hatten sie wütend gebrüllt und das Taschengeld einbehalten und dabei so ausgesehen, als sei Ehfs Zukunft ein Teller aufgewärmter Gemüsesuppe, von dem eine höhere Instanz verlangte, daß sie ihn leeressen müßte.

«He», flüsterte jemand vom Gartentor herüber. Ehf richtete sich auf. Draußen vor dem Tor stand eine Gestalt. «He, Ehf», rief die Gestalt mit gedämpfter Stimme. Es war der Boxer. Er winkte sie zu sich herüber. Sie sah sich zum Haus um. Dort war alles ruhig. Wahrscheinlich arbeitete ihr Vater im Büro noch die Aufträge ab. Vorsichtig schlich sie zum Gartentor. Ein merkwürdiger Geruch ging von dem Boxer aus, beißend, böse.

«Weißt du noch», begann er und legte den Kopf schräg, «was du mir neulich versprochen hast?»

Sie strengte sich an, aber sie konnte sich nicht erinnern. Er grinste. «Echt nicht?»

Sie schüttelte den Kopf und wollte gehen. Blitzartig packte er sie über das niedrige Tor hinweg am Handgelenk.

«Nicht so eilig, junge Frau. Ich komme meinen Lohn holen.»

«Bitte», sie drehte sich immer wieder nach dem Haus um, «bitte, ich weiß es wirklich nicht mehr, sag du.»

«Den Toten.»

Er schlang auch die andere Hand um ihr Handgelenk und ließ jetzt ein wenig lockerer. Fast sah es aus, als hielte er um ihre Hand an, wie in den alten Filmen. «Bitte, du hast gesagt, du willst mir einen zeigen, wenn einer da ist.»

«Es ist aber keiner da.» Rasch zog sie ihre Hand weg und trat ein paar Schritte zurück.

«Kommt aber bald einer rein», sagte der Boxer mit drohendem Unterton. Ehf rieb sich das Handgelenk.

«Wieso bist du dir da so sicher?»

«Ehf!» scholl die Stimme ihres Vaters durch den Garten. «Was ist mit dem Abräumen?»

«Gleich!» rief sie in Richtung Haus und wollte sich schon umdrehen, da stieß der Boxer aus: «Es hat gebrannt. Auf der Engelsalm. Im Asischloß.»

Ehf versteinerte. Wußte im selben Augenblick, wonach der Boxer roch. «Und wer...»

Sie erkannte ihre eigene Stimme nicht mehr.

«Weiß nicht», sagte der Boxer, «aber sie haben wen in 'ner Kiste rausgetragen. Jetzt will ich meinen Lohn.»

Ehf nickte. «Komm morgen wieder», zischte sie. Der Boxer nickte, stand da, mit hängenden Schultern, und versuchte verzweifelt zu lächeln.

«Mach, daß du wegkommst.»

Ihr Vater stand hinter Ehf und legte seine Hände auf ihre

Schultern. «Und du räumst jetzt endlich den Garten auf, mit mir zusammen.»

Er schob sie unter den Kirschbaum. Dort begann er damit, den Tisch abzuräumen. Ehf sammelte die Bestecke ein. Verstohlen sah sie noch einmal zurück zum Gartentor. Der Boxer war weg.

«Leg sie einfach in die Mitte», sagte der Vater und deutete auf die Bestecke in Ehfs Hand. Sie warf sie mitten auf die Tischdecke, der Vater faßte die Decke an den Enden und trug das Bündel ins Haus. Ehf folgte ihm mit leeren Händen.

In der Küche kippte der Vater den Inhalt der Tischdecke in den Mülleimer. Ehf blieb in der Tür stehen. «Stimmt das mit der Engelsalm?» fragte sie.

Der Vater schlug sich mit der flachen Hand gegen die Stirn. «Die Bestecke.» Er zog den Mülleimer heraus, kniete sich davor nieder, hob den Deckel und fischte die Messer und Gabeln einzeln wieder heraus.

«Stimmt das?» fragte Ehf.

Vom Boden her sah er zu ihr auf. Er nickte kurz, wich dann ihrem Blick aus, ihre nächste Frage hatte er schon erwartet. «Wer ist der Tote?» Mühsam stand er auf, ging zur Spülmaschine, zog die Klappe herunter und steckte die Bestecke in den Korb. Ehf krallte sich am Türrahmen fest. «Wer?»

Es quietschte, als der Vater die Klappe der Spülmaschine wieder schloß. Er richtete sich auf. Sein Rücken war krumm. Das kam wohl von der vielen Arbeit.

«Ist es Lilli?»

Endlich drehte er sich um. Er griff nach einem Stuhl, zog ihn her und setzte sich rittlings darauf. Die Arme legte er auf die Lehne. Ehf spürte, wie ihre Knie nachgaben. Sie lehnte sich gegen den Türrahmen. «Deine Freundin ist wohlauf», sagte der Vater mit rauher Stimme, «sie ist aber verlegt worden. Man hat sie gleich heute abend nach dem Brand weggebracht, sie und ihre Mutter und die anderen auch.»

Langsam wich die Anspannung aus Ehfs Muskeln. Sie ließ sich am Türrahmen hinunterrutschen, bis sie am Boden saß. Immerhin, Lilli lebte.

«Aber wer ist der Tote?»

Die Stimme ihres Vaters war beinahe tonlos, als er ganz ruhig sagte: «Es ist der Alte. Der Märchenerzähler.»

Das Ende der Kindheit

Sie war aufgesprungen, ging auf ihn los. Ihre Finger krallten sich in den Kragen seines Shirts, sie schüttelte ihn. «Was?» schrie sie, «was denn? Was soll das?»
Er stand unbeweglich da, versuchte nicht einmal, sie abzuwehren. Vermutlich war er Prügel gewohnt. Als sie das bemerkte, ließ sie die Arme sinken. Mit hängenden Schultern standen sie voreinander, sahen aneinander vorbei.
«Was hat mein Großvater gemacht?» fragte Eva tonlos.
Der Boxer begann wieder, die Schuhspitze ins Gras zu bohren. «Sie sagen, er hat ein russisches Mädchen erschossen.»
«Aber warum denn? Wer soll das gewesen sein?» Eva taumelte rückwärts. Sie ließ sich auf die Bank fallen.
«Das war hier mal so ein Lager», erklärte der Boxer, «habe ich doch schon gesagt. Hier waren Vertriebene, Flüchtlinge, kurz nach dem letzten Krieg. Hauptsächlich Polen und Russen. Die meisten von ihnen waren Männer. Aber es soll auch ein Mädchen darunter gewesen sein. Ein sehr schönes Mädchen.»
Mit der Schuhspitze zeichnete er Kreise ins Gras. «Die Jungs aus dem Dorf waren alle hinter ihr her. Ganz besonders dein Großvater. Aber er konnte nicht bei ihr landen. Ein paar Männer aus dem Lager schirmten das Mädchen ab wie einen kostbaren Schatz. Die muß ganz schön scharf gewesen sein.» Er lachte. Es klang nicht heiter.

«Dann kam die Freinacht. Edering hatte zum ersten Mal seit dem Krieg wieder einen Maibaum. Die Dorfburschen hielten Wache. Es gab viel Bier, denke ich, der Neuwirt ließ was springen, da ging's bestimmt ziemlich hoch her. Wahrscheinlich vertrugen die Burschen das einfach nicht, so kurz nach dem Krieg, jedenfalls sind ein paar von denen los zur Engelsalm, zum Lager, sich das Mädel schnappen. Den Dämlichsten unter ihnen suchten sie sich aus, das Musterknäblein, der sollte den Lockvogel machen.»

«Wer war das?» fragte Eva.

Der Boxer sah sie an. «Kannst du dich an den verrückten alten Orgelspieler erinnern?» Eva nickte.

«Der war's. Den haben sie immer gern hochgenommen. Jedenfalls, als sie zur Engelsalm kamen, dachten sie erst, sie hätten ein leichtes Spiel. Das Mädel kam sofort raus und machte wohl ziemlich rum mit dem Orgelspieler. Bis die Jungs dann kapierten, daß sie gelinkt worden waren. In der Zwischenzeit liefen nämlich die Männer aus dem Lager runter zur Festwiese und mischten das Zelt auf. Die klauten, was sie kriegen konnten, Essen, Bier, Schnaps. Irgendwer hat es dann unseren Jungs gesteckt. Die drehten durch. Konnten doch nicht wissen, daß die Russen überhaupt kein Interesse am Maibaum hatten. Die wußten doch nicht, was das ist, ein Maibaum. Die hatten bloß Kohldampf. Kohldampf bis unter die Achseln hatten die.»

Er stützte sich neben Eva auf die Banklehne. «Die Jungs nahmen das Russenmädel als Geisel», flüsterte er, nah an Evas Ohr. «Sie hatten sich hier in dem Lager verschanzt. Die Russen kamen zurück, grölend, besoffen, aber was sie dann zu sehen bekamen, ließ sie schlagartig wieder nüchtern werden. Ihr Mädchen, ihr Augenstern, splitternackt zwischen ein paar Stallaternen, in den Armen des blonden Orgelspielers. Kannst du dir vorstellen, wie wütend die wurden? Sie rasten, tobten, gingen auf unsere Jungs los, irgendwie kam in dem Gemenge dein Großvater an die Waffe von einem der Russen und drückte ab.»

Er deutete mit dem Zeigefinger einen Pistolenlauf an, hielt ihn sich an die Schläfe. «Er hat das Mädel erschossen. Die Kugel ging quer durch den Kopf und preßte das Gehirn raus, dem Orgelspieler ins Gesicht. Der ist davon verrückt geworden.»

Einen Moment lang war es völlig still. So still, daß Eva ihren eigenen Atem hörte und den vom Boxer. «Woher weißt du das?» fragte sie, Ewigkeiten später.

Er stieß den Atem aus. «Zu irgendwas muß es ja gut sein, daß ich der Wirtshaussohn bin. Ich weiß vielleicht nicht viel, aber die Geschichten weiß ich alle.»

Er richtete sich auf, ging zur geschwungenen Treppe unter dem Eingangsportal und drückte auf einen Knopf. Hinter Eva öffnete sich das Tor.

«So, Feierabend!» rief ihr der Boxer zu. Eva nickte. Langsam erhob sie sich und ging hinaus auf die Straße. Hinter ihr schloß sich, nahezu geräuschlos, das Tor. Sie schaute zurück, aber es gab nicht mehr zu sehen.

Hinter sich hörte sie ein Auto herankommen. Als sie sich umdrehte, hatte es gerade die Höhe des Tores erreicht. Ein dunkler Sportwagen mit getönten Scheiben. Die Scheibe auf der Fahrerseite glitt hinunter, und am Steuer erkannte sie einen Greis. Er lachte sie an und winkte.

Großvater hatte auch einen Krieg. Seinen ganz privaten Krieg in der Hosentasche, den holte er hervor, wenn er mit

Ehf am Mühlrad saß. Es war einmal ein kleiner Soldat. Anlegen, durchladen und abfeuern, grölten die Sargträger, wenn sie nach Dienstschluß am Kiosk einen Schnaps tranken. Sie waren wohl alle dabeigewesen, fanden es alle in Ordnung. Im Krieg ist alles erlaubt. Auch Patronen, die nicht in Füllfederhalter kamen, sondern Köpfe durchbohrten. Auch tiefliegende Flugzeuge und Schule schwänzen und Kinder töten. Im Kriege ist alles erlaubt, hat Adamczyk gesagt.

Er ist nie begraben worden. Adamczyk landete in der Gerichtsmedizin, hatte der Vater gesagt, und nachdem sein Körper auch nicht preisgegeben hatte, wer den Brand auf der Engelsalm gelegt hatte, ist er fortgebracht worden, der tote verbrannte Adamczyk, kein Mensch konnte Ehf sagen, wohin. Das mit dem Brand waren die eigenen Leute, hieß es später im Dorf, die eigenen Leute, die sind sich doch selbst nicht grün, das weiß man doch, darum gab's ja Krieg da unten. Im Krieg ist alles erlaubt.

Nur ihren Namen verraten durfte Lilli nicht. Das war verboten, denn am Namen hätte man sie erkannt. Das Mädchen aus dem Krieg. Das Kind von der Engelsalm.

«Wo warst du?»

Die Eltern am Abendbrottisch, das Brot im Korb längst trocken, die Wurst gewellt, die Butter zerflossen, wie lange warteten sie schon?

Der Platz zwischen den Eltern war frei. Eva setzte sich, legte die Hände in den Schoß und sah sie an. Was bedeutete Amen? So soll es sein.

«Ich war auf der Engelsalm», sagte Eva und sah auf. Der Vater starrte sie an. Die Mutter legte sich Wurst auf das

Brot, eine Scheibe und noch eine und noch eine. Eva griff nach dem Glas und kippte es in einem Zug hinunter. Wenigstens der Durst war vorerst gelöscht.

«Ich war dort, wo damals die Kriegsflüchtlinge wohnten. Lebt Gott eigentlich noch?»

Der Vater öffnete den Mund, sagte aber nichts.

«Bitte, was?» fragte die Mutter.

«Der alte Orgelspieler», erklärte Eva ruhig, «der, dem Großvater das Gehirn des Mädchens ins Gesicht geschossen hat.»

Der Vater schlug sich die Hand vor den Mund. Die Mutter legte das angebissene Brot zurück auf den Teller. Eva trank noch ein Glas leer.

«Wen man nicht begräbt, der kehrt zurück», sagte sie. «Ist Großvater darum Bestatter geworden?»

Die Eltern schwiegen. Sie sahen aus, als hätten sie gerade ein Gespenst zu Gesicht bekommen.

«Er begrub halb Edering und sang allen Toten noch seine Lieder, aber sein Opfer damals konnte er nicht beerdigen. Habt ihr wirklich geglaubt, Lilli, das Flüchtlingsmädchen, wäre der Geist der Erschossenen?»

«Nein, natürlich nicht», beeilte der Vater sich zu erklären.

«Weißt du», suchte die Mutter nach Worten, «das kam daher, das lag vielleicht … war vielleicht … wegen dem Namen. Es sind ja so viele Kinder umgekommen, als dieses Mädchen hier war.»

«Ja, und?»

Lange blieb es still. Niemand bewegte sich. Das Essen auf dem Tisch begann, unangenehm zu riechen.

Irgendwann zog die Mutter kurz die Nase hoch. «Dieses russische Mädchen damals hätte Kinder haben können, wenn er sie nicht erschossen hätte. Und plötzlich sah es so aus, als sollte Edering auch keine mehr haben.»

Mit dem Messer zog Eva Kreise in die fast flüssige Butter. Niemand verbot ihr das. «Es gibt ja auch keine Kinder mehr», sagte sie. «Wie auch? Wo sollen die denn hin? Hier in Edering?»

Sie stand auf.

«Ihr wollt meine Entscheidung, habe ich recht? Darauf wartet ihr doch jetzt. Also gut: Ich mache das. Ich steige ein ins Geschäft.»

Die Mutter starrte sie an, während der Vater lächelnd auf seinen leeren Teller sah.

«Dann ist es ja gut», sagte er.

«Gut?» Eva stützte die Hände auf die Tischplatte und blickte dem Vater direkt ins Gesicht. «Findest du es gut, daß in Edering bloß noch Alte leben? Gerade so viele, daß es für vier, sechs Jahre reicht. Wenn die alle unter der Erde sind, können wir dichtmachen. Aber das ist mir egal, denn meine Aufgabe ist erledigt, wenn Edering begraben ist.»

Im Hinausgehen hörte sie noch, wie die Mutter dem Vater zuzischte: «Ein für allemal: Möbel statt Särge.»

«Liebe Lilli,

ab heute bin ich Totengräberin. Laß uns als erstes die Geschichte mit Deinem Namen begraben. Du warst bloß ein Vorwand. Sie haben die Kindheit abgeschafft und brauchten dafür eine Entschuldigung.

Es hätte mir auffallen müssen. Aber erst war ich zu klein dafür und dann plötzlich zu groß. Weißt Du, daß ich seit dem Tag, als ich auf das Gymnasium in der Stadt kam, nicht ein einziges Mal mehr Musik gedacht habe? Damals ist ein Faden gerissen, und ich weiß nicht, ob es mir gelingen wird, noch einmal daran anzuknüpfen.

Nur eines weiß ich ganz sicher: daß ich damals meinen Großvater nicht begraben habe, trotz Thermoskanne und «Wir lagen vor Madagaskar». Er kehrte zurück, darauf war ich nicht vorbereitet. Jetzt muß ich ihn wirklich begraben und nach ihm die Ederinger, bis keiner mehr da ist. Und wenn ich diese Aufgabe bewältigt habe, werde ich mich auf die Suche nach dem Schluß von Adamczyks letztem Märchen machen. Vielleicht finde ich sogar noch ein paar Kinder, denen ich es dann erzählen kann. Nur Dich, Lilli, werde ich nie begraben. So bleibt mir zumindest die Hoffnung, daß Du zurückkehrst.»

Der knallrote Papierdrachen stand beinahe unbeweglich am Himmel. Manchmal schwankte der bunte Rautenschwanz ein wenig hin und her, manchmal wiegte er sich sanft, in Wellenlinien, auf und ab, meistens aber schien er verankert in der Luft. «Der Schweif ist nicht bloß zur Zierde da», hatte der Großvater erklärt, der Ehf diesen Drachen im vorigen Sommer noch gebaut hatte, ehe er starb, «er gibt deinem Drachen Halt, daß er nicht abstürzt.»

Ehf spürte, wie er an der Leine zog, wie er höher und noch höher wollte. Vorerst gab sie nicht nach. Sie stand genauso unbeweglich hier unten auf dem Feld wie ihr Drache oben an dem kühlblauen Septemberhimmel. Ihre Gummistiefel steckten tief in einer Ackerfurche, dieses Feld war als eines der ersten rings um Edering gerodet worden. Drüben, auf der anderen Seite der Straße, lag die Engelsalm. Ehf wagte nicht hinüberzuschauen.

«Von nun an zählt bloß noch, wer oben schwimmt», hatte der Direktor die Neuen am Vormittag in der Schulaula begrüßt. Ehf war jetzt wieder eine von den Kleinen. Selbst Marieluisa war ganz stumm geworden, als sie in der Eingangshalle standen, unter den drei breiten Treppen, die in verschiedenen Richtungen nach oben führten und auf deren Stufen sich die Schüler drängelten, schubsten, weiterschoben. Hier konnte man leicht verlorengehen, dachte Ehf, und: Hier konnte man leicht untertauchen. Der Rest des Vormittags war an ihr vorbeigerauscht wie das Wasser unter der Ederinger Brücke. Nur der Satz des Direktors war ihr im Gedächtnis geblieben. «Von nun an zählt bloß noch, wer oben schwimmt.»

Der Drache über ihr begann zu trudeln. Ehf wickelte die Schnur ein wenig auf und machte zwei, drei Schritte zur Seite, den Arm gestreckt. Der Großvater hatte ihr gezeigt, wie es gelingen konnte, einen Drachen stabil in der Luft zu halten. Seit Ehf sich erinnern konnte, hatte er ihr jeden Sommer einen Drachen gebaut, und sie waren damit auf dieses Feld gewandert, wo sie ihn ausprobierten. Ehf hatte auch ein paarmal versucht, dem Großvater einen Drachen zu bauen, aber die waren allesamt nicht aufgestiegen. «Macht nix», hatte der Großvater jedesmal gesagt, «mir gefällt er trotzdem, dein Drache.» Im letzten Sommer dann hatte sie begriffen, worauf es ankam. Der Großvater hatte die Briefwaage auf den Tisch gestellt und die Stäbe abgewogen. «Diese hier sind genau richtig», hatte er nach ein paar Messungen gesagt und zwei Stäbe an die Seite gelegt. Hatte die Enden, einen Stab längs und einen quer, auf das zugeschnittene Drachenpapier geklebt und dann Ehf, als wäre es ein Geheimnis, anvertraut: «Es muß alles zusammenpassen, das Gewicht der Stäbe, die Papierbeschaffenheit und die Länge des Schweifs. Es braucht viele Drachen und viele Abstürze, bis du das weißt.»

Dieser hier, der rote da oben am Himmel, war der Beste. Mehr brauchte sie nicht zu wissen. Sie drehte sich um und sah jetzt doch zur Engelsalm hinüber. Das Schloß war fort, bald würden die Bagger kommen. Wenn Ehf die Augen zusammenkniff und sich sehr konzentrierte, konnte sie neben dem Tor, das wie immer offenstand, auf der Bautafel die weiße Villa erkennen.

«Also dann», sagte Ehf zu dem Drachen, der wild an der Schnur zog. Sie griff in die Jackentasche und zog die Schere heraus, und dann schnitt sie die Schnur ab. Es war genau der richtige Augenblick. Der Drache machte zwei, drei kleine Hüpfer und stieg gleich darauf höher, immer höher. Ehf legte die Hand über die Augen und sah ihm zu, wie er sich davonmachte. Ihr Herz krampfte sich zusammen. Etwas war für immer vorbei, und sie wußte nichts mehr mit sich anzufangen.

Als sie den Drachen kaum noch erkennen konnte, ließ sie sich fallen und streckte sich flach auf dem Ackerboden aus. Unter den Händen fühlte sie die noch warme Erde. Noch einmal sah sie nach dem kleinen roten Punkt oben am Himmel. Was war das? Ein anderer, winziger Punkt segelte aus dem Irgendwo herüber, ein kleines schwarzes Achtelpünktchen war das, es nahm Kurs auf den roten Punkt, steuerte ihn an, wuchs zum Viertelpunkt, zum halben Punkt, war schon ein ganzer, als er sich zu dem anderen gesellte. Es sah aus, als tanzten sie.

Epilog

War einmal eine Mutter, die hatte sieben Kinder.

War aber in großer Bedrängnis, die Mutter, denn sie mußte in die Stadt und war keiner da, der bei den Kindern blieb, also nahm sie die Ketten und band die Kinder fest, daß sie still blieben im Haus, bis sie zurück war. Eins band sie ans Bett, zwei an den Kühlschrank, drei vor den Badeofen, und das Jüngste stopfte sie in den Uhrenkasten.

War sie kaum fort, kam der Wolf und wollte die Kinder losmachen. War aber nicht möglich, so fest hatte die Mutter die Schnüre gezogen. Fing der Wolf an zu heulen, daß es bis in die Stadt hinein zu hören war. Im Uhrenkasten dachte das Jüngste, die Stunde habe geschlagen, und hängte sich an die Kette, daß die Uhr stehenblieb. Kroch das Jüngste heraus und fragte den Wolf: «Warum frißt du mich nicht?» Heulte der Wolf nur noch lauter, daß dem Jüngsten die Ohren schmerzten und es gar nicht anders konnte, als wegzulaufen.

Kam endlich die Mutter wieder und fand alle ihre Kinder verhungert. Eins hing am Bett, zwei am Kühlschrank und drei vor dem Badeofen. Nur das Jüngste fand sie nicht. Da nahm die Mutter ein Beil und machte Hackfleisch aus dem Wolf, und das wirkte wie ein Jungbrunnen, denn fortan blieb sie frisch und munter wie in ihren besten Jahren. Das Jüngste der Kinder aber irrt seitdem durch die Welt und sucht seine Mutter.

Und hartnäckig hält sich bis auf den heutigen Tag die böse Geschichte von den Wackersteinen.

Literatur bei C.H.Beck

Leland Bardwell
Mutter eines Fremden
Roman
Aus dem Englischen
von Hans-Christian Oeser
2004. 237 Seiten. Gebunden

Christoph Buchwald, Michael Lentz (Hrsg.)
Jahrbuch der Lyrik 2005
2004. Etwa 160 Seiten. Broschur

Paula Fox
Pech für George
Roman
Aus dem Englischen
von Susanne Röckel
2004. 254 Seiten. Gebunden

Diane Freund
Ein verrücktes Jahr
Roman
Aus dem Englischen
von Brigitte Gerlinghoff
2004. 302 Seiten. Gebunden

Rujana Jeger
Darkroom
Roman
Aus dem Kroatischen
von Brigitte Döbert
2004. 153 Seiten. Gebunden

Alex Rühle, Sonja Zekri (Hrsg.)
Deutschland extrem
Reisen in eine unbekannte Republik
2004. 107 Seiten. Klappenbroschur

Victor D. LaValle
Monster
Roman
Aus dem Englischen
von Klaus Modick
2004. Etwa 352 Seiten. Gebunden

Marcello Birmajer
Das Argentinische Trio
Aus dem Spanischen
von Stefanie Gerhold
Roman
2004. 220 Seiten. Gebunden